AF220582

Lucy Sto.

A Spark Of Summer - Verliebt in einen Surfer

IMPRESSUM

1. Auflage

Copyright © 2023 - Lucy Storm

https://lucystorm.wixsite/lucy-storm

lucy.storm@gmx.de

Alle Rechte vorbehalten.

Coverdesign: Florin Sayer-Gabor – www.100covers4you.com
Lektorat, Korrektorat: Alina Berg, Hannover
Herstellung und Verlag: BoD – Books on Demand, Norderstedt

ISBN Taschenbuch: 978-3-7528-7888-2

Das Werk, einschließlich seiner Teile, ist urheberrechtlich geschützt. Jede Verwertung ist ohne Zustimmung des Verlages und des Autors unzulässig. Dies gilt insbesondere für die elektronische oder sonstige Vervielfältigung, Übersetzung, Verbreitung und öffentliche Zugänglichmachung. Alle Personen sind frei erfunden. Jegliche Ähnlichkeiten sind rein zufällig.

Bibliografische Information der Deutschen Nationalbibliothek:
Die Deutsche Nationalbibliothek verzeichnet diese Publikation in der Deutschen Nationalbibliografie; detaillierte bibliografische Daten sind im Internet über http://dnb.d-nb.de abrufbar.

Bibliografische Information der Deutschen Nationalbibliothek:

Die Deutsche Nationalbibliothek verzeichnet diese Publikation in der Deutschen Nationalbibliografie; detaillierte bibliografische Daten sind im Internet über http://dnb.d-nb.de abrufbar.

Lucy Storm

A Spark Of Summer - Verliebt in einen Surfer

Das Buch

Amber hat viel in ihrer Vergangenheit erlebt und freut sich nun auf ein entspanntes Auslandsjahr in den USA – ohne Beziehungsstress. Schließlich ist sie in San Diego, um ihr Leben zu genießen und ihre Karriere voranzutreiben. Vor allem will sie ihr gebrochenes Herz heilen. Bis sie Cam, einem Surfer und selbsternannten Bad Boy, begegnet. Er droht ihr Herz zum Schmelzen zu bringen und ihre Pläne durcheinander zu wirbeln. Doch auch er hat eine Vergangenheit. Können sie einander vertrauen und gemeinsam ihre Schatten gemeinsam besiegen?

Die Autorin

Seit 2020 schreibt die Hannoveranerin unter ihrem offenen Pseudonym Lucy Storm Romane mit viel Herz, Romantik und Humor. Sie hat einen Bachelorabschluss in Geschichte und Kulturanthropologie und hat ein Semester in Wales verbracht. Lucy liest und schreibt seit ihrer Kindheit. Ansonsten ist sie viel in der Natur oder mit Freunden und Familie unterwegs, macht Sport und trinkt für ihr Leben gerne Kaffee. Eines Tages möchte Lucy nach Norwegen, Schweden, Irland und Schottland reisen. Seit 2023 arbeitet sie als Freiberuflerin im Bereich Lektorat, Korrektorat und Schreiben und bietet ihre Services für Firmen und Selfpublisher unter Lucys Wortmagie an.

Für meine verstorbene Großmutter, die immer für mich da war und mir zeigte, wie wichtig die eigenen Träume sind.

Und für meine Eltern und meine Schwester, auf die ich immer zählen kann.

Viel mehr als die Vergangenheit interessiert mich die Zukunft, denn in ihr gedenke ich zu leben.

Albert Einstein

Amber

Lachend laufe ich neben meiner besten Freundin Kylie her. Wie fast alle Studenten des History Departments wurden wir zu Dillons Halloween-Party eingeladen. Er ist vor einigen Monaten für sein Studium aus den Staaten zu uns nach Cornwall gezogen und hat eine typisch amerikanische Halloween-Party versprochen. Und da er mit meinem Freund Mike zusammen in unserer College-Mannschaft als Stürmer spielt, wurde ich zu DEM EVENT des Jahres eingeladen und darf Kylie mitbringen. Dafür musste ich mich selbstverständlich passend kleiden, schließlich habe ich große Pläne für die heutige Nacht.

»Alles klar, die sexy Krankenschwester also«, murmelt meine blonde Freundin und zieht vielsagend ihre linke Augenbraue nach oben.

»Was? Eine typische Feier erfordert ein klassisches Outfit. Hast du denn nie die erste Staffel von Vampire Diaries gesehen, in der Elena und Vicki ebenfalls als Krankenschwestern auftauchen? Soweit ich weiß, ist das bis heute die angesagteste Verkleidung unter den amerikanischen Mädels«, erkläre ich mein Outfit grinsend. Seufzend stemmt Kylie ihre Hände in die Hüften und läuft rückwärts vor mir her.

»Das mag ja sein. Aber erstens bist du keine Amerikanerin und zweitens weiß ich genau, was du vorhast. Du willst Mike beeindrucken, damit er endlich sieht, was er an dir hat. Glaub mir, Süße, das ist ein großer Fehler. Genauso wie es ein Fehler war, dich überhaupt auf ihn einzulassen. Nur, weil er das zweite Mal in Folge zum besten Spieler der Mannschaft ernannt wurde, heißt es noch lange nicht, dass er sich wie der King aufführen darf. Ich weiß, dass seine ganzen Mädels-Geschichten dich unter Druck setzen. Aber wenn er nicht warten kann, bis du freiwillig bereit bist, ist er es nicht wert.«

Entnervt verdrehe ich die Augen und bleibe vor Dillons Haus stehen. Der Anblick haut mich von den Socken. Dass seine Eltern reich sind, ist kein Geheimnis, aber diese Deko ist übertrieben. Das gesamte Haus ist dekoriert, wie man es aus amerikanischen Filmen kennt. Überall stehen leuchtende Kürbisse, realistische Spinnen und von der Decke baumeln Skelette. Durch die Fenster bahnt sich schummriges Licht nach draußen, begleitet von künstlich erzeugtem Nebel und schauriger Musik. Beeindruckt lasse ich einen Moment lang alles auf mich wirken, bevor ich mich zu Kylie umdrehe.

»Hör zu. Ich weiß, dass du dir Sorgen um mich machst und hey, ich weiß das echt zu schätzen. Aber ich bin groß und kann auf mich selbst aufpassen. Ich liebe Mike und ich kann verstehen, dass er nach zwei Monaten Beziehung erwartet, dass ich ihn endlich ran lasse. Zumal er nicht mein Erster wäre.«

»Aber er ist der Erste, bei dem Gefühle auf dem Spiel stehen. Ich sage nicht, dass du ewig warten solltest. Mir ist klar, dass du unter Druck stehst. Immerhin ist er der beliebteste Typ am gesamten College und es gibt viele Mädchen, die sofort mit ihm in die Kiste springen würden. Doch genau das ist der Punkt, der mich skeptisch macht. Er hat dir nie gesagt, warum er sich für dich interessiert. Vielleicht hast du ja wirklich Glück und er liebt dich und hey, das würde mich mega für dich freuen. Aber ist das der wahre Grund oder verfolgt er nur seine eigenen Ziele mit dir? Solange du das nicht weißt, solltest du nicht mit ihm schlafen. Geht es langsam an. Küsst euch ein wenig heftiger und fummelt. Und wenn sich das richtig anfühlt, ist es Zeit für den nächsten Schritt.«

Frustriert stöhne ich auf und verdrehe die Augen. Ich bin keine Heilige und das war ich auch nie! Nur weil ich deutliche Kurven habe, heißt es nicht, dass ich mich hässlich finde und kein Selbstbewusstsein habe. Spätestens seit meinem One-Night-Stand im letzten Sommer, müsste Kylie das wissen. Mir ist bewusst, dass Mike einen gewissen Ruf hat, aber genau das macht den Reiz für mich aus. Außerdem hatte er seit Beginn unserer Beziehung keine andere mehr im Bett oder an anderen undefinierbaren Orten. Demnach denke ich, dass es Zeit ist, den nächsten Schritt zu wagen.

»Verdammt nochmal, Kylie!«, rufe ich entnervt aus und atme tief durch. Wir sind beste Freundinnen und haben uns geschworen, immer aufeinander aufzupassen. Sie möchte mich nur beschützen und dafür liebe ich sie. Aber irgendwann muss das aufhören! »Hör mal, ich weiß, dass du mir nichts Böses willst, okay? Und ja, Mike zu geben, was er will, ist möglicherweise der größte Fehler. Doch wenn ich es nicht tue, werde ich es mein Leben lang bereuen. Wir leben nur einmal und dazu gehören auch Fehler. Also bitte, lass mich meine eigenen Entscheidungen treffen.« Einen Moment ist es still um uns und ich weiß, dass meine beste Freundin sich sammeln muss. Geduldig sehe ich mich um und als sie mich anlächelt, trete ich ebenfalls schmunzelnd einen Schritt auf sie zu. Gott, ich hasse es, wenn wir uns wegen eines Kerls streiten oder kurz davor stehen. »Komm her, Süße!«, ruft Kylie und zieht mich in eine feste Umarmung. »Es tut mir leid. Ich weiß doch, wie wichtig dir das ist und als deine beste Freundin sollte ich dich unterstützen und nicht mit meiner neunmal klugen Art alles kaputt reden. Du bist erwachsen und weißt schon, was du machst.«

»Danke«, murmle ich in die Umarmung und seufze zufrieden auf. Kylie ist wie eine Schwester für mich und ich werde niemals zulassen, dass ich sie verliere. Schmunzelnd löse ich mich von ihr, hake mich bei ihr unter und zusammen betreten wir das Haus. Die eben noch dumpfe Musik schlägt uns nun mit voller Lautstärke auf die Ohren und das Zusammenspiel mit Nebel und flackernden Lichtern betört meine Sinne. Wow, das ist die beste Halloween-Party, auf der ich jemals gewesen bin! Was kann jetzt noch schief gehen? Angesteckt von der lachenden und tanzenden Menge, schnappe ich mir einen Becher Bier und mische mich unter die feiernde Meute. Ich lasse mich vom Alkohol und den Beats tragen und schließe genussvoll meine Augen. Obwohl ich nicht so der Partygänger bin, liebe ich alles, was mit Halloween, Fantasy und Übernatürlichem zusammenhängt. Das ist die Welt, in der ich voll und ganz aufgehe. Und davon abgesehen: Wer will nicht einmal in seinem Leben auf einer Party im amerikanischen Stil so richtig abgehen und alle Sorgen hinter sich lassen? Je länger ich mich treiben lasse, desto leiser wird diese Stimme in meinem Kopf, die Kylie recht gibt und sagt, es ist zu früh. Denn ich weiß, dass ich bereit bin. Egal, wie nervös ich mich fühle. Es wird Zeit, die gesammelten Erfahrungen an den One-Night-Stand im Sommer durch meinen ersten gefühlvollen Sex zu ersetzen. Entschlossen leere ich den dritten Becher und atme tief durch. Sobald ich von der Toilette komme, suche ich Mike und überwinde ein für alle Mal meine Angst. Sage ihm endlich, dass ich ihn liebe und bereit bin, mich voll und ganz auf ihn einzulassen. Voller Elan drängle ich mich an der betrunkenen Menge vorbei und laufe Richtung Gästetoilette. Gerade als ich die Tür aufstoßen möchte, sehe ich aus den Augenwinkeln Mikes dunklen Schopf. Lächelnd drehe ich mich in seine Richtung, doch meine Mine erstarrt prompt. Hatte ich eben gedacht, dass Mike der Richtige für mich sein könnte, spüre ich nun mein Herz in die Hose rutschen. Während ich mir das heißeste Outfit gekauft habe, das mir in den Sinn kam und mich auf eine unvergessliche Nacht eingestimmt habe, hat er mich offenbar schon abgeschrieben und durch Model-Cleo ersetzt.

Wie in Zeitlupe beobachte ich seine rechte Hand, die sich fordernd in ihren Nacken legt und sanfte Kreise über ihre Haut zieht. Ehe er seine Zunge in ihren Mund stecken kann, drehe ich mich abrupt weg und stürme aus dem Haus. Ich muss hier weg! Wie konnte ich nur so dämlich sein und denken, dass er mich liebt? Dass wir beide eine glorreiche Zukunft haben, unsere Studienzeit zusammen verbringen und nach unserem Master heiraten? Wieso dachte ich nur, dass er mir heute Nacht zum ersten Mal seine Liebe gestehen und der ganzen Uni klar machen würde, dass die Sache zwischen uns was Ernstes ist?

Tränen der Wut sammeln sich in meinen Augen, verklären meine Sicht. Wie vom Blitz getroffen, renne ich aus dem Haus und stolpere den leicht beleuchteten und steinigen Weg entlang. Je schneller ich renne, desto mehr Tränen bahnen sich ihren Weg, doch das ist mir egal. Mit jedem Schritt, den ich zwischen mich und Mike bringe, bricht mein Herz ein Stück mehr. Ich habe alles riskiert und verloren. Immerhin hat er mich vor unserer gemeinsamen Nacht abserviert, doch auch dieses Wissen nützt mir nichts. Mein Herz pocht wie wild und das Stechen in meiner Seite wird mit jeder Sekunde stärker, doch ich halte nicht inne. Renne weiter, als ginge es um mein Leben. Stolpernd und schluchzend laufe ich nach Hause, das wilde Hupen der Autofahrer ignorierend. Kaum im Zimmer angekommen, lasse ich mich zitternd auf den Boden sinken und schließe meine Augen. Wie konnte ich nur so dumm sein, zu denken, dass ich für eine Beziehung geschaffen bin? Dieser Fehler wird mir garantiert kein zweites Mal passieren! Von nun an fokussiere ich mich nur auf meine Karriere. Bis auf One-Night-Stand sind Männer für mich gestorben!

Amber

Endlich ist es so weit! Der Tag, auf den ich seit Beginn meines Bachelor-Studiums hin fiebere, ist gekommen! Heute werde ich nach San Diego fliegen und an der California University of San Diego mein letztes Bachelor-Jahr verbringen. Endlich fängt ein neuer Lebensabschnitt außerhalb der trostlosen Straßen in Cornwall an. Natürlich hat auch unsere Stadt an der englischen Küste viel zu bieten. Auch bei uns kann man surfen und am Strand spazieren gehen. Doch das ist nichts im Vergleich mit Kalifornien an der Grenze zu Mexiko! Zudem freue ich mich darauf, außerhalb meines Elternhauses zu leben. Ich liebe meine Eltern und da ich für mein bisheriges Studium in der gleichen Stadt geblieben bin, konnte ich mir die Miete fürs Studentenwohnheim sparen. Der Gedanke allerdings, nun endlich auf eigenen Beinen zu stehen und die Abende bei milden Temperaturen im Sunshine State am Strand oder in einer Bar ausklingen zu lassen, beflügelt mich. Gut gelaunt schwinge ich mich aus dem Bett und tanze in die Küche, wo meine Eltern schon auf mich warten. Der Duft von Speck, Baked Beans, Spiegeleiern, Würstchen und heißem Toast strömt mir in die Nase und lässt mir das Wasser im Mund zusammenlaufen.

»Guten Morgen, Liebes«, begrüßt mich meine Mutter und zieht mich lächelnd in ihre Arme. »Du siehst gut aus, so glücklich und losgelöst. Setz dich doch, es ist genug Frühstück für alle da.«

»Danke Mom«, erwidere ich und drücke ihr einen Kuss auf die Wange. »Natürlich bin ich glücklich. Du weißt, wie lange ich auf diesen Tag gewartet habe und nun ist er endlich da. Sei nicht traurig. Ich werde euch trotz der Zeitverschiebung regelmäßig anrufen und mit euch schreiben, versprochen. Zudem bin ich in einem Jahr wieder da.«

Seufzend streicht Mom mir eine Strähne aus dem Gesicht und sieht mich mit einer Mischung aus Stolz und Traurigkeit an. »Das weiß ich doch, Spatz, und deine Karriere ist wichtig. Ich finde es großartig, dass du es dir zutraust, in einem fremden Land zu leben und zu studieren. Aber ich bin deine Mutter und somit ist es mein Job, mir zu wünschen, dass du hiergeblieben wärst.« Entschuldigend drücke ich ihre Hand und sehe ihr in die Augen. Ich möchte ihr sagen, dass sie und Dad immer die wichtigsten Menschen in meinem Leben sein werden, ich diesen Schritt aber wagen muss. Doch bevor ich etwas sagen kann, lächelt Dad mich an und übernimmt. Gut so, sonst wäre es unerträglich emotional geworden. »Sheila, bitte. Du weißt, dass Amber erwachsen ist und meiner Meinung nach ist es die richtige Entscheidung. Sie muss lernen, ihr eigenes Leben zu leben und wir müssen loslassen. Und nach dem dramatischen Ende mit Mike letztes Halloween, wird es ihr guttun, neu durchzustarten. Wer weiß, vielleicht taucht sie in einem Jahr wieder hier auf, mit dem richtigen Mann an ihrer Seite und vielen, spannenden Geschichten. Oder sie lebt erst einmal ihr Leben, lernt verschiedene Männer kennen und findet heraus, was sie wirklich will.«

»Oder ich reise nach meinem Abschluss um die Welt, arbeite in verschiedenen Museen und sammle so die notwendige Erfahrung, um eines Tages Museumsdirektorin im British Museum of Arts zu werden«, erwidere ich augenverdrehend. Die letzten elf Monate habe ich keine Tatsache so oft betont, wie meine Entscheidung, keinen Mann mehr in meine Nähe zu lassen. Ich wusste nicht, dass Eltern im voranschreitenden Alter SO schwer von Begriff sind. Und alle sagen immer, wir jungen Leuten könnten nicht zu hören! »Amber, nicht alle Männer denken nur an Sex!«, ruft Dad seufzend. »Es gibt auch welche, die es zu schätzen wissen, auf die Richtige zu warten. Und glaub mir, kein Sex ist auch keine Lösung.«

OH MEIN GOTT! Ist das sein verdammter Ernst? Erwartet er jetzt wirklich, dass ich mir von ihm und Mom Expertentipps hole? Es gibt Dinge, über die Kinder niemals mit ihren Eltern reden sollten. Sonst könnte ich ja gleich fragen, in welcher Nacht ich entstanden bin und auf dieses Kopfkino kann ich guten Gewissens verzichten! Bevor ich in meine persönliche Hölle abdriften kann, räuspere ich mich und schiebe demonstrativ die noch ungeschälte Banane von mir weg. Der Appetit auf dieses Obst ist mir vergangen. »Wie dem auch sei. Ich muss mich jetzt fertig machen, damit wir zum Flughafen losfahren können. Ich will heute noch einiges auf dem Campus schaffen und der Flug dauert eine halbe Ewigkeit. Da kann ich es gar nicht gebrauchen, zuvor schon in Stress zu verfallen.« Ohne eine Antwort abzuwarten, springe ich vom Stuhl auf und fliehe in mein Zimmer.

Zufrieden schließe ich die Augen und lausche dem neuen Album von Billie Eilish, während meine Eltern vorne sitzen und sich über irgendeinen Schauspieler unterhalten. Nachdem mich das Thema in der Küche aufgewühlt hatte, bin ich schnellstmöglich nach oben ins Bad geflüchtet und habe einen Schwall Flüche ausgestoßen. Wieso muss es immer so schwierig sein, die einzige Tochter sturer Eltern zu sein? Doch kurze Zeit später riss ich mich am Riemen, atmete tief durch und war bereit, ihnen zu verzeihen. Obwohl die Sache mit Mike schon einige Monate zurückliegt und ich keine Gefühle mehr für ihn hege, schmerzt mich der Verrat noch immer. Neben meinem Kindheitswunsch, eines Tages an der amerikanischen Küste zu leben, war dies mein hauptsächlicher Grund dafür gewesen, nach San Diego zu gehen. Ich will die Vergangenheit ein für alle Mal hinter mir lassen und mich auf meine Zukunft konzentrieren. Ohne dabei dauernd dem Kerl über den Weg zu laufen, der mich elf Monate lang daran erinnert hat, wie schnell er mich ersetzen konnte. Seufzend drehe ich die Musik lauter und lasse mich in den Sitz fallen. Eigentlich wollte ich die Fahrt über schlafen, doch dafür bin ich zu aufgedreht. Da die an uns vorbeiziehende Landschaft eine entspannende Wirkung auf mich hat, drehe ich meinen Kopf zur Seite und genieße den Ausblick. Meine Augenlider flattern und gähnend lehne ich meinen Kopf ans Fenster.

»Aufwachen, Süße«, höre ich die weit entfernte Stimme meines Vaters und drehe mich instinktiv um. Nichts da, mir gefällt der Traum. Wie heißt es so schön: Gib deine Träume nicht auf, schlaf lieber weiter? Gerne doch.

»Amber, los jetzt, wir sind da! Du musst noch einchecken und willst wohl kaum deinen Flug verpassen«, startet Dad einen erneuten Versuch und rüttelt unsanft an meiner Schulter. Frustriert öffne ich meine Augen und bin plötzlich hellwach. Wir sind da! Am Flughafen, dem Gate zu meinem neuen Leben! »Wir sind da!«, wiederhole ich sinnloserweise die Worte meines Vaters, schnalle mich in Rekordgeschwindigkeit ab und springe aus dem Auto. Wie ein kleines Kind hüpfe ich auf und ab und drehe mich im Kreis. Jegliche Müdigkeit ist plötzlich verflogen und ich kann es kaum erwarten, im Flieger zu sitzen. Schmunzelnd nimmt mein Vater meinen Koffer und zieht ihn Richtung Check-In. Fragend sehe ich ihn an, während ich meine Handtasche schultere und ihm hinterherlaufe.

»Dad, was machst du da? Ihr habt doch gar keine Tickets für die USA! Ihr müsst mich schon noch in England verabschieden!«, rufe ich aus und schüttle amüsiert den Kopf.

Schmunzelnd verdreht mein Vater die Augen als wir am Check-In ankommen und stellt meinen Koffer ab. »Stell dir vor, Kleines, deine Mutter und ich haben nicht vor, heute englischen Boden zu verlassen. Aber du bist nun einmal meine einzige Tochter und ich musste dich einfach bis hier hin begleiten. Ich will ja, dass du in Ruhe erwachsen wirst und ich möchte dir deinen Freiraum geben. Aber Loslassen fällt nicht nur Müttern schwer.«

»Ach Dad!«, rufe ich seufzend aus und werfe mich schniefend in seine Arme. Vielleicht liegt es daran, dass ich meiner Mutter sowohl vom Charakter als auch vom Aussehen her zu ähnlich bin, aber seit ich denken kann, war ich schon immer ein Papa-Kind. »Du weißt doch, dass ich dich lieb habe. Aber du musst mich gehen lassen. Seit zehn Jahren träume ich davon, in den USA zu leben und zu studieren, und nun wird dieser Traum endlich wahr. Nach allem, was ich in den letzten Monaten durchgemacht habe, wird etwas Abstand mir guttun. Ich melde mich, sobald ich gelandet bin, versprochen.« Mit einem lauten Seufzer zieht Dad mich so nah an sich, dass es mir fast die Luft zum Atmen nimmt. Als er mich loslässt, schiebt er mich eine Armlänge von sich und sieht mich liebevoll an. »Ich weiß, Prinzessin. Wir haben dich immer dazu erzogen, selbstständig und neugierig zu sein und ich weiß, dass du alleine klar kommen wirst. Nur bitte tue mir einen Gefallen. Mir ist bewusst, dass dir dieses Auslandsjahr vor allem für deine Karriere viel bedeutet und das akzeptiere ich. Aber vergiss bei all deinen Plänen nicht zu leben. Dein Jahr in San Diego ist eine einmalige Chance, wirf sie nicht wegen ein paar Seminararbeiten weg. Deine Karriere ist nicht alles im Leben, mein Schatz.«

Gerührt von seinen Worten, schlucke ich einen dicken Kloß runter und schließe einen Moment lang meine Augen. Mein Herz pocht mit voller Wucht gegen meine Rippen, als wolle es ausbrechen und bei meinen Eltern bleiben. Gleichzeitig freut es sich auf all die Kultur und das milde Klima, das America's Finest City, wie San Diego auch genannt wird, zu bieten hat. Demonstrativ wende ich mich von meinem Vater ab und gehe lächelnd auf meine Mutter zu. »Mom, pass mir auf Dad auf, ja? Du weißt genau, wie stur er ist. Ich will nicht, dass sein Stresslevel ihn ins Krankenhaus bringt.«

Mit Tränen in den Augen zieht meine Mutter mich ebenfalls eng an sich und fährt mir mit ihrer linken Hand liebevoll über das Haar.

»Natürlich, Liebes. Solange du gut auf dich aufpasst und dir nicht erneut das Herz brechen lässt. Es stimmt schon, was dein Vater sagt. Du bist zu jung, um dich nur auf deine Karriere zu fokussieren, auch wenn ihr Steinböcke dies am liebsten tut. Aber das heißt noch lange nicht, dass du dir auf jeder Party das Herz brechen lassen musst. Ich verlange ja nicht, dass du dich wie eine Nonne verhältst, aber pass auf, in wen du dich verliebst. In einem Jahr bist du wieder zu Hause und die USA sind nicht gerade um die Ecke und ...«

»Mom!«, rufe ich entnervt aus und stöhne auf. Gott, wieso sind Eltern immer so sentimental und erinnern sich in den denkbar schlechtesten Momenten an ihre Aufklärungspflicht? Welcher grottenschlechte Elternratgeber hat sich diesen Bullshit ausgedacht? »Ich habe nicht vor, in den nächsten zwölf Monaten zu heiraten und endgültig auszuwandern. Ich will nur die Kultur kennenlernen, Zeit am Strand und in Bars verbringen, neue Freundschaften knüpfen und meine Karriere vorantreiben! Ich verspreche euch, dass ich immer noch ich selbst sein werde, wenn ich nach Hause komme. Aber jetzt muss ich zum Check-In, bevor ich meinen Flieger verpasse.« Mit einem Kuss auf die Wange verabschiede ich mich von meiner Mutter, bevor ich meinem Vater den Koffer abnehme und in Richtung Check-In gehe. Obwohl ich mich am liebsten noch einmal umdrehen würde, unterdrücke ich den Drang und steuere zielstrebig auf mein neues Leben zu. Diesen Weg muss ich alleine gehen.

Kapitel 2

Amber

Schweren Herzens stelle ich meinen Koffer beim Check-In ab, räuspere mich und lächle die Dame an.

»Guten Morgen, mein Name ist Amber Slaton und ich habe einen Flug nach San Diego gebucht«, beginne ich zögerlich und schlage mir innerlich mit der Hand gegen die Stirn. Ach wirklich, wie unerwartet für die Mitarbeiterin! Natürlich habe ich einen Flug, was anderes hat sie wohl kaum erwartet ...

»Das ist wohl Ihr erster Flug ohne Ihre Eltern, nehme ich an«, schmunzelt die Dame über meinen Fauxpas und streckt ihre Hand aus. »Dann bräuchte ich einmal Ihren Ausweis und Ihre Boardingcard.« Erleichtert atme ich aus und überreiche die geforderten Dokumente. Vielleicht ist ein Flug in die USA doch nur halb so dramatisch und nervenaufreibend wie gedacht. Zwar war ich für die Aktivierung meines Visums vor einigen Wochen für ein Wochenende in den USA, doch diese Situation ist eine ganz andere. Ich war selten so nervös wie heute. Hoffentlich wird alles glatt laufen! Das Räuspern der Mitarbeiterin reißt mich aus meinen Gedanken und sofort richte ich meine Aufmerksamkeit wieder auf sie.

»Vielen Dank, Miss. In Ihrem Ticket ist ein Koffer mit einem Maximalgewicht von 25 kg, sowie ein Handgepäckstück enthalten. Bitte reichen Sie mir Ihren Koffer, damit wir ihn wiegen können.« Interessiert folge ich der Anweisung und warte geduldig ab. Zum Glück liege ich fast ein Kilo darunter, sodass ich meinen Koffer ohne zusätzliche Gebühren

abgeben kann. Anschließend zeigt sie mir den Weg Richtung Kontrolle und Boarding und erklärt mir, dass ich beim Landen mein Visum zusammen mit dem
Zulassungsschreiben und meinem Pass
bereithalten soll, dann wünscht sie mir einen guten Flug.

Bei der Kontrolle verläuft alles reibungslos. Um Peinlichkeiten zu vermeiden, habe ich auf einen Gürtel, Schmuck und andere Metalle verzichtet und mich penibel darüber informiert, welche Gegenstände in meinem Handgepäck erlaubt sind. Somit bin ich nach wenigen Minuten durch und kann es mir anschließend auf einem gepolsterten Sitz am Gate bequem machen. Der Aufenthalt am Gate dauert nur eine halbe Stunde. In dieser Zeit kaufe ich mir ein Wasser und ein Sandwich und freue mich über die letzten Minuten auf festem Boden. Immerhin werde ich fast 16 Stunden inklusive einem Stop unterwegs sein, bevor ich endlich am San Diego International Airport lande. Und das auch nur, weil meine Eltern so gnädig waren und mich zum London Heathrow Airport gefahren haben, anstatt mich in Exeter abzusetzen. Von dort aus wäre ich nämlich über 30 Stunden unterwegs gewesen.

Als mein Flug angesagt wird, springe ich freudig auf und stelle mich in die Reihe. Endlich beginnt mein Abenteuer! Freudig klatsche ich in die Hände, während ich geduldig darauf warte, bis ich dran bin.

»Ihre Boardingcard, bitte«, fordert mich die Mitarbeiterin mit ihrem strahlenden Lächeln auf. Schmunzelnd komme ich der Aufforderung nach und warte mit angehaltenem Atem auf den Einlass.

»Oha, da haben Sie ja noch eine lange Reise vor sich, junge Lady. In beiden Flugzeugen wird Ihnen Essen und Trinken serviert. Zudem haben Sie am Chicago O'Hara International Airport fast 2,5 Stunden zum Umsteigen. Nutzen Sie die Zeit, um Ihre Knochen ein wenig zu bewegen und sich etwas umzusehen. Der Flughafen hat einiges zu bieten und nach einem solch langen Flug wird Bewegung Ihnen guttun. Ich wünsche Ihnen eine angenehme Reise.«

Nachdem ich mich bedankt habe, steige ich wohlig seufzend ein und lasse mich auf meinen Sitz fallen. Schnell schalte ich mein Handy auf Flugmodus, hole die Kopfhörer und die eben gekauften Chips heraus und schließe meine Augen. Zeit für ein romantisches Hörbuch.

Um 17.30 Uhr amerikanischer Zeit landet das Flugzeug in San Diego. Gähnend strecke ich mich und nehme meine Kopfhörer aus den Ohren, bevor ich mich nach der Landung abschnalle und mit allen anderen zusammen Richtung Ausgang trotte. Die warme Nachmittagsluft strömt mir in die Nase und ich schließe genüsslich meine Augen. Die Sonne blendet mich einen kurzen Moment, doch es stört mich nicht. Im Gegenteil, das warme sommerliche Wetter weckt sofort meine gute Laune. Breit grinsend lasse ich mich zum Gepäckband lotsen. Während ich auf meinen Koffer warte, zücke ich mein Handy und suche bei WhatsApp die Familiengruppe.

Hallo Mom und Dad. Ich bin gerade in San Diego gelandet. Die Sonne strahlt mir ins Gesicht und wir haben über 30 Grad. Mir geht es gut, dennoch steckt mir der Jetlag in den Knochen. Beide Flüge waren soweit pünktlich und alles verlief reibungslos. Wenn ich in meiner Unterkunft angekommen bin, will ich auf jeden Fall noch an den Strand. Hab euch lieb und freue mich auf unser erstes Telefonat.

Bevor ich meiner besten Freundin schreiben kann, sehe ich meinen grünen Koffer über das Gepäckband rollen. Lächelnd angle ich ihn mir und werfe sicherheitshalber einen Blick auf das Namensschild, bevor ich mit ihm Richtung Ausgang gehe. Da ich schon in Chicago meine Einreise in die USA legitimieren und meine Absichten und Nachweise offenlegen musste, kann ich ohne Schwierigkeiten den Flughafen passieren. Glücklich laufe ich nach draußen und sehe mich neugierig um. Da ich nicht genau weiß, wo sich meine

Unterkunft befindet und wie ich dahin komme, habe ich den International Meet and Greet Service der University of California San Diego gebucht. Die Mitarbeiter holen eine Gruppe internationaler Studierender ab, um sie zu ihrer jeweiligen Unterkunft zu bringen. Die Sonne steht noch immer hoch am Himmel und versperrt mir die Sicht. Seufzend greife ich in meine Handtasche und hole die Sonnenbrille heraus. Nun sehe ich eine Gruppe junger Leute, die sich um einen Bus versammelt hat. Eine Mitarbeiterin hält ein Schild mit dem Namen der Universität in die Luft. Zufrieden nehme ich meine Sachen und schlängle mich an den verliebten Pärchen, gestressten Geschäftsleuten und Familien vorbei und gehe geradewegs auf die Gruppe zu. Dort angekommen werde ich sofort von der Mitarbeiterin begrüßt.

»Hallo, ich bin Samantha, aber nenn mich ruhig Sam. Bist du zufällig Amber aus Cornwall?« Ihre nussbraunen Augen bohren sich neugierig in meine und ein ehrliches Lächeln umspielt ihre Lippen. Erstaunt lege ich den Kopf schief und nicke.

»Sehr gut, wir haben extra auf dich gewartet. Du warst die Letzte auf meiner Liste, jetzt sind wir vollzählig und können endlich anfangen.«

Anschließend tritt sie vor die Gruppe der Studierenden und räuspert sich hörbar. Sofort verstummen alle Gespräche und jeder wendet sich Sam zu.

»Ihr werdet alle zu eurer jeweiligen Unterkunft gebracht. Auf dem euch zugewiesenen Sitz findet ihr alle Unterlagen, die ihr braucht. Einen Stadtplan, einen Campusplan, aber auch die jeweiligen Regeln des Wohnhauses. Zudem haben wir eine Liste mit den wichtigsten Ansprechpartnern für euch zusammengestellt und in euren Zimmern findet ihr Coupons für euren ersten Einkauf. Ihr werdet schnell genug feststellen, dass das Leben in San Diego alles andere als günstig ist. Deshalb haben wir in euren Zimmern ein kleines Willkommenspaket vorbereitet, so könnt ihr euch nach Ankunft in Ruhe stärken. Die Mietverträge habt ihr alle zuvor unterschrieben, während der Fahrt verteile ich die Schlüssel. Im Namen der gesamten UC San Diego wünsche ich euch allen ein wunderbares, spannendes und aufregendes Jahr an der Grenze zu Mexiko. Denkt daran, dass ihr die Grenze nicht ohne weiteres überschreiten dürft, falls ihr nur über ein Visum verfügt. Jene unter euch, die die Green Card haben, sollten sich einen friedlicheren Übergang zum Nachbarland suchen. Auch eine Reise nach San Francisco und L.A. ist absolut empfehlenswert. Nun, meine Lieben, lehnt euch zurück und genießt den traumhaften Ausblick eurer vorübergehenden neuen Heimat.«

Jubelnd stellen wir uns in eine Reihe und geben ungeduldig unsere Koffer an den Busfahrer ab. Plötzlich liegt eine aufregende Spannung in der Luft. Jeder will in den Bus einsteigen und endlich ins Abenteuer starten. Die neue Unterkunft auschecken, am Strand chillen oder Fotos für Instagram machen. Das Gefühl des Urlaubs spüren, bevor der Studienalltag beginnt. Obwohl ich mir vorgenommen hatte, mit der Situation souverän umzugehen und mich auf die Erlebnisse zu konzentrieren, die mich weiterbringen, werde auch ich von der Aufregung angesteckt. Nervös wippe ich mit meinen Füßen auf- und ab und sauge jedes Detail der Umgebung in mich auf. Endlich nimmt der Fahrer mein Gepäck ab und voller Vorfreude steige ich in den Bus. Nach über zehn Jahren lebe ich endlich meinen Traum und nichts wird mich von meinem Ziel abbringen.

Kapitel 3

Amber

Eine halbe Stunde später kommt der Bus vor meiner Unterkunft *The Plaza Student Apartments* zum Stehen. Neugierig schnalle ich mich ab und steige mit anderen Studierenden aus. Innerhalb weniger Minuten haben wir alle unsere Koffer in der Hand und haben einen Kreis um Sam gebildet.

»Herzlich willkommen in einem der beliebtesten Unterkünfte nahe des Strands. Obwohl ihr Strand, Bars, Einkaufsmöglichkeiten und das Zentrum in eurer Nähe habt, ist es hier vergleichsweise ruhig. *The Plaza* zählt zu einem der drei größten Apartment Communities in Pacific Beach und bietet euch jeglichen Luxus. Wenn euch der Strand zu voll ist, könnt ihr hier im Pool eure Runden drehen, euch im Jacuzzi erholen oder in der Sauna Kraft tanken. Zudem stehen euch ein Fitnessraum und ein Tennisplatz zur Verfügung. Ihr seid in einem Zwei-Bett-Zimmer untergebracht, pro Wohnung teilen sich vier Studierende verschiedener Universitäten je eine Küche und zwei Bäder. Hinter dem Haus habt ihr eine Bushaltestelle, die ihr jedoch kaum brauchen werdet. Den Strand erreicht ihr innerhalb von fünf Minuten mit dem Fahrrad. Ihr könnt auch laufen oder das Skateboard nutzen, wie ihr mögt. Direkt hinter dem Gebäude gibt es eine große Auswahl an Supermärkten und zur beliebten Garnet Avenue mit seinen berüchtigten Bars lauft ihr zirka zehn Minuten. Ich wünsche euch allen eine schöne Zeit hier. Durch die sozialen Möglichkeiten könnt ihr viele Freundschaften zwischen den verschiedenen Universitäten und Nationalitäten knüpfen. Bei Fragen und Problemen steht euch das Personal jederzeit zur Verfügung.«

Lächelnd warte ich ab, bis Sam wieder im Bus sitzt und schnappe mir anschließend meine Sachen. Aufgeregt betrete ich das Grundstück und meine Augen beginnen zu leuchten. Der Pool und seine Anlage sehen einladender aus als auf den Fotos im Internet. Einige weiße Liegestühle wurden in einer Reihe mit Blick auf den Pool und den Jacuzzi aufgestellt. Bäume und Pflanzen verleihen dem Bereich ein schönes Urlaubsfeeling. Seufzend wende ich mich ab und betrete das Gebäude. Meine Wohnung ist ebenfalls sehr einladend gestaltet, jedoch ist die Ausstattung ein wenig in die Jahre gekommen. Die große Küche besteht aus einfachen weißen Holzmöbeln und einem riesigen Kühlschrank und die Fliesen wurden sicherlich vor der Jahrtausendwende verlegt. Dennoch ist der Raum praktikabel und dafür glänzt der Gemeinschaftsraum mit einladenden Details. Eine schwarze Couch mit passendem Glastisch lädt zum gemeinsamen Verweilen ein, zudem gibt es einen Fernseher und einen großen Esstisch. Eine kleine Tür führt zum Balkon. Die beiden Badezimmer verfügen jeweils über eine Toilette mit Waschbecken. Im einem Bad gibt es eine Badewanne, das andere verfügt über eine Dusche. Die Einrichtung ist zwar minimalistisch und erinnert mich an die 70er Jahre, dennoch ist es für meinen Geschmack ausreichend.

Voller Motivation wende ich mich ab und suche mein Zimmer. Sofort schleicht sich ein breites Grinsen auf meine Lippen und ich spüre, wie die Anspannung aus meinem Körper weicht. Die Wände sind hell und farbenfroh gestrichen und verleihen dem Raum dadurch einiges an Gemütlichkeit. Zwei Einzelbetten werden durch einen Nachtschrank getrennt, der zweite Nachtschrank befindet sich zwischen der Tür und dem ersten Bett. Auf beiden Kommoden steht jeweils eine Leselampe, eine absolute

Notwendigkeit für mich und meine Lieblingsbeschäftigung. Gegenüber der Betten befindet sich ein Schreibtisch mit Stuhl. Zufrieden schmeiße ich meinen Koffer aufs Bett. Fürs Ausräumen habe ich keine Zeit, immerhin will ich schnell den Einkauf erledigen, um noch etwas Zeit am Strand verbringen zu können. Entschlossen mache ich ein Foto vom Zimmer und schicke es an meine Eltern und Kylie, bevor ich mir meine Handtasche schnappe und die Wohnung verlasse.

Circa eine Stunde später bin ich vom Einkaufen zurück. Vorerst habe ich mich nur mit den wichtigsten Lebensmitteln eingedeckt, wie Kaffee, Tee, Wasser, Brot, Obst, Gemüse, Süßigkeiten und Lebensmittel für den Kühlschrank. Schnell verstaue ich meine Einkäufe und begebe mich in mein Zimmer. Von meiner Mitbewohnerin ist noch immer nichts zu sehen, die Bettwäsche und ihr Kleiderschrank deuten jedoch darauf hin, dass sie schon eingezogen ist. Ob sie wohl auch am Strand liegt oder einen aufregenden Tag im Balboa Park macht? Nachdenklich schaue ich aus dem Fenster und gebe mich meinen Grübeleien hin. Bisher hatte ich noch nie eine Mitbewohnerin. Ich hatte immer mein eigenes Zimmer, selbst wenn ich in England auf dem Campus gewohnt hätte, wäre das normal gewesen. Ob ich mich wohl daran gewöhnen werde, weniger Freiraum zu haben? Was, wenn wir uns nicht verstehen? Wie sollen wir eventuellen Männerbesuch regeln und was, wenn wir beide gleichzeitig unsere Ruhe im Zimmer haben wollen? Seufzend drehe ich mich vom Fenster weg, schnappe mir Buch und Handtasche und mache mich auf den Weg zum Strand. Ein kleiner Spaziergang bei schönem Wetter und das entspannende Rauschen des Meeres werden mein Grübeln beruhigen, bevor ich in die Welt von Harry Potter eintauche. Entschlossen schließe ich meine Zimmertür hinter mir und laufe Richtung Strand. Schon von Weitem höre ich die Möwen und Seeadler beim Futterkampf und automatisch schleicht sich ein Lächeln auf mein Gesicht. Seit meiner Kindheit hatten die Weite des Meeres und die unvergleichliche Geräuschkulisse eine

unbeschreibliche Wirkung auf mich. Egal, wie ich mich fühle und mit welchen Problemen ich zu kämpfen habe, am Wasser scheint alles wie weggeblasen zu sein. Es ist das gleiche Gefühl, das andere nach einer ausführlichen Meditation, einem romantischen Abend oder in der Badewanne bei ihrem liebsten Hörbuch empfinden. Dieser

Moment, in dem man einfach lebt, runterfährt und die Probleme hinter sich lässt. Es ist das Gefühl von Freiheit und unendlicher Zufriedenheit, Glück und Zufluchtsort in einem.

Als ich ankomme, stelle ich erleichtert fest, dass nur wenige Menschen sich an diesen

Strandabschnitt verirrt haben. Abgesehen von einer Gruppe Studenten, kann ich weit und breit niemanden sehen. Lächelnd lege ich mich hin und hole Harry Potter und der Feuerkelch aus meiner Tasche. Ich weiß, nicht die beste Strandlektüre, ein locker-leichter Liebesroman würde zu dieser Kulisse besser passen. Aber ich habe letzte Woche die Reihe zum tausendsten Mal angefangen und ich muss eine Serie erst beenden, bevor ich etwas Anderes anfange. Egal, wie gut ich die Geschichte kenne. In jedem Buch kann man immer etwas Neues entdecken. Der Wind streichelt zärtlich meine Haut und spielt mit meinen Haaren. Wäre ich nicht so aufgedreht, könnte ich mich dem Spiel mit der Natur hingeben und einschlafen. Selbst mit Buch in der Hand spüre ich, wie sich die Entspannung bis in jeden einzelnen Knochen ausbreitet. Der kühle Sand unter mir hat etwas Beruhigendes an sich und das Gezanke der Vögel ist wie Musik in meinen Ohren. Genussvoll klappe ich das Buch auf und folge Harry, Ron und Hermine zur Quidditch-Weltmeisterschaft.

Ein lautes Pfeifen lässt mich aufschrecken und für einen Moment habe ich vergessen, wo ich bin. Bin ich eingeschlafen? Nein, das kann nicht sein! Ich saß doch eben noch im Zug nach Hogwarts. Verwirrt und leicht verärgert, hebe ich den

Kopf und schaue mich nach der Störung um. Einer der College-Typen kommt mit Surfbrett aus dem Wasser und lässt sich für irgendetwas von seinen Freunden feiern. Als hätte er einen Weltrekord gebrochen, springt er lachend vom Brett und landet natürlich sanft auf den Füßen im Sand. Breit grinsend verbeugt er sich durch die Runde und sonnt sich im Lob. Pah, dieser Idiot denkt wohl, er sei ein Gott oder so. Gut, dann weiß ich immerhin, von wem ich mich zukünftig fernhalten werde. Solche Kerle haben nichts drauf, das außerhalb des Schlafzimmers zu irgendetwas zu gebrauchen wäre. Glaubt mir, das habe ich oft genug erlebt. Zweifellos, seine Bauchmuskeln, die unter der nassen Haut besonders deutlich zur Geltung kommen, lassen meinen Herzschlag für einen Moment aussetzen und seine braunen Haare entlocken mir ein Lächeln. Dennoch ist das kein Grund, sich so aufzuführen. Der scheint es echt nötig zu haben. Gerade als ich mich wieder meinem Buch widmen will, schaut er auf. Seine eisblauen Augen funkeln amüsiert und um sein Kinn deutet sich ein Drei-Tage-Bart an. Schlagartig wird es trocken in meinem Mund und ich spüre, wie sich mein Herzschlag verdoppelt. Um meine Ehre zu retten, zwinge ich mich zu einem

entnervten Augenverdrehen, bevor ich mich von ihm abwende. Der soll gar nicht erst denken, dass ich so leicht zu haben bin!

»Mach dir nichts draus. Das ist Cam, der schlimmste Angeber am Campus. Er studiert im Master an der UC San Diego und denkt, er sei der Größte. Zugegeben, seine ganzen Surfrekorde und die Tatsache, dass er der beste Surflehrer in San Diego ist, sind bemerkenswert. Genauso aber die Anzahl weiblicher Studenten, mit denen er regelmäßig gesehen wird. Beides ist nicht hilfreich, um sein Ego in den Griff zu kriegen. Kleiner Tipp von mir: So heiß und charmant er ist, lass dich bloß nicht von ihm um den Finger wickeln.«

Überrascht schaue ich auf und sehe eine junge Frau mit kirschroten Locken neben mir sitzen. Vermutlich ist sie in meinem Alter und ebenfalls Studentin. Ihr Look verrät, dass sie eher Richtung Heavy-Metal-Schiene geht und irgendwie finde ich das cool. Genauso ihre Fähigkeit, aus dem Nichts heraus aufzutauchen. »Hatte ich nicht vor«, erwidere ich grinsend und reiche der Fremden meine Hand. »Ich bin Amber und heute hierher gezogen. Und mit solchen Typen wie diesem Cam bin ich durch, keine Sorge.«

Lachend nimmt sie meine Hand entgegen und schüttelt sie. »Freut mich zu hören. Ich bin Rachel und habe dich vorhin aus unserem Zimmer kommen sehen. Endlich habe ich mal eine

vernünftige Mitbewohnerin! Und sorry, dass ich dich so dumm von der Seite anquatsche, aber ich habe gesehen, dass du ihn beobachtet hast und für gewöhnlich sabbern die meisten Mädchen. Seit meinem zweiten Jahr hier habe ich es mir zur Aufgabe gemacht, die neuen Mädels vor Mr. Macho zu warnen. Du hast keine Ahnung, wie viele Tränen ich in den letzten Jahren seinetwegen trocknen durfte.« Entnervt schnaubend schüttelt sie ihren Kopf, als müsse sie einen Alptraum loswerden. Was bei all den Geschichten, die Rachel offenbar miterlebt hat, gar nicht so weit hergeholt ist.

»Wirklich, so schlimm?«, frage ich erstaunt. Klar, er sieht gut aus und wer eine unbedeutende und vielversprechende Nacht erleben will, macht sicherlich nichts falsch. Aber kann er so viele Herzen brechen, obwohl schon alles an ihm schreit, dass er von Liebe keine Ahnung hat? Fallen so viele auf ihn rein? Kalt lachend verschränkt Rachel ihre Arme vor mir als könne sie meine Gedanken lesen. »Du hast ja keine Ahnung. Man sollte meinen, dass die Mädels es sehen müssten, dass er täglich mit einer anderen flirtet und offenbar nichts als Sex im Kopf hat. Und ich kann verstehen, wenn man sich vom Prüfungsstress oder dem Ex ablenken will, solange man sein Herz nicht verliert. Aber offenbar schalten alle Mädels nach einer Nacht mit Cam ihr Hirn aus. Ich bin seit dem Bachelor mit ihm immer wieder in Seminaren gewesen und, sagen wir es so, hatte oft genug die Chance, ihn beim Arbeiten zu erleben. Aber offenbar scheinst du zu den wenigen Mädels mit IQ zu zählen und das erleichtert mich ungemein. Am Campus der CU startet heute Abend eine Welcome-Back-Party. Wollen wir zusammen hingehen?« Erstaunt von dem Themenwechsel lege ich den Kopf schief.

Scheinbar hat jemand ein großes Problem mit Herzensbrechern, was ich absolut verstehen kann. Und womöglich bin ich die Einzige, die das nachvollziehen kann und ihr zuhört. Kein Wunder also, dass sie die Chance nutzt, um Dampf abzulassen. Aber soll ich auf eine Party gehen? Cam ist sicherlich nicht der einzige Typ mit, nun ja, erhöhtem Sexdrang, und Alkohol und ich waren nie die besten Freunde. Andererseits muss ich mir hier neue Kontakte aufbauen und wenn das Studium erst anfängt, habe ich fürs Feiern keine Zeit mehr. Und eine Partynacht wird schon nicht zum Problem werden. »Alles klar, ich bin dabei. Dann lass uns zurückgehen, mit Sand im Haar will ich mich nicht dort blicken lassen. Bisher musste ich keine Mobbing-Attacken ertragen und meinetwegen kann das so bleiben.« Grinsend erhebe ich mich, packe meinen Lieblingshelden und seine Freunde ein und laufe neben Rachel zurück zum Haus.

Kapitel 4

Cam

Was für ein geiler Tag zum Surfen! Endlich bin ich zurück in San Diego und kann in Ruhe auf den Wellen reiten. Dieses Gefühl von Freiheit, kombiniert mit dem Adrenalin und einem gewissen Risiko, lässt mein Herz höherschlagen. Nächstes Jahr um diese Zeit muss ich mich nicht mehr mit sinnlosen Vorlesungen quälen, sondern kann den ganzen Tag am Meer sein. Was gibt es Schöneres, als von morgens bis abends zu surfen und heißen Mädels Unterricht zu geben? Einen Moment lang lasse ich den Blick über das Meer schweifen, bevor ich grinsend mein Brett nehme und auf die Wellen zulaufe. Kaum berühren meine Füße das Wasser, bin ich sofort in meinem Element. Genussvoll atme ich die salzige Luft ein, lege mich bäuchlings auf mein Board, und paddle Richtung Meeresmitte, die Wellen stets im Blick behaltend. In solchen Momenten fühle ich mich wie ein Raubtier auf der Jagd, immer auf der Suche nach der besten Beute. Gerade als ich darüber nachdenke, mich eine Zeitlang treiben zu lassen, sehe ich die perfekte Welle auf mich zukommen. Ohne länger zu zögern, stemme ich mit beiden Händen auf die Knie, nur um einen Moment später sicher auf den Füßen zu stehen. Jegliche Entspannung weicht aus meinen Muskeln ich und bin hellwach. Jeder noch so kleine Fehler könnte das Aus meiner Karriere bedeuten und mich schlimmstenfalls ins Koma verfrachten. Wie von selbst steuere ich auf die Welle zu und lasse mich fallen. Der Trick ist nicht, die Welle zu beherrschen, sondern eins mit ihr zu werden. Als ich am höchsten Punkt ankomme, übernimmt mein

Herz die Kontrolle und ich setze zu meinem Lieblingstrick an.

»Klasse, Cam!«, höre ich meinen besten Freund Paul rufen und ein lautes Pfeifen folgt seinen Worten. Grinsend lasse ich mich wieder aufs Board fallen und treibe Richtung Strand zurück, wo ich gekonnt auf meinen Füßen lande. Stolz sehe ich mich um und verbeuge mich gespielt verlegen. Gott, ich liebe es, wie mich die Mädels anschmachten, als wäre ich ihr Lieblingsstar. Vor allem die Blicke meiner Ex gehen runter wie Honig, aber ich weiß, dass ich das nicht zu sehr genießen darf. Es ging ihr nie um mich. In erster Linie fand sie das Geld meines Vaters anziehend, meine Muskeln waren nur die bekannte Kirsche auf der Torte. Doch seit ich zu San Diegos besten Surfer ernannt wurde und die Frauen pausenlos um mich herum sind, bin ich wieder interessant für sie. Aber so sind die Mädels: Sieht man gut aus, ist berühmt und hat Kohle, sind sie alle plötzlich verliebt. Ich will nicht lügen, anfangs war diese Erfahrung schmerzhaft, doch mittlerweile genieße ich die Freiheit. Die Möglichkeit, mich nach Lust und Laune auszuprobieren, und nichts absprechen oder bereuen zu müssen. Für etwas Festes habe ich Zeit, sobald mein Business steht und ich zu alt für unverbindlichen Sex bin.

Gerade als ich meine Sachen vom Strand aufheben will, sehe ich aus den Augenwinkeln, wie ich beobachtet werde. Überrascht hebe ich den Kopf und sehe in grasgrüne, funkelnde Augen. Neugierig lasse ich meinen Blick über ihr Gesicht, das von dunkelblonden Wellen umrahmt wird, wandern, hinunter zu ihren Brüsten. Einen Moment verharre ich dort. Entweder die Kleine trägt einen Push-up-BH oder der Kerl an ihrer Seite kann sich glücklich schätzen. Genussvoll lasse ich meinen Blick weiter runter gleiten und was ich sehe, gefällt mir. Sie ist kein Size-Zero-Model, aber ihre weibliche und kurvige Figur steht ihr ungemein gut. Ich mag Frauen, die ein bisschen was zu bieten haben und sich nicht anfühlen, wie mein Surfbrett. Schade, dass sie sich unter einem Maxi-

Kleid versteckt, Hotpants würden ihr eindeutig besser stehen. Und was will die mit einem verdammten Buch am Strand? Warum sonnt sie sich nicht im Bikini, geht schwimmen oder macht, was normale Studenten eben tun? Von Streberinnen sollte ich mich fernhalten, die bedeuten nur Ärger. Es ist immer das Gleiche mit ihnen: Man einigt sich auf eine einzige und absolut bedeutungslose Nacht und am nächsten Morgen heulen sie, weil man ihnen keinen Antrag macht. Da sind die Mädels, die es nur auf meinen Ruhm oder das Geld abgesehen haben, deutlich angenehmer. Andererseits hatte ich lange kein süßes, braves Mädchen mehr und eine Herausforderung ist sicherlich nicht die schlechteste Idee ...

»Hallo? Erde an Cam! Bist du heute Abend dabei?« In einer völlig übertriebenen Geste wedelt mein bester Freund mit seiner Hand vor meinen Augen und zwingt mich damit, den Blick auf ihn zu richten.

»Äh, was? Worum geht's?«, versuche ich den Plänen meiner Clique zu folgen und sehe von einem zum anderen. »Bei der Party auf dem Campus, du Volldepp! Wo zur Hölle warst du mit deinen Gedanken? Es ist das Top-Thema schlechthin!«

Einen Moment blinzle ich verwirrt. Welche Party? Normalerweise bin ich immer der Erste, der von so etwas erfährt, doch seit dem Sommer trainiere ich härter denn je. Wenn ich die nächsten Monate noch einmal alles gebe und meinen Ruf als besten Surfer festige, ist das die lukrativste Werbung für meine geplante Surfschule. Mich von Alkohol und Partys ablenken zu lassen, ist da eher kontraproduktiv. Ich möchte schon bedauernd ablehnen und meinen Kumpels und den Mädels viel Spaß wünschen, als ich höre, wie Rachel das mir unbekannte Mädchen zur Feier einlädt. Als stünde alles auf dem Spiel, halte ich die Luft an. Versteht die Streberin tatsächlich etwas von Spaß? Zu meinem Erstaunen höre ich, wie sie zustimmt. Na schön, eine letzte Part kann ich mir leisten. Sie wird mir wohl kaum alles ruinieren! Breit grinsend wende ich mich Paul, James, Beth und Vanessa zu und grinse. »Na klar bin ich dabei! Keine Welcome-Back-Party ohne mich! Los Leute, lasst uns gehen. Oder wollt ihr etwa in diesen Outfits die Tanzfläche rocken?« Erleichtert lacht Paul auf und James schlägt mir auf die Schulter, als wir uns gemeinsam in Richtung Wohnheim begeben.

Abends

Zufrieden werfe ich einen letzten Blick in den Spiegel und drehe mich einmal um meine Achse. Wie jedes Jahr nutze ich die Welcome-Back-Feier, um mich vor den Neuen in Szene zu setzen und klar machen, wer der Boss auf dem Campus ist. Auch wenn ich dieses Jahr schon ein Ziel vor Augen habe, schadet es ja nicht, auf alles vorbereitet zu sein. Sollte die Kleine einen Rückzieher machen oder aus der Nähe doch nicht so heiß sein, will ich mir alle Optionen offen halten. Nach längerer Überlegung habe ich mich für ein weißes Shirt entschieden, dass meine
Bauchmuskeln perfekt in Szene setzt. Dazu ein Paar Chucks, meine Lieblingsjeans, und das Outfit sitzt. Gut gelaunt verlasse ich mein Zimmer und mache mich auf den Weg zur Party. Schon von Weitem höre ich die laute Musik und das Gelächter. Während die Freshmen von den Seniors aufgehalten und spaßeshalber danach gefragt werden, wer sie eingeladen hat, werde ich mit Schulterklopfen und einem Freibier begrüßt. Nachdem ich mich bedankt und mit einigen wichtigen Leuten Smalltalk geführt habe, entdecke ich meine Clique an einem Tisch und bahne mich zu ihnen durch. Zwischenzeitig werde ich von ein paar Mädels angeflirtet, doch da mein Ziel klar ist, lasse ich sie abblitzen. Außerdem habe ich die Erfahrung gemacht, dass Mann interessanter ist, wenn er sich zuerst unnahbar gibt. Am Tisch angekommen, lasse ich mich seufzend auf einen Stuhl fallen. »Na, Cam, schon die Richtige ausfindig gemacht? Oder warum bist du so spät?«, begrüßt mich James und zwinkert mir vielsagend zu. »Und wie, aber die Kleine ist noch nicht da. Und was

geht bei euch so?«, erwidere ich möglichst gelassen und desinteressiert. Wie immer, mustert James mich bewundernd und schüttelt den Kopf. »Wie zur Hölle machst du das? Ich meine, ganz ehrlich! Du betrittst einen Raum und schon vergessen die Mädchen zu atmen! Das ist unfair!«

»Tja, mein Lieber«, antworte ich gedehnt und grinse. »Ich würde sagen, die Kombi aus Geld, Ruhm und Sixpack macht's. Aber mach dir nichts draus, deine Quote ist doch ganz passabel.«

Grummelnd wendet er sich von mir ab und ich höre ihn nur »Arschloch« murmeln, was mich nicht im Geringsten stört. So nennen mich die Frauen am nächsten Morgen in der Regel ebenfalls. Nichts, das mich noch interessiert.

»Soso, du warst also schon vor der Party auf der Jagd, mh? Wer ist es denn dieses Mal? Die süße Kellnerin aus unserem Marketingkurs?«

Augenverdrehend wende ich mich an Paul. Jeder aus der Clique weiß, dass er auf Jolene steht und hofft, dass ich sie nicht will. Vielleicht sollte ich nett sein und ihn von seinen Qualen erlösen? Dafür sind Freunde schließlich da, oder? »Keine Sorge, Paul. Jolene ist nicht mein Typ. Von mir aus kannst du dein Glück gerne probieren. Ich warte darauf, dass meine Wunschfrau den Raum betritt und ... Oh wow, wer hätte gedacht, dass die Kleine sich schick machen kann?«

Beeindruckt lasse ich meinen Blick über ihren gesamten Körper wandern. Ihre langen Haare fallen lässig in einer lockeren Flechtfrisur über die freiliegenden Schultern. Ein schulterfreies weißes Oberteil mit Blumenmuster lässt ihre Kurven perfekt zur Geltung kommen. Schwer schluckend schaue ich an ihren Beinen herab, die durch den knielangen schwarzen Rock und den Schuhen mit leichtem Absatz optisch länger aussehen. Fuck, weiß die Kleine eigentlich, wie heiß sie ist? Wie hypnotisiert starre ich ihren wunderschönen Körper an, während mein Mund trocken wird und sich in meiner Hose unverkennbar etwas regt. Verdammt! Hoffentlich wird sie keine allzu große Herausforderung. Ansonsten weiß ich nicht, wie ich die heutige Nacht überleben soll.

Ein Räuspern hinter mir lässt mich erneut zu meinen Freunden sehen. »Ernsthaft Cam? Die Streberin von der Bucht? Zugegeben, sie hat sich ziemlich rausgeputzt, aber trotzdem. Ich denke nicht, dass die dich ran lassen wird. Such dir lieber eine andere aus.«

Frustriert hebe ich den Kopf und sehe meinem besten Freund direkt in die Augen. »Glaub mir, Paul. Wenn ich könnte, würde ich. Aber offenbar ist es dafür zu spät«, knurre ich, weil in jeder Sekunde, in der ich ein Wort an ihn verschwende, mein Verlangen nach der Kleinen stärker wird. »Und du weißt: Am Ende bekomme ich immer, was ich will. Und jetzt entschuldige mich bitte, ich muss einen Drink ausgeben.« Ohne seine Antwort abzuwarten, stehe ich von meinem Stuhl auf und schlendere gekonnt lässig auf mein Ziel zu.

Kapitel 5

Cam

»Hey, du bist doch das Mädchen vom Strand vorhin, das mich so angeschmachtet hat. Haben dir meine Tricks gefallen?«, lehne ich mich bewusst weit aus dem Fenster. Wenn meine Erfahrungen mich nicht täuschen, ist sie die Art Frau, die sich leicht durch solch eine Wortwahl provozieren und somit schneller ins Bett kriegen lässt.

»Bitte was?« Entsetzt sieht sie mich zwischen zusammen gekniffenen Augen an und mustert mich herablassend. »Erstens stehe ich nicht auf Angeber wie dich und zweitens habe ich einen Namen, Mr. Superwichtig.«

»Angeber, mh? Nun ja, ich kann nicht leugnen, dass ich auf meine Leistungen stolz bin, aber als Angeber würde ich mich nicht bezeichnen. Wie heißt du denn? Ich meine, ich kann dich weiterhin als Mädchen vom Strand oder Kleines ansprechen, aber wenn dir dein Name so wichtig ist...«

»Ich heiße Amber, du Vollidiot, was nicht nur auf den Edelstein Bernstein zurückzuführen ist, sondern im Armenischen *Wolke* und im Türkischen *Rosenduft* bedeutet. Nur damit dein kleines Sportlerhirn auch etwas Bildung bekommt. Und nebenbei bemerkt: Weder habe ich dich angeschmachtet noch deine Tricks bewundert!«, ruft sie wütend aus und verschränkt ihre Arme vor der Brust.

Grinsend lehne ich mich ein Stück weiter vor und gebe mich besonders interessiert. Wie es aussieht, bin ich auf dem richtigen Weg. »Danke für die Lektion, das wusste ich wirklich nicht. Hast du türkische oder armenische Wurzeln?

Oder wieso haben sich deine Eltern für diesen Namen entschieden?«

Amüsiert beobachte ich, wie ihr Gesichtsausdruck von wütend zu überrascht wechselt. Zugegeben, dass sie sich so leicht aus dem Konzept bringen lässt, ist niedlich und beim Gedanken an ihre süße, schüchterne Art, meldet sich mein Freund auf recht schmerzliche Weise. Fuck, wenn das so weiter geht, habe ich ein Problem. Wie kriegt man ein unschuldiges Mädchen, das vermutlich keinen Alkohol trinkt, ins Bett, ohne sich vorher eine Backpfeife einzufangen? »Nein, ich habe keine armenischen oder türkischen Wurzeln und selbst wenn, würde dich das einen feuchten Kehricht angehen. Keine Ahnung, was meine Eltern an dem Namen fanden, aber ist mir völlig egal. Herr Gott nochmal, wer hätte gedacht, dass du auf einer Party noch nerviger sein kannst als am Strand? Was zur Hölle willst du von mir? Außer dir eine einfangen, meine ich?«

Beeindruckt von ihrem Mini-Ausraster, hebe ich meine linke Augenbraue und verschränke ebenfalls die Arme vor der Brust. Wie es aussieht, hat der kleine Bernstein ein feuriges Temperament. Was man damit alles im Bett anstellen könnte, will ich mir lieber nicht ausmalen. »Dafür, dass du angeblich kein bisschen von mir und meinen Tricks beeindruckt bist, ist es schmeichelnd, dass du mich als Gott bezeichnest. Aber Cam reicht absolut aus. Und tut mir leid, wenn ich dich nerve, das war nicht meine Absicht. Ich war nur überrascht, dich hier zu sehen, nachdem du vorhin alleine am Strand gesessen hast. Dachte nicht, dass du gerne unter Menschen gehst und wollte dir nur helfen, Kontakte zu knüpfen. Glaub mir, das Studium ist leichter, wenn man seine Freunde hat. Deswegen dachte ich, dass ich dich auf einen Drink mit meiner Clique einlade. Aber wenn du lieber für dich alleine sein und Sportlern aus dem Weg gehen willst, dann genieße deinen Abend halt als einsamer Wolf. Viel Spaß dabei, Fräulein Bernstein.«

»Du wolltest zu mir nett sein?« Überrascht und skeptisch mustert sie mich und ich flehe, dass das schummrige

Licht meinen Ständer vor ihr verbirgt. Denn dafür habe ich garantiert keine Gentleman mäßige Erklärung.

»Warum so judgy? Nur, weil ich ein Sportler bin, heißt es nicht, dass ich keine Manieren besitze. Aber wenn du nicht willst, ist das okay. Ich kann's ja verstehen. Die brave Streberin will weder mit Sportlern, noch mit Alkohol zu tun haben. War nur ein Angebot, das dir so schnell keiner hier machen wird.«

Zufrieden beobachte ich, wie sie sich unsicher durch ihre Haare fährt und zwischen mir und meinen Freunden hin- und her sieht. Habe ich etwa doch eine Chance? Gespielt enttäuscht drehe ich mich um und hoffe, dass sie mir folgen wird.

Kapitel 6

Amber

Verwirrt starre ich Cam hinterher und folge mit meinen Augen seinem, zugebener Maßen, heißen Rücken. Was zur Hölle war das denn eben? Wollte er wirklich nur höflich sein und mir helfen oder ist das seine neue Masche, Mädchen ins Bett zu bekommen? Ich weiß, dass Rachel mich vor ihm gewarnt hat und mein Verstand rät mir lautstark dazu, mich von ihm wegzudrehen und nach meiner Freundin zu suchen. Mein Herz jedoch sieht die Sache anders. Vielleicht ist er ja doch nicht das selbstverliebte Arschloch, das er nach außen hin gibt. Und hat nicht jeder Mensch eine zweite Chance verdient? Außerdem ist er heiß und ein Drink wird mir schon nicht schaden, oder? Seufzend drücke ich mich vom Tisch weg und folge ihm.

»Ich bin keine Streberin und das Bier geht auf dich!« Ganz langsam dreht sich Cam zu mir um und mustert mich erstaunt.

»Na ja, ein Mädchen, das alleine mit einem Buch am Strand sitzt und zur Party des Jahres im Strandoutfit erscheint, macht nicht gerade den Eindruck einer Partymaus. Aber ich lasse mich gerne eines Besseren belehren. Und ja, ich habe dich auf einen Drink eingeladen, also geht er selbstverständlich auf mich. Sicher, dass du nur ein Bier willst? Lass uns zur Bar, vielleicht findest du ja was Besseres.« Ehe ich etwas sagen oder auf seine Freunde deuten kann, nimmt Cam meine Hand und zieht mich hinter sich her, geradewegs Richtung Bar. Etwas überrumpelt folge ich ihm und lasse mich kurz darauf auf einem Hocker nieder. Um mich

von seinen Bauchmuskeln, die sich verführerisch an sein Shirt schmiegen,
abzulenken, mustere ich eindringlich die
Getränkekarte. Wenn ich schon eingeladen werde, kann ich ihm gleich beweisen, dass ich keine leicht durchschaubare Streberin bin.

»Ich hätte gerne einen Tequila Sunrise«, erkläre ich deshalb dem Barkeeper freundlich und lächle. Obwohl ich Cam's überraschten Gesichtsausdruck sehe, unterdrücke ich ein Grinsen und schlürfe betont lässig an meinem Cocktail.

»Okay, ich bin überrascht. Mit einem Cocktail habe ich nicht gerechnet und wenn, eher mit einem Sex on the Beach.« Anzüglich grinsend nimmt er seinen Cuba Libre in die Hand und prostet mir zu.

Schnaubend sehe ich ihm direkt in die Augen. »Ich bitte dich, das ist ja sowas von lahm. Und wenn, dann doch lieber in echt und weniger als Drink, meinst du nicht?«

Überrumpelt von meiner Antwort, verschluckt sich Cam und sieht mich mit großen Augen an. Lachend reiche ich ihm ein Taschentuch und klopfe ihm auf den Rücken. Tja, damit hat unser Angeber kaum gerechnet. Er dachte wohl sicher, dass ich rot werden und vor mich hinstammeln würde oder seine Anspielung nicht verstehe. Zeit, ihm meine andere Seite zu zeigen und den Streberruf ein für alle Mal loszuwerden.

»DU stehst auf öffentlichen Sex?« Ungläubig zieht er seine linke Augenbraue hoch und mustert mich eindringlich. Dabei legt sich seine Stirn in Falten, als versuche er, ein kompliziertes Rätsel zu lösen. »Ernsthaft? Ich dachte nicht, dass du, nun ja, so offen sein kannst.«

Entrüstet schüttle ich den Kopf, als mir die Message seiner Aussage bewusst wird. »Du dachtest, ich wäre Jungfrau, würde den ganzen Tag schnulzige Liebesfilme sehen und von meinem Traumprinzen und Blümchensex träumen, nicht wahr? Sorry, da muss ich dich enttäuschen. Erstens stehe ich nicht auf rosarote Kitschfilme und besonders Cinderella geht mir einfach nur auf die Nerven. Zweitens habe ich meine Jungfräulichkeit in den Sommerferien der zehnten Klasse bei einem One-Night-Stand nach einem Konzert verloren. Nicht, dass dich das etwas angehen würde. Sonst noch Fragen?«

Eine Weile starrt mich Cam mit offenem Mund an, offenbar unfähig, meine Aussage zu verdauen. Typisch Männer! Kommt eine Frau mit einer toughen Antwort um die Ecke, verabschiedet sich das Gehirn. Amüsiert beobachte ich ihn dabei, wie sich sein Gesichtsausdruck von überrumpelt, zu geschockt, bis hin zu überrascht wandelt, und lächle ihn unschuldig an. Eine halbe Ewigkeit später, scheint Cam seine Worte wiedergefunden zu haben.

»Nun, das war ... sehr aufschlussreich und garantiert nicht das, was ich erwartet habe. Ich dachte, du studierst Literatur und willst die nächste Bestsellerautorin für Liebesromane

werden. Was sind deine Ziele im Leben?« Nun liegt es an mir, überrascht zu reagieren. Ich erzähle ihm von meinem ersten Mal und die Frage, die er stellt, bezieht sich nicht auf Taktiken, Orte oder sonstige private Details? Will er wirklich meine

Karrierewünsche kennlernen? Unsicher rutsche ich auf meinem Stuhl hin- und her und räuspere mich anschließend. »Na ja, ich studiere Geschichte und Kommunikation im Bachelor. Schon seit ich klein bin, träume ich davon, eines Tages Museumsdirektorin zu werden. Als Kind habe ich viel Zeit mit meiner Oma in Museen verbracht und sie hat mir einiges über Geschichte beigebracht. Solange ich in San Diego bin, hoffe ich, einen Praktikumsplatz im Museum of

Contemporary Art zu ergattern. Mir ist klar, dass das nahezu unmöglich ist, aber man wird ja träumen dürfen. Wieso fragst du?«

Während ich ihm von meinem größten Traum erzähle, kommt er mir immer näher, bis zwischen uns nur ein paar Millimeter Platz sind. Seine eisblauen Augen funkeln und ich merke, wie mein Mund trocken wird. Oh verdammt, wieso hat dieser Kerl nur so eine verboten gute Wirkung auf mich? Schwer schluckend senke ich meinen Kopf in dem Versuch, meinen Herzschlag zu beruhigen. Hoffentlich bin ich nicht rot wie eine Tomate! Verlegen will ich nach dem Glas greifen und den letzten Schluck trinken, als seine Hand vorschnellt und meine greift. Seine plötzliche Berührung löst Stromschläge in mir aus und jeglicher Widerstand verstummt. »Weil du eine sehr interessante, unglaublich süße und verdammt heiße Streberin bist, Amber«, raunt er mit seiner tiefen, rauchigen Stimme in mein Ohr, während der Daumen seiner linken Hand Kreise auf meiner Wange zieht. Die Härchen auf meinem Unterarm stellen sich auf und ein wohlbekanntes Ziehen in meinem Intimbereich lässt mich jegliche Vernunft vergessen. Verdammt, ich will ihn! Ohne darüber nachzudenken, lege ich meine Hand in seinen Nacken, beuge mich vor und küsse ihn. Sofort schlingt er seine Arme um meine Hüfte, überwindet jeden Millimeter Distanz und presst mich an sich, als wäre ich sein Rettungsring auf offener See. Voller Verlangen drückt er seine Zunge an meine Lippen und stöhnend gewähre ich ihm Einlass. Seufzend lasse ich mich fallen, spüre seinen Ständer an meinem Bauch und weiß, dass ich nicht mehr länger warten kann. Als könnte er meine Gedanken lesen, schiebt Cam mich von sich und schaut mich mit verklärtem Blick an. »Nicht hier, Amber!« Entschlossen ziehe ihn hinter mir her. Zum Glück wohne ich in der Nähe und weiß, dass Rachel nicht vor morgen früh wiederkommen wird. Ohne darüber nachzudenken, führe ich ihn zielsicher von der Party zu meinem Wohnhaus. Je näher wir meinem Zimmer kommen, desto schneller werden wir. Im Flur sind wir alleine und während ich in meiner Handtasche nach dem Schlüssel suche, drückt Cam mich entschlossen gegen die Wand und küsst mich erneut. Seine Hände wandern zielsicher unter mein Shirt und beginnen, meine Brüste zu massieren. Stöhnend stoße ich meine Zimmertür auf und stolpere blindlings in den Raum. Aus den Augenwinkeln sehe ich, wie er die Tür mit seinem Fuß zu kickt, bevor er mich bestimmend Richtung Bett schiebt. Entschlossen schüttle ich den Kopf und drücke meine Lippen erneut auf seine. Sofort gewährt er meiner Zunge Einlass, während er seine Hände über meinen Po gleiten lässt. Stöhnend löse ich mich von ihm, lasse meine Hände unter sein Shirt wandern und fahre seine Brust- und Bauchmuskeln entlang. Seufzend ziehe ich Kreise auf seiner Brust und ertasten jeden einzelnen Muskel. Sein Atem zittert und ein leises Grollen entweicht seiner Kehle. Motiviert mich dazu, weiterzumachen. Süffisant grinse ich und befreie ihn qualvoll langsam von seinem Shirt. Zeit, ihm zu zeigen, dass ich kein braves Mädchen bin. Vorsichtig gleite ich mit meinen Fingern zum Bund seiner Boxershorts und streiche über seine Jeans. Sein Atem wird schneller und lächelnd gehe ich vor ihm auf die Knie. Entschlossen öffne ich seinen Gürtel und den Knopf. »Fuck, Amber!«, höre ich Cam leise stöhnen und sehe auf.

Seine Augen sind geschlossen, dabei hat er seinen Kopf genussvoll in den Nacken gelegt. Grinsend öffne ich den Knopf seiner Jeans und fahre mit der Hand in seine Boxershorts. Langsam beginne ich ihn zu massieren und ziehe mit meinem Daumen kleine Kreise auf seinem Schaft, bevor ich einen kleinen Moment innehalte.

»Gott, mach weiter, verdammt!«, fleht mich Cam an, bevor er die Lippen aufeinanderpresst. Schmunzelnd befreie ich ihn von seiner Boxershorts und beginne, seinen Penis vom Schaft bis zur Eichel zu küssen. Genussvoll lasse ich meine Zunge mit seiner empfindlichsten Stelle spielen. Meine Hände wandern über seine Oberschenkel bis hin zum Po und als er erneut meinen Namen ruft, umschließen meine Lippen seine Eichel komplett. Ich beginne vorsichtig zu saugen, während meine Hände seine Hoden massieren. Fordernd greift Cam in meine Haare und klammert sich in ihnen fest. Doch bevor er kommen kann, schiebt er mich vorsichtig von sich.

»Nicht so«, murrt Cam fordernd und zieht mich auf meine wackeligen Beine. »Ich will dich richtig!« Ehe ich begreifen kann, was passiert, hebt er mich auf mein Bett und beginnt, mich zu küssen. Während seine Hände über meinen gesamten Körper wandern und ein Feuerwerk in mir auslösen, ziehen seine Lippen eine heiße Spur von meinem Mund, über mein Kinn und Hals bis zu meinen Brüsten. Stöhnend werfe ich meinen Kopf in den Nacken. Als er beginnt, an meinen Nippeln zu saugen, drohe ich den Verstand zu verlieren. Gott, wieso ist dieser Typ nur so gut? Gerade als ich denke, dass er endlich zur Sache kommt, führt er seine Küsse weiter nach unten. Fuck, spürt er denn nicht, wie feucht ich bin?

»Cam!«, stöhne ich verzweifelt und schließe meine Augen. Ich will keinen Orgasmus, wenn er nicht in mir ist! Als könne Cam meine Gedanken lesen, lässt er einen Moment von mir ab.

»Sicher, dass du das willst?«, fragt er mit heiserer Stimme, während er die Kondompackung aufreißt. Unfähig, auch nur einen klaren Gedanken zu fassen, nicke ich und strecke ihm mein Becken entgegen. Mit verklärten Augen rollt er das Kondom auf, bevor er sich über mich platziert und endlich in mich eindringt.

Kapitel 7

Cam

Als ich am nächsten Morgen wach werde, spüre ich einen leichten Windzug um meinen Penis und halte einen Moment verwirrt inne. Habe ich etwa nackt geschlafen? Das mache ich eigentlich nur im Hochsommer und der ist seit ein paar Wochen vorbei. Oder, wenn ich die Nacht nicht allein verbracht habe.

Alarmiert öffne ich meine Augen. Okay, das ist eindeutig nicht mein Zimmer. Ich sehe weder mein Surfbrett an der Wand stehen noch meine Plakate oder Trophäen. Wo zur Hölle bin ich und warum bin ich nackt? Und wieso werde ich ungefragt als Kissen missbraucht? Mit dem Schlimmsten rechnend, drehe ich vorsichtig meinen Kopf und mein Herz macht einen Satz. Friedlich an mich gekuschelt liegt Amber. Die süße Streberin mit den ungeahnten Tiefen und Vorlieben für besonderen Sex. Fuck, der Sex! Ich habe in meinen Jahren am College mit einigen Mädels das Bett geteilt, aber noch nie wurde ich so sehr überrascht. Wie neunmalklug sie über die Herkunft ihres Namens philosophiert und meine Meinung von ihr als brave Streberin gefestigt hat. Nur um wenige Minuten später ganz lässig über Sex zu sprechen und mir den besten Blowjob zu geben, den ich jemals hatte. Dieser Meinung ist zumindest mein Freund, der so langsam wach wird und beim Anblick von Amber schmerzlich zuckt. Verdammt! Es sollte eine amüsante Nacht werden. Eine Nacht, die mir und meinen Freunden beweist, dass ich jede haben kann und nach der ich mich ohne Reue wegschleichen kann. Ohne, dass mein Herz bei der Erinnerung verräterisch pocht.

Frustriert schließe ich meine Augen und atme tief durch. *Verdammt nochmal, Cam! Reiß dich zusammen! Sie ist und bleibt eine Streberin, so heiß und begabt sie auch sein mag. Mädchen wie Amber haben garantiert kein Interesse an dir.* Moment, kein Interesse? Wieso denke ich so etwas? Ich bin Cam Davidson, der beste Surfer und Herzensbrecher in ganz San Diego. Ein Mann wie ich verliebt sich nicht. Und er schwärmt auch nicht für irgendwelche Mädchen! Nicht seit der Sache mit Beth ...

Okay, ich muss verschwinden. Und zwar dringend, bevor ich meinen Verstand komplett verliere! Und von braven Mädchen werde ich zukünftig die Finger lassen, besonders von Amber. Ich habe ein Ziel vor Augen und keine Frau der Welt ist es wert, dieses zu verlieren.

Entschlossen schiebe ich die Decke zur Seite und schiele vorsichtig zu Amber. Gut, sie schläft noch. Immerhin ein dramafreies Davonschleichen scheint mir das Schicksal zu gewähren! So leise wie möglich, ziehe ich mir meine Kleidung vom Vorabend an, gehe zur Tür und lausche einen Moment. Offenbar scheinen alle noch zu schlafen, denn auf dem Flur der Wohnung ist es mucksmäuschenstill. Erleichtert öffne ich die Tür und verlasse die Wohnung so unauffällig wie möglich.

»Hey Cam, gut geschlafen?«, begrüßt mich Paul und schlägt mir freundschaftlich auf die Schulter. Offenbar hat auch er die Nacht woanders verbracht.

»Kann nicht klagen«, erwidere ich grinsend, als sich das Bild von Ambers Lippen an meiner Eichel vor mein inneres Auge schiebt. Ja, zu klagen habe ich tatsächlich nichts.

Überrascht hebt Paul eine Augenbraue und mustert mich von der Seite. »So? Ich dachte, du wärst bei der Kleinen vom Strand. Seit wann findest du Gespräche über Bücher und Liebesfilme befriedigend? Muss ich mir etwa Sorgen machen?«

Entnervt verdrehe ich die Augen. Das ist typisch Paul. Während mir alle vorwerfen, ich sei der Meister der Klischees, ist in Wirklichkeit mein bester Freund der heimliche Sieger. Frauen, die wie Amber zu viel Kleidung und zu wenig Make-Up tragen, können in seinen Augen nur Jungfrauen sein.

»Du unterschätzt sie, glaub mir. Ich hatte noch nie so viel Spaß wie letzte Nacht. Ich jedenfalls habe meine Lektion gelernt: Unterschätze nie ein Mädchen mit Buch in der Hand.« Die letzten Worte kommen ungewohnt leise aus meinem Mund, als versage mir plötzlich die Stimme. Je mehr ich über den gestrigen Abend spreche, desto schneller und lebhafter kommen die Erinnerungen zurück und das gefällt mir ganz und gar nicht. Ich mag Sex und das ist weiß Gott kein Geheimnis. Was ich nicht mag, ist im Nachhinein darüber nachzudenken und zu bereuen, mich rausgeschlichen zu haben. Es war eine Nacht, Herr Gott nochmal. Wäre schön, wenn mein Körper das auch verstehen könnte ...

»Sag mal, Cam, bist du sicher, dass es dir gut geht? Die Kleine hat dich ganz schön durcheinander gebracht und ...«, beginnt Paul besorgt.

»Alles super!«, knurre ich und schiebe unwirsch seine Hand weg. »Ich habe mich nur ein wenig verbrannt, nichts, um das du dir Sorgen machen müsstest. Ehrlich, du kennst mich. Ist nicht das erste Mal, dass ich überrascht wurde, und garantiert nicht das letzte Mal. Erzähl mir lieber von deiner Nacht. Bei wem warst du?«

Während Paul mir von seinem Flirt und der daraus resultierenden Nacht mit Kathrine, der besten Freundin einer Mitbewohnerin, erzählt, laufen wir in unsere Wohnung zurück. Obwohl ich erleichtert über den Themenwechsel bin, kriege ich kaum etwas von seiner Geschichte mit. Immer wieder flackern Erinnerungsfetzen in Form heißer Bilder in mir auf. Nach dem Frühstück brauche ich dringend eine Dusche und danach sollte ich mich nach einer Ablenkung umsehen.

In der Küche angekommen gehe ich zielstrebig auf den Kühlschrank zu. Für mich als Sportler ist das Frühstück die wichtigste Mahlzeit am Tag und in der Regel eine gute Ablenkung. Doch irgendwie verspüre ich keinen Appetit. Werde ich etwa krank? Fluchend mache ich mir einen Eiweißshake und kippe ihn in Rekordgeschwindigkeit hinunter. Zum Glück ist heute der erste der Tag der Orientation Week, also der Woche, in der sich alle Clubs und Vereine der Uni den neuen Studenten vorstellen, in der Hoffnung, genug Nachwuchs zu finden. Natürlich habe ich mich erneut dazu bereit erklärt, als Verantwortlicher der Surfschule aufzutreten und interessierte Neulinge vom Festland davon zu überzeugen, dass es keine spannendere und spaßigere Sportart als das Surfen gibt. Natürlich mit dem Ziel, möglichst viele Leute zu einer kostenlosen Probestunde zu überreden, die in unbefristete Verträge übergehen. Immerhin dürften genug Mädels dabei sein, die mich wieder auf den richtigen Weg bringen werden.

Mit neuer Motivation verabschiede ich mich von Paul und gehe geradewegs auf mein Zimmer zu. Mein bester Freund arbeitet ebenfalls in der Surfschule, allerdings in der Marketing-Abteilung und hat versprochen, im Laufe des Tages am Stand vorbeizuschauen und mich zu unterstützen. Obwohl es dabei keineswegs um mich geht, sondern eher um die bezahlten Überstunden und die Chance auf eine gemeinsame Nacht mit einer Sportlerin, gefällt mir die vorgeschobene Unterstützung. Seine Sprüche lockern nahezu jede Situation auf und mein Gehirn und gewisse Körperteile können jede Ablenkung gebrauchen.

»Ciao Cam und viel Spaß unter der Dusche!«, höre ich meinen besten Freund rufen und verdrehe grinsend die Augen. Oja, den werde ich garantiert haben!

Kapitel 8

Amber

Das Zwitschern der Vögel dringt in meine Ohren und stöhnend drehe ich mich um. Mein Kopf hämmert und alles in mir schreit danach, tatenlos im Bett zu bleiben. Was ist gestern Abend passiert? Ich war mit Rachel auf der Party und ... Rachel! Sie hatte mich eingeladen und wir hatten vereinbart, uns vor Ort zu treffen. Doch statt einen entspannten Abend mit einem Glas Cola zu verbringen, habe ich Idiotin einen Cocktail getrunken. Mit Cam! Fuck! Hatte ich mir nicht vorgenommen, mich von Mr. Cool fernzuhalten? Wie konnte ich dann mit ihm an der Bar landen und ...? Panisch schiebe ich die Decke zur Seite und fluche laut. Die fehlende Kleidung, die ich am anderen Ende meines Zimmers wiederfinde, bestätigt meine Vermutung. Das mit Cam war kein Sextraum, sondern dumme Realität! Wie zur Hölle konnte ich so naiv sein und mich von seinem Charme einlullen lassen? Er wollte nur höflich sein, ist klar! Bestimmt hatte er nicht eine Sekunde daran gedacht, mich seinen Freunden vorzustellen und den hilfreichen Mentor zu mimen. Bin ich tatsächlich auf einen der ältesten Tricks der Flirtwelt hereingefallen? Na großartig! Wie soll Rachel mich jetzt noch ernst nehmen? Und viel wichtiger: Wie soll ich mir selbst noch über den Weg trauen? Wie viele Verluste im Leben muss ich noch ertragen, bis ich endlich daraus lerne? Wäre meine Oma noch am Leben, würde sie mir jetzt dazu raten, mich selbst zu hinterfragen. Herauszufinden, ob meine Ziele und Wünsche noch immer dieselben sind. Doch das sind sie. Seit ich Oma vor acht Jahren an ihrem Sterbebett versprochen habe, eines Tages in die USA zu gehen und irgendwann Museumsdirektorin zu werden, habe ich hart an diesem Traum gearbeitet. Und kein Mann der Welt wird das zerstören! Verlegen schließe ich die Augen. Vermutlich würde Oma lächeln und sagen, dass jeder sich irgendwann verliert. Sie würde sagen *Manchmal muss man dem Herzen folgen, um seinen Träumen näher zu kommen. Auch wenn es bedeutet, einen Umweg zu gehen.* Und mein Herz sagt mir, dass es kein zweites Mal gebrochen werden möchte. Am besten fange ich direkt heute mit Beginn der Orientation Week damit an, heißen Kerlen den Rücken zu kehren und mich vollends auf meine Karriere zu konzentrieren. Museumsdirektorin wird man nicht durch Faulenzen!

Gepackt von neuem Elan, strecke ich mich ausgiebig in meinem Bett und schiebe die Decke zur Seite. Seufzend schlendere ich ins Bad, werfe mir eine Aspirin ein und quäle mich unter die Dusche. Kaum berührt das kalte Wasser meine Haut, erwachen meine Lebensgeister, und die Müdigkeit ist wie weggeblasen. Zufrieden trete ich aus der Dusche heraus, knete etwas Schaumfestiger in meine Haare und lasse diese dann in einem lockeren Zopf über meine Schultern fallen. Ein Blick auf die Uhr verrät mir, dass es schon halb zehn ist und ich in einer halben Stunde zur obligatorischen Willkommensrede erscheinen muss. Na toll, dann wird das Frühstück wohl ausfallen! Seufzend gehe ich in mein Zimmer zurück und krame eine Jeanshose sowie mein liebstes dunkelrotes T-Shirt aus meinem Schrank. Zum Aufstylen bin ich heute nicht in der Stimmung.

Nach einem letzten Blick in den Spiegel ziehe ich die Tür hinter mir zu und halte einen Moment lang inne. Die Sonne strahlt mich vom wolkenlosen Himmel an und ein lauer Wind streichelt meine Arme. Über meinen Kopf fliegt ein Schwarm Vögel hinweg und in der Nähe höre ich Studenten fröhlich plaudern.

»Wenigstens die Natur hat gute Laune«, murre ich vor mich hin und steuere den Weg zur Aula an.

»Du etwa nicht?«, höre ich eine mir bekannte Stimme und bleibe grinsend stehen. Rachel kommt gut gelaunt auf mich zu und hakt sich bei mir unter.

»Geht so«, erwidere ich lustlos und laufe neben meiner Freundin her.

Besorgt dreht Rachel ihren Kopf und mustert mich eindringlich. Dabei legt sich ihre Stirn in Falten und ich kann nahezu sehen, wie die Rädchen arbeiten. »Was ist denn passiert? Hast du gestern zu viel auf der Party getrunken? Oder hast du sie etwa verpasst? Ich habe dich nämlich nirgendwo gesehen.«

Seufzend schüttle ich den Kopf und starre stur geradeaus. War ja klar, dass dieses Thema früher zur Sprache kommen würde, als erhofft. Ich hatte eigentlich nicht vor, den Walk of Shame auf leerem Magen zu ertragen.

»Ich wünschte, ich wäre nicht erschienen. Meine Bücher sind eindeutig die sicherere Unterhaltung. Dann müsste ich jetzt weder mit einem Kater noch mit meinem schlechten Gewissen kämpfen. Aber ändern kann ich es jetzt auch nicht mehr. Immerhin wird mir dieser dumme Fehler bestimmt nicht noch mal passieren.« Stärker als beabsichtigt, trete ich einen Stein, der vor mir auf dem Weg liegt und treffe ein Auto.

»Okay, Süße, ich würde vorschlagen, dass du mir erzählst, was letzte Nacht passiert ist. Was ist denn daran so schlimm, auf einer Studenten-Party zu tief ins Glas zu schauen? Das ist das Studenten-Leben, Amber, sowas gehört dazu!«

Energisch schüttle ich den Kopf und bleibe vor der Aula stehen. Ich will Rachel alles erzählen, um mich besser zu fühlen. Ich brauche jemanden, der mir meinen Kopf wäscht und mir verspricht, mich vor den größten Fehlern meines Lebens zu bewahren. Und vor allem brauche ich eine Freundin, mit der ich über meinen Lover letzte Nacht ablästern kann. Zugegeben, wirklich viel gibt es da nicht, das gegen Cam spricht. Er weiß genau, wie er seinen Mund einsetzen muss und das Gefühl seiner Hände, die forschend über meinen gesamten Körper fahren und neckend meine Brustwarzen massieren, ließ sich frustrierenderweise in der Dusche nicht abwaschen. Aber die Tatsache, dass er sich einfach kommentarlos rausgeschlichen hat, vielleicht sogar, kurz nachdem er gekommen ist, sagt alles.

»Ich hatte einen One-Night-Stand!«, presse ich heraus und ohrfeige mich in Gedanken selbst. Genau das war es und nicht mehr! Wenn nur mein Körper und mein Herz das ebenfalls akzeptieren könnten.

»Herzlich willkommen am amerikanischen College, Baby!«, ruft Rachel lachend aus und schüttelt, offenbar amüsiert von meinem schlechten Gewissen, den Kopf. »Das, liebe Amber, gehört zum Studium genauso dazu, wie hemmungslose Partys, schlechte Noten und ein schlecht bezahlter Job. Das ist doch das Schöne während des Studiums. Es ist die Zeit, in der du leben und dich über schlechte Entscheidungen ärgern kannst. Das echte Leben, in dem du dich zusammenreißen musst, beginnt danach. Und gerade, solange du Single bist, solltest du diesen Vorteil in vollen Zügen genießen. Also wo ist dein Problem? Du hast doch nicht etwa das Kondom vergessen, oder?«

Entsetzt von der Vorstellung, einen Kerl schutzlos an mich heranzulassen, schüttle ich den Kopf. Nein, Gott sei Dank, hatte ich noch genug aktive Gehirnzellen, um diesen Fehler zu vermeiden. Wäre ja noch schöner, das Kind des größten Casanovas der Uni zur Welt zu bringen!

»Nein, aber es war ein Fehler. Diesen Kerl hätte ich nicht ran lassen dürfen. Verdammt nochmal, ich hätte nicht mal einen Cocktail mit ihm trinken dürfen! Hör zu, ich muss jetzt dringend zur Willkommensrede, die checken die Anwesenheit und ich will nicht zu spät kommen. Treffen wir uns in eineinhalb Stunden wieder hier und schlendern zusammen über den Campus?«

Seufzend legt Rachel mir ihre Hand auf die Schulter und lächelt mich aufmunternd an. »Diese Nacht hat dich ziemlich aus dem Konzept gebracht, was? Keine Sorge, ich werde hier sein und dann kannst du mir alles erklären.«

Dankbar ziehe ich Rachel in eine feste Umarmung, bevor ich mich von ihr löse und die Aula betrete. Immerhin warten nun neunzig Minuten Ablenkung auf mich, bevor ich mich dieser Situation stellen muss.

Kapitel 9

Amber

Wie erwartet, war die Willkommensrede stinklangweilig! Zuerst wurden wir von einem Feuerwehrmann darüber informiert, wie wir uns während eines Brandfalls im Wohnheim zu verhalten haben und dass wir weder unterhalb des Rauchmelders rauchen, noch den Rauchmelder abdecken und erst recht nicht unter Alkoholeinfluss kochen sollen. Offenbar werden Bachelorstudenten hier nicht als besonders selbstständig eingestuft. Anschließend folgte eine Erläuterung darüber, wie wir uns im Krankheitsfall zu verhalten haben und dass sich zu viele Minusstunden negativ auf die Noten auswirken. Gerade als ich dachte, es könnte unmöglich noch langweiliger werden, wurden wir über die Renovierungsarbeiten eines seit Jahren still gelegten Gebäudes informiert. Je länger ich dasaß, desto deutlicher machte sich der fehlende Kaffee von heute Morgen bemerkbar. Ich brauche dringend ein ausführliches Frühstück!

»Na, bist du während der Rede eingeschlafen oder hast du tapfer gekämpft?«, begrüßt mich Rachel grinsend und überreicht mir einen dampfenden Coffee-to-Go-Becher. »Latte Macchiato, mit doppelten Espressoshot«, setzt sie schmunzelnd hinterher, als ich mit leuchtenden Augen an dem Überlebenselixier schnüffle. Kann Rachel jetzt Gedanken lesen?

»Oh mein Gott, du bist die Beste! Ich bin da drin fast gestorben. Woher wusstest du, dass ich einen Latte, und keinen Cappuccino, will?« Überrascht nippe ich an meinem Getränk und schließe genüsslich die Augen. Himmlisch!

Schulterzuckend verlangsamt Rachel ihren Schritt, um neben mir herlaufen zu können. »Tja, ich habe deine Kaffeemaschine und die Kapseln gesehen und da du fast nur Latte-Macchiato-Kapseln hast, war es nicht schwer zu erraten, was du willst. Und nach der Folterlektion dachte ich, dass du deinen Favoriten brauchst. Wollen wir uns die Stände der Societies und Clubs ansehen? Dort kann man auch Poster kaufen. Es ist Tradition am Campus, dass alle Studenten zu Beginn des neuen Semesters neue Poster kaufen, um sich ein wenig in ihrem Zimmer einzurichten.«

Zufrieden mit dem Vorschlag nicke ich und zusammen steuern wir ein Zelt an. Neugierig schiebe ich die Plane zur Seite und staune nicht schlecht. Dort drin tobt das Leben. Eine große Zahl an unterschiedlichen Ständen ist aufgebaut und auf den ersten Blick scheinen alle möglichen Interessen vertreten zu sein. Neben den klassischen Sportarten wie American Football, Basketball und Baseball, gibt es ebenfalls eine Pole-Dance-Society sowie Bier Pong. Echt jetzt? Seit wann ist es eine anerkannte Sportart, Pingpong Bälle in Papp- oder Plastikbecher zu schießen und als Verlierer einen Shot zu nehmen? Offenbar läuft das Leben am Campus tatsächlich anders ab als außerhalb. Als wäre jede Universität mit ihren Clubs, Seminarräumen, Wohnheimen und Bibliotheken eine eigene kleine Welt mit eigens entwickelten Regeln.

Beeindruckt von dem großen Angebot, bleibe ich stehen und nehme alles in mich auf. Obwohl es noch recht früh ist, sind schon viele Studenten in dem Zelt versammelt. Aus jeder Ecke strömen Gelächter und Musik zu mir herüber. Auf der Suche nach dem Poster-Stand, lasse ich meinen Blick durch den Raum schweifen und bleibe ausgerechnet an Cam hängen. Wie erstarrt, blicke ich zu ihm herüber. Das dumpfe Pochen in meinen Ohren lässt jeglichen Lärm erblassen. Ich spüre, wie meine Knie weich werden und zu zittern beginnen. Eine Mischung aus Wut und Enttäuschung kommt in mir auf und ehe ich mich versehe, stehe ich wieder vor der Tür.

»Amber, warte!«, höre ich Rachel hinter mir rufen, doch ich kann nicht stehen bleiben. Ich muss weg, bevor ich einen weiteren großen Fehler begehe.

»Verdammt, Amber!« Bevor ich reagieren kann, packt mich Rachel an der Schulter und dreht mich zu sich um. Schluchzend falle ich ihr um den Hals und vergrabe meinen Kopf in ihrem Shirt. Mist, warum tut es nur so weh, ihn zu sehen? Es war doch nur eine Nacht und dennoch beginnt mein Herz bei seinem Anblick wild zu pochen. Als wolle es aus meiner Brust springen und direkt zu ihm laufen. Doch das sollte es nicht. Ich war nur ein kleiner Spaß für ihn, eine weitere Trophäe in seiner ausufernden Sammlung. Diese Tatsache wird mir schmerzlich bewusst, aber das ist gut so. Je eher mir klar ist, dass ich ihm rein gar nichts bedeute und alles andere nur sinnlose Träumereien sind, desto eher kann ich meine Krone richten und weiter machen.

»Sch, Süße, alles ist gut«, flüstert Rachel und fährt mir beruhigend über den Rücken. »Wer auch immer dir das Herz gebrochen hat, er ist keine deiner Tränen wert.«

»Er ...«, beginne ich, werde jedoch von einem weiteren Schluchzer unterbrochen, »Hat mir ... m ... mein H ... Herz nicht ge...brochen.« Entschlossen löse ich mich aus der tröstenden Umarmung und schüttle verhemmend den Kopf. Nein, das hat er tatsächlich nicht, denn dafür kenne ich ihn zu wenig. Aber er hat meinen Stolz beleidigt und mich ausgenutzt und das ist der Punkt, der mich traurig macht. Wäre er wenigstens so lange geblieben, bis ich wach war, oder hätte er von Anfang an klargestellt, dass er nicht bleibt, wäre alles in Ordnung. Doch so fühle ich mich dreckig und dumm. Und das habe ich nicht verdient.

Nach mehreren verzweifelten Schluchzern schaffe ich es endlich, ihr genau diesen Punkt zu erklären. Es scheint eine Ewigkeit zu vergehen, bis alle Tränen versiegt sind, doch irgendwann ist es soweit. Erleichtert setze ich mich aufs Gras und Rachel macht es mir nach.

»Ich verstehe dich, Amber, das tue ich wirklich. Es ist eine Sache, wenn man sich bewusst auf einen One-Night-

Stand einlässt und beide Seiten von Anfang an wissen, dass die folgende Nacht rein gar nichts zu bedeuten hat. Mit angeblicher Freundlichkeit und Hilfsbereitschaft an die Bar geschleppt und betrunken gemacht zu werden, ist ein anderer Punkt, vor allem, wenn er sich noch vor deinem Wachwerden raus schleicht. Wer hat dir das angetan?«

Verlegen schaue ich auf meine Schuhe und spiele mit einem Grashalm neben mir. Waren die Spitzen schon immer dunkler als der Rest der Schuhe? Warum ist mir das nicht aufgefallen?

»Amber! Hier spielt die Musik. Ich werde dich nicht auslachen, versprochen«, ermahnt mich Rachel amüsiert und grinst.

»Cam«, bringe ich so leise heraus, als würde ich damit einen Todesfluch beschwören.

»Cam?«, wiederholt meine Freundin ungläubig und starrt mich an. »Der Cam, vor dem ich dich gestern noch gewarnt habe? Bei dem du mir versprochen hast, dich unter allen Umständen von ihm fernzuhalten?«

Peinlich berührt nicke ich und beiße meine Lippen aufeinander. Soll ich es ihr erzählen? Vielleicht versteht sie mich dann besser und ich habe nichts zu verlieren.

»Ich hatte immer eine Schwäche für Sportler und anfangs war das überhaupt kein Problem. Mir gefallen ihr Selbstbewusstsein und die Tatsache, dass sie für ihre Leidenschaft brennen und alles dafür tun. Doch letztes Jahr habe ich meine Lektion gelernt. Ich bin mit dem besten Fußballspieler meiner Uni ausgegangen und war echt glücklich. Bis er mich auf einer Halloween-Party mit einer anderen betrogen hat. Danach habe ich mir geschworen, nie wieder etwas mit Sportlern anzufangen. Besonders nicht mit jenen, die viel zu offensichtlich von freizügigen Mädchen umgeben sind. Deswegen hatte ich eine automatische Abneigung gegen Cam und seine Angebereien am Strand.«

Mit großen Augen sieht Rachel mich an und drückt meine Hand. »Oh wow, das ist echt mies. Tut mir leid, dass du das durchmachen musstest. Doch warum bist du letzten Endes doch auf seine Masche reingefallen?«

»Weil er so ehrlich wirkte, weißt du? Ich dachte tatsächlich, dass er einfach nur nett sein wollte. Wäre er oder jemand anders der Neuling gewesen und hätte sich offensichtlich fehl am Platz gefühlt, hätte ich mich ebenfalls hilfsbereit gezeigt. Ich dachte mir, dass das der beste Zeitpunkt ist, um diesen Teil meiner Vergangenheit hinter mir zu lassen und Sportlern eine neue Chance zu geben. Doch keine Sorge, diesen Fehler werde ich kein zweites Mal wiederholen.«

»Hör mal, Amber«, beginnt Rachel und sieht mich entschuldigend an. »Ich weiß, dass du schon ziemlich stark leidest, aber ich will ehrlich zu dir sein. Es ist mir wichtig, damit dir klar wird, dass du diesen Fehler nicht noch einmal wiederholen darfst. Cam ist bekannt dafür, eine Schwäche für hübsche, unschuldige Mädchen wie dich zu haben und vermutlich hatte er dich schon seit dem Strand im Visier. Du kannst dich hier draußen verstecken und ihm den Triumph lassen. Oder du gehst hoch erhobenen Hauptes mit mir zurück in das Zelt, sagst ihm knallhart die Meinung ins Gesicht und zeigst ihm, dass eure Nacht dich nicht ausbremsen wird. Was glaubst du, wird dir eher helfen?«

Dankbar für ihre Ehrlichkeit, nehme ich Rachel in den Arm. »Du hast Recht. Typen wie Cam genießen es doch nur, wenn sie uns kleinkriegen. Ich habe nur eine Orientation Week im Leben, die ich als neuer Student in einem fremden Land genießen kann und diese Erfahrung will ich mir nicht nehmen lassen. Komm, schauen wir uns die Societies an und danach brauche ich was zu Essen.« Voller Elan springe ich auf und stolziere erhobenen Hauptes auf das Zelt zu. Cam ist nur ein Typ und wie bei vielen anderen zuvor, werde ich ihm nicht den Sieg über meinen Stolz einräumen.

Kapitel 10

Cam

Wie erwartet, läuft der Tag sehr gut. In den letzten Jahren nahm das Interesse am Surfen bei Frauen und Männern stärker zu und jedes Jahr stelle ich aufs Neue fest, dass vor allem Frauen verstärkt Interesse zeigen. Manche begründen es damit, dass es gut in die feministische Bewegung passt und Frauen ebenso Risiken beim Sport eingehen können. Andere lieben es einfach, im Wasser zu sein. So oder so, mir gefällt die Auswahl von Jahr zu Jahr besser. Nur leider bin ich heute nicht in der Stimmung. Keine Ahnung, was zur Hölle mit mir los ist, aber selbst die heißesten Mädels, die ganz offensichtlich meinetwegen zum Stand gekommen sind, lassen mich heute kalt.

»Sorry, aber ich hab kein Interesse. Ist nichts Persönliches, aber es passt einfach nicht. Wenn du surfen lernen willst, kannst du dich gerne im Büro der Surfschule melden und einen Termin ausmachen. Aber ich werde dich nur unterrichten, nicht flachlegen!«, erkläre ich einer Brünette mit falschen Brüsten und ebenso falschen Lächeln mit aufgesetzter Engelsgeduld. Als diese merkt, dass sie mich nicht umstimmen kann, stolziert sie weg. Entnervt greife ich nach meiner Wasserflasche, trinke einen Schluck und lasse sie mit einem lauten Knall auf dem Tisch aufschlagen.

»Geht's dir gut, Kumpel?« Besorgt mustert mich Paul und legt mir seine rechte Hand auf die Stirn. Was zum Teufel soll das denn jetzt?

»Mh, also Fieber hast du schon mal nicht. Seltsam, dabei tickst du eindeutig nicht ganz richtig und Fieberwahn wäre zumindest eine gute Erklärung gewesen. Bist du denn schon wieder nüchtern?«

»Mir geht's gut!«, blaffe ich und schlage unwirsch seine Hand weg. Diesen Babysitter-Scheiß kann er bei seinem kleinen Bruder machen, nicht bei mir! Habe ich ein *Geht-mir-ruhig-auf-den-Sack-T-Shirt* an oder warum entscheidet die ganze Welt sich dafür, mich in den Wahnsinn zu treiben?

Kopfschüttelnd schiebt Paul mich ein Stück vom Stand weg und bedeutet meinem Assistenten, zu übernehmen. Als wir ein paar Meter entfernt sind, verschränke ich die Arme vor der Brust und funkle ihn an. »Was? Ich muss arbeiten! Vögeln kann ich in meiner Freizeit!«, knurre ich die erstbeste Erklärung, die mir in den Sinn kommt. Doch ein Blick in Pauls schmunzelndes Gesicht verrät mir, dass er, genau wie ich weiß, dass diese Aussage reiner Bullshit ist.

»Ach ja? Plötzlich interessiert dich das? Bisher war es dir scheiß egal, solange ein hübsches Mädchen tagsüber dein Konto und abends dein Bett gefüllt hat! Und von jetzt auf gleich wirst du zum Heiligen und weißt Privates und Berufliches zu trennen? Ich bitte dich, das kaufe ich dir nicht ab.«

Frustriert presse ich meine Lippen aufeinander. Ja, bisher war es mir auch scheiß egal, doch aus irgendeinem mir nicht erklärbaren Grund, hat sich das plötzlich geändert. Die Vorstellung, ein Mädchen ins Bett zu bekommen, nur weil ich es kann, fühlt sich plötzlich nicht mehr ganz so aufregend an wie bisher.

»Sie ist halt nicht mein Typ«, versuche ich es mit der nächsten Ausrede und zucke betont desinteressiert mit den Schultern. Ja, daran wird es sicherlich gelegen haben. Paul hingegen scheint das nicht zu glauben.

»Schon klar. Genau wie die anderen Mädels davor, oder wie? Ich glaube, dass die letzte Nacht nicht spurlos an dir vorbeigegangen ist und dass dir die kleine Streberin nicht so egal ist, wie du es gerne hättest.« Breit grinsend hebt er eine Augenbraue und ich weiß sofort, worauf er hinauswill. Bullshit! Als ob ich mich nach einer Nacht verlieben würde.

Nach einer sehr himmlischen Nacht, aber dennoch. Cam Davidson verliebt sich nicht! Punkt!

»Das Ganze hat nichts mit Amber zu tun und hör auf, sie so zu nennen!«, pflaume ich ihn an und gehe zurück zum Stand. Das Letzte, das ich gerade gebrauchen kann, ist ein Kumpel, der mir einen Floh ins Ohr setzt. Einen Floh, der meine gesamte Welt auf den Kopf stellen würde. »Das ist respektlos«, schiebe ich schnell hinterher, als ich sein immer breiter werdendes Grinsen aus den Augenwinkeln sehe. Gott, dieser Typ kann so nervig sein!

»Wie du meinst«, flötet Paul amüsiert und stupst mich an. »Dann kannst du ihr das ja direkt ins Gesicht sagen!« Verwirrt sehe ich auf und bereue es sofort. Amber kommt ausgerechnet mit Rachel, die mich seit Jahren als Teufel schlechthin darstellt, geradewegs auf unseren Stand zu. Mein Herz setzt für einen Moment aus, nur um anschließend im doppelten Takt zu schlagen und das überschüssige Blut auf direktem Wege nach unten zu schießen. Na vielen Dank auch! Mit schwitzigen Händen greife ich nach einer Infobroschüre und lehne mich möglichst lässig vor.

»Hallöchen, wen haben wir denn da? Ich wusste gar nicht, dass du dich fürs Surfen interessierst. Wir bieten sowohl Anfänger- als auch Fortgeschrittenenkurse an und natürlich bin ich nicht der einzige Surflehrer, falls du dich, nun ja,
anderweitig orientieren willst.«

Mit einem entnervten Augenverdrehen beugt sich Amber vor und gewährt mir freiwillig einen Blick in ihr Dekolleté. Fuck, will sie mich wahnsinnig machen? Ich denke, ich habe ihr letzte Nacht mehr als deutlich gezeigt, wie sehr ich ihre Brüste mag. Oder ist es ein Versehen? Mit süffisanten Grinsen kommt sie immer näher, bis nur noch wenige Zentimeter Platz zwischen uns bleiben. »Hör mir gut zu, Cam«, flüstert sie rau und ich merke, wie die Vibrationen ihrer Stimme sich in meinem Schritt ausbreiten. Mit zusammengepressten Lippen erwidere ich ihren Blick, doch ehe ich etwas sagen kann, fährt Amber unberührt fort. »Ich weiß, dass die Mädels dir normalerweise in Scharen zu Füßen liegen und sich sicherlich nicht mit einer Nacht zufriedengeben. Doch du solltest mittlerweile verstanden haben, dass ich ein wenig anders ticke. Wie du sicherlich gemerkt hast, hatte ich meinen Spaß letzte Nacht und genau das war es auch: Eine interessante und spaßige Nacht und nicht mehr. Also spar dir dein Gesülze für die Tussen auf, die dumm genug sind, sich mehr zu erhoffen. Da solltest du als Surflehrer wohl kaum Probleme haben.« Ohne mir die Chance zum Kontern zu geben, drückt sie mir einen Kuss auf die Wange, dreht sich um und verschwindet in der Menge.

Verdattert starre ich ihr hinterher, unfähig, das eben Erlebte zu verstehen. Hat Amber etwa MICH abblitzen lassen? Den Meister auf dem Surfbrett und erfolgreichsten Casanova? Wie konnte das denn passieren? Ich habe mit allem gerechnet. Damit, dass sie verlegen auf mich zukommt, weil sie nicht wusste, dass ich die Surfschule vertrete. Oder, dass sie mir wütend und enttäuscht eine Szene macht, wieso ich mich weggeschlichen habe. Eine andere Möglichkeit, auf die ich vorbereitet war, war, dass sie mir gegenüber schnippisch verhalten oder mich vielleicht sogar ignorieren wird. Aber DAS habe ich weiß Gott nicht erwartet. Genauso wenig den Schmerz, der sich wie ein Dolch in mein Herz bohrt. Wie kalt und desinteressiert ihr Blick war. Als hätte ich ihr rein gar nichts bedeutet. Hat Paul recht? War ich dumm genug, eine Schwäche für eine ach so unschuldige Streberin zu entwickeln, dessen süßes Lächeln meinen Stolz in Sekunden zum Schmelzen bringt? Die es schafft, ihre Lippen an verschiedenen Körperteilen wie eine Sexgöttin einzusetzen? Die es mit nur zwei Unterhaltungen erreicht hat, dass ich völlig verwirrt bin und sie nicht mehr einzuschätzen vermag? Fuck, das darf nicht wahr sein! Habe ich meine Lektion mit Beth denn gar nicht gelernt? Frauen tun nur so als wären sie auf die große Liebe aus! Was sie wirklich wollen ist Luxus, Aufmerksamkeit und guten Sex und Amber ist da sicherlich nicht anders!

Frustriert schließe ich die Augen und atme tief durch. Ich muss eine Lösung finden, bevor dieses Problem mir meine Karriere kostet! Als ich die Augen wieder öffne, bemerke ich, Pauls mitleidigen Blick auf mir ruhen. Er kennt meine Vergangenheit und mit Sicherheit weiß er genau, in welcher Scheiße ich gerade stecke.

»Los, geh zum Strand und krieg deinen Kopf frei. Ich halte hier für dich die Stellung und wenn du zurückkommst, ist sicherlich alles wieder in Ordnung.« Verständnisvoll klopft mein bester Freund mir auf die Schulter und drückt mir meine Wasserflasche in die Hand. Dankbar nicke ich und mache mich aus dem Staub.

Da die Orientierungswoche in vollem Gang ist und die meisten Studenten auf den Campus lockt, ist der Strand menschenleer. Erleichtert laufe ich mit meinem Board zum Wasser, lege mich auf den Bauch und paddle los, direkt ins offene Meer hinein. Das Rauschen des Meeres legt sich wie eine schützende Decke um mich und lässt meinen Puls runterfahren. Der Wind streichelt meine Haut und ich höre, wie vereinzelte kleine Wellen an meinem Brett abprallen. Normalerweise würde ich hoch konzentriert weiter paddeln, auf der Suche nach einer großen Welle. Doch heute verspüre ich den Drang, mich einfach treiben zu lassen. Seufzend drehe ich mich auf den Rücken und schaue in den Himmel. Die vorbeiziehenden Wolken mit ihren teils absurden Formen, zaubern mir ein Lächeln ins Gesicht und bringen für einen Moment meine heile Welt zu mir zurück. Dieses Gefühl von Sicherheit und Geborgenheit, als wäre alles in Ordnung, ist unbezahlbar und ich genieße diesen Moment.

Als die Sonne tiefer steht und anfängt, Himmel und Horizont in ein schönes Orange zu färben, drehe ich mich seufzend auf den Bauch und paddle zurück zum Strand. Gleich werden die ersten betrunkenen Studenten auftauchen und die Ruhe stören. Außerdem beginnen ab nächster Woche wieder die Surfstunden und ich muss meine verfügbare Zeit noch mit meinem Stundenplan abgleichen und allgemeine Trainings- und Ernährungstipps für die Anfänger verfassen.

Diese Leistung ist für meine Schüler immer inklusive, ob sie die Tipps nun umsetzen wollen oder nicht. Es ist mir wichtig, ihnen zumindest jede mögliche Chance zu geben, ihr eventuell vorhandenes Talent zu formen und das Beste aus sich herauszuholen. In jedem Semester sind Kandidaten dabei, die hoffen, in letzter Sekunde noch eine Amateur-Karriere zu starten und zumindest ein Nebeneinkommen zu generieren und wer solch einen Traum hegt, muss mit viel Disziplin und harter Arbeit zurechtkommen und dafür braucht es einen gesunden Lebensstil.

Seufzend springe ich vom Brett und schaue auf die Uhr. Wie erwartet, ist es schon zu spät, um zum Campus zurückzukehren. In einer halben Stunde schließt das Zelt und da die Orientierungswoche erst begonnen hat, brauchen wir den Stand noch nicht abzubauen. Ich weiß, dass Paul zurechtkommt. Zudem wird er sich die Chance auf einen vielversprechenden Flirt nicht nehmen lassen. Grinsend mache ich mich auf den Weg zu meiner Wohnung. Nach dem Duschen wird noch eine lange Nacht mit viel Arbeit und noch mehr Koffein auf mich warten.

Kapitel 11

Amber

Ich habe es tatsächlich geschafft! Für eine Sekunde, als ich ihm so nah war, kamen Zweifel in mir auf. Kann ich ihm wirklich sagen, dass er mir nichts bedeutet hat, obwohl mein gesamter Körper mir andere Signale schickt? Obwohl mein Herz bei der Vorstellung daran, sich schmerzlich zusammenzieht und alles in mir danach schreit, ihn zu küssen? Doch als ich sein arrogantes Grinsen sah, war es plötzlich ganz einfach. Die Wut über sein selbstverliebtes Auftreten vermischte sich mit meinem verletzten Stolz und ehe ich mich versah, kamen die verletzenden Worte aus meinem Mund. Ich weiß, ich sollte ein schlechtes Gewissen haben, denn keiner sollte so mit einem anderen Menschen reden. Egal, was diese Person auch getan hat, jeder verdient einen gewissen Respekt. Na ja, fast jeder. Doch alles was ich in diesem Moment fühle, sind Stolz und Erleichterung. Stolz darüber, dass ich für mich selbst einstand, auch als es wehtat und Erleichterung, weil es endlich vorbei ist. Dieses kurze Kapitel ist abgeschlossen und ich kann mit dem nächsten weitermachen.

Beschwingt von diesem Gefühl, hake ich mich bei Rachel unter und ziehe sie hinter mir her. Jetzt, da es mir deutlich besser geht, meldet sich mein leerer Magen zurück. Lachend folgt mir Rachel, bis sie aufgeholt hat und in einem lockeren Tempo neben mir her geht.

»Das war großartig!«, ruft sie lobend aus und zieht mich in ihre Arme. »Ich wusste gar nicht, dass du das in dir hast. Ehrlich gesagt hatte ich schon befürchtet, dass du einen

Rückzieher machen könntest. Was genau hast du ihm eigentlich gesagt?«

Ihre Neugierde und die positiven Vibes färben auf mich ab und wie eine Ballerina, drehe ich mich einmal um meine eigene Achse.

»Ja, ich dachte auch erst, dass ich es nicht schaffen würde. Doch dieses widerliche Grinsen und mein verletzter Stolz gaben mir den Rest. Ich habe ihm gesagt, dass es nur eine unbedeutende Nacht für mich war und er sein Gesülze für die oberflächlichen Tussen aufheben soll. Sein entgleister Gesichtsausdruck war Gold wert.« Für einen Moment schieben sich Cams schmerzverzerrtes Gesicht und das traurige Funkeln in seinen Augen vor mein inneres Auge. Haben meine Worte ihn wirklich verletzt? Entschlossen schüttle ich den Kopf. Erstens ist Cam ein Player und die sind nahezu unfähig, solch tiefgründige Gefühle für Frauen zu empfinden, und zweitens geht sein Leben mich nichts an. Ich habe mich dagegen entschieden, ihn Teil meines Alltags sein zu lassen, und diese Entscheidung muss ich nun hinnehmen.

»Das glaube ich dir, begeistert war Cam garantiert nicht. In drei Jahren habe ich nicht einmal erlebt, dass er derjenige ist, der abserviert wird. Aber diese Lektion wird ihn nicht umbringen, nur hoffentlich schlauer machen. Allerdings bin ich mir nicht sicher, ob du ehrlich zu ihm, und besonders zu dir selbst warst. War dir die Nacht wirklich egal, Amber?« Schwungvoll dreht sich Rachel um und läuft nun rückwärts vor mir her. In ihren Augen schimmert etwas Undefinierbares. Besorgnis? Mitleid? Skepsis? Oder gar eine Mischung aus allen dreien? Verlegen beiße ich mir auf die Unterlippe und schlucke. Nein, die Nacht war leider alles andere als unbedeutend für mich. Es war das erste Mal in meinem Leben, dass ich mich auf einen One-Night-Stand eingelassen habe, bei dem blöderweise Gefühle entstanden sind. Gefühle, die ich zum jetzigen Zeitpunkt noch nicht definieren kann. Liebe ich ihn? Wohl kaum, dafür weiß ich einfach zu wenig über Cam. Aber er ist mir nicht egal und wäre er nicht so angeberisch unterwegs, hätte tatsächlich mehr daraus werden können. Bereue ich es, ihn so gnadenlos aus meinem Leben ausgeschlossen zu haben und ihm nicht einmal als guten Freund anzunehmen? Ein wenig, aber nach der Katastrophe von letztem Jahr, muss ich alles daransetzen, mein Herz zu schützen. Noch einmal kann ich es mir nicht leisten, monatelang wegen eines Typen in ein Loch zu fallen und mein Leben ungenutzt vorbeiziehen zu lassen. Diese Zeiten sind vorbei.

»Ehrlich?«, frage ich und schließe für einen Moment meine Augen. »Es tat weh, ihn so zu behandeln. Unter anderen Umständen hätten wir vielleicht Freunde sein können. Aber so? Dieses Mal denke ich an mich selbst. Und ehrlich gesagt, ist das Thema damit für mich abgehakt.« Entschuldigend lächle ich Rachel an. Ich weiß, dass sie nur helfen will und normalerweise hilft nichts mehr als sich den Kummer von der Seele zu reden und sich selbst zur Ehrlichkeit zu zwingen. Doch manchmal ist es besser, die Dinge ungefragt hinzunehmen.

»Süße, du brauchst dich nicht zu entschuldigen. Es ist dein Leben und du musst tun, was du für richtig hältst. Wenn du nicht weiter über euch reden willst, ist das absolut in Ordnung. Was wollen wir stattdessen machen?«

Meinem hungrigen Magen folgend, drehe ich mich einmal im Kreis und entdecke ein Café. Perfekt für meinen süßen Gaumen! »Etwas essen!«, rufe ich entschlossen und laufe geradewegs auf das Gebäude mit den verführerischen Düften zu. »Und währenddessen«, beginne ich und drehe mich breit grinsend um, »Kannst du mir von deinem Leben erzählen. Gibt es einen Partner oder Partnerin oder jemand, der dir besonders wichtig ist?«

»Gute Wahl!«, kommentiert Rachel und deutet mit dem Zeigefinger auf das Café vor uns. »Hier gehe ich auch gerne frühstücken. Und was mich betrifft: Zurzeit bin ich Single. Ich habe mich vor einem Jahr von meinem Ex getrennt, als ich auf einer Studentenparty zu tief ins Glas geschaut habe und am nächsten Morgen neben einer Frau wach wurde. Als ich verstand, wie sehr mir die Nacht gefallen hat, brauchte ich erst einmal Abstand. Ich habe mit meinem Ex geredet und auch wenn er verletzt war, war er doch dankbar für meine Ehrlichkeit. Wir beide sind noch immer befreundet, aber unsere Gefühle von damals sind verschwunden. Die letzten Monate habe ich damit verbracht, herauszufinden, wer ich wirklich bin und meine Bisexualität zu akzeptieren. Ehrlich gesagt, bin ich immer noch mitten in diesem Prozess und das wird wohl auch noch eine Weile andauern. Die eigene Sexualität zu erkunden ist nicht mit einem neuen Hobby vergleichbar, es braucht einfach seine Zeit und die nehme ich mir. Es gefällt mir, Single zu sein und mit beiden Geschlechtern auszugehen und ich sehe zurzeit keinen Grund, das zu beenden. Wer damit nicht klar kommt, hat in meinem Leben nichts mehr verloren.«

Beeindruckt mustere ich meine Mitbewohnerin und vergesse für einen Moment, mich zu setzen. Rachel macht einen sehr toughen und selbstbewussten Eindruck und den inneren Kampf sieht man ihr nicht an. Auch wenn sie es nicht sagt, weiß ich doch, dass es ihr schwerfällt, über dieses Thema zu reden. Ihre Mimik und der verlegene Gesichtsausdruck sprechen für sich, ebenso das nervöse Kneten ihrer Finger. Die Sexualität ist etwas Intimes und egal, wie selbstbewusst jemand ist, mit diesem Thema halten die meisten Menschen hinter dem Berg. Zu groß ist die Sorge davor, abgestempelt oder blöd angesehen zu werden. Traurig, dass Menschen für ihre Natur beurteilt werden, nur weil es nicht konform mit uralten, von selbstgerechten Männern verfassten Schriften geht. Zum Glück findet seit ein paar Jahren in der Gesellschaft ein Wandel statt, doch sicherlich wird sie hier und da mit homophoben Ideen konfrontiert und das ist bestimmt nicht leicht. Umso dankbarer bin ich, dass sie sich mir anvertraut.

»Wow, Rachel«, erwidere ich, als ich endlich meine Stimme wiederfinde. »Das ist ganz schön krass. Wie kommst du damit klar, wenn dich die Leute anstarren und wegen deiner Sexualität anpöbeln? Ich meine ...«, beginne ich vorsichtig und schaue auf meine Tasse. Ist es angemessen, diese Fragen zu stellen, oder dringe ich damit zu sehr in ihre Privatsphäre ein?

»Alles gut, Amber«, holt mich Rachel lachend aus meinen Gedanken. Das Funkeln in ihren Augen verrät mir, dass es tatsächlich in Ordnung für sie ist. »Ich stehe offen zu meiner Sexualität und diese Menschen mit eingeschränkten Gehirnfunktionen, die meinen, mich beleidigen, ausgrenzen oder gar bedrohen zu müssen, gehen mir am Allerwertesten vorbei. Sie sind es nicht wert, dass ich mich auf ihr Niveau herab begebe. Ich glaube dir, dass du gute Absichten hast, aber sei vorsichtig. Manche aus der LGBTQ+ Szene, besonders wenn sie neu sind, reden nicht gerne darüber. Natürlich lässt sich das nicht pauschal sagen, denn jeder geht mit diesem Thema anders um. Du wirst Personen treffen, die gerne darüber reden und es sich zur Aufgabe gemacht haben, für Aufklärung, Anerkennung und Verständnis zu kämpfen. Andere hingegen werden dich meiden, wenn du sie zu deutlich auf ihre Liebe ansprichst. Egal, wie gut deine Intention dahinter auch sein mag. Sexualität ist für viele Leute, egal welcher Ausrichtung, etwas überaus Privates und auch ich rede nicht mit jedem darüber.«

Während ich mich über meine süßen Waffeln und einen weiteren Latte Macchiato hermache, lausche ich Rachels Erzählungen. Ich finde ihren Mut, ausnahmslos zu sich und ihren Gefühlen zu stehen und sich nicht von Hatern unterkriegen zu lassen, sehr lobenswert. Die meisten geben in nahezu jeder Lebenslage klein bei, besonders wenn der Hass von weißen Männern jenseits der 40 kommt.

»Anfangs war mir das Thema sehr unangenehm, hauptsächlich, weil ich verwirrt war. Mein Leben lang ging ich davon aus, hetero zu sein, und plötzlich steht ein großer und wichtiger Teil meiner eigenen Existenz Kopf. Es ist selbstverständlich, in diesem Moment sich und sein eigenes Umfeld infrage zu stellen. Ich für meinen Teil habe mich zuerst zurückgezogen. Und das nicht nur, weil ich die Sache mit mir selbst regeln wollte. Sondern auch, weil ich mich geschämt habe. Die meisten von uns sind mit der Vorstellung aufgewachsen, dass nur Heterosexualität normal ist. Je nach Umfeld macht es alle anderen Sparten der Sexualität entweder unnormal oder gar verwerflich und ich wollte nicht so von meinem Umfeld gesehen werden. Bis eines Tages meine große Schwester auf dem Campus auftauchte und an meine Tür hämmerte. Sie kannte mich immer besser als ich mich selbst und natürlich fiel es ihr auf, dass etwas nicht in Ordnung war. Nach längerem Zögern habe ich mich ihr gegenüber geöffnet.«

Mit Tränen in den Augen, schlucke ich meine aufkommenden Gefühle hinunter und ein wenig Scham macht sich in mir breit. Rachel hat recht. Viele Leute haben zwar keine Probleme mit Homo- und Bisexualität, aber dennoch sehen wir es als etwas Besonderes an. Etwas, das nicht alltäglich ist. Wer niemanden aus diesem Umfeld kennt, sieht meist weg. Schüttelt den Kopf über jene, die sich als homophob darstellen. Doch wirklich für die LGBTQ+ Szene aufstehen, aktiv für deren Anerkennung kämpfen und sie annehmen, das tun die wenigsten von uns. Weil wir denken, dass es uns nicht betrifft und daher unsere Zeit nicht wert ist. Ich bin keine Heilige und auch mich dieses Thema bisher nicht groß interessiert. Doch meine Oma sagte mir immer, dass sich die Chancen für eine neue Sichtweise meist in ungeahnten Momenten auftun und nur ein Narr sie ignoriert. Seit ich in den USA angekommen bin, steht meine Welt Kopf und erneut merke ich, wie sehr mir Omas kluge Art und ehrliche Worte fehlen. Wie gerne würde ich mich jetzt an ihre Schulter anlehnen und mir den Kummer von der Seele jammern, bis sie mir einen guten Rat gibt. Sie half mir dabei, der Mensch zu werden, der ich heute bin. Umso besser kann ich Rachels enge Beziehung zu ihrer Schwester verstehen. Verständnisvoll nicke ich und lächle.

»Wie hat deine Schwester reagiert?«, frage ich mich räuspernd, den Kloß in meinem Hals bekämpfend. In Erinnerung schwelgend, legt Rachel den Kopf in den Nacken und schließt für einen Moment die Augen. Als sie diese wieder öffnet, sehe ich Freude, Glück und Liebe darin schimmern.

»Sie hat mich in den Arm genommen und gesagt, dass diese Tatsache nichts daran ändern wird, dass meine Familie und Freunde mich immer lieben werden. Und wer das nicht kann, sei meine Zeit nicht wert. Dann hat sie mich daran erinnert, dass man genau für solche Angelegenheiten Familie hat, zu der man gehen und mit der man alle Probleme teilen kann. Am selben Tag hat sie meine Hand genommen, ist mit mir zu meinen Eltern gefahren und stand mir bei, als ich sie eingeweiht habe. Seitdem engagieren sie sich ab und zu mit mir zusammen für diese Szene. Meine Schwester ist Lehrerin und sorgt dafür, dass dieses Thema jährlich an ihrer Schule angesprochen wird und ich bin vor allem für Schülerinnen und Schüler da, die sich ihrer Sexualität wegen unsicher sind. Hör zu, Amber. Ich spüre, dass in dir ein schlechtes Gewissen aufkommt, aber das musst du nicht haben. Es ist menschlich, bei Themen, die uns nicht betreffen, wegzusehen. Wir haben doch alle genug mit unserem eigenen Leben zu kämpfen. Vereine, die sich für LGBTQ+ einsetzen, freuen sich über jede kleine Hilfe. Nicht jeder kann oder will zu Demos erscheinen. Aber zwischendurch mal ein Repost auf Instagram, Facebook und Twitter kann ebenso hilfreich sein. Wenn du dich wirklich für dieses Thema interessierst, kann ich dir gerne mehr dazu auf dem Weg zur Kurs-Registrierung erzählen. Aber wir müssen jetzt los, denn in jedem Studiengang müssen sich die Studenten in eine lange Schlange anstellen. Wenn man dran ist, gibt man Daten wie Name, Studienjahr und so weiter durch und die Mitarbeiter des Instituts suchen mit dir passende Kurse raus und schreiben dich verbindlich ein. Je später du da bist, desto geringer ist die Auswahl. Also komm.«

Lächelnd hake ich mich bei Rachel unter und verlasse mit ihr zusammen das Café. Auf dem Weg zur Registrierung hängt jede von uns ihren Gedanken nach, doch ich weiß, dass ich mehr über ihren Lebensstil erfahren möchte.

Kapitel 12

Cam, zwei Wochen später

Verwirrt wälze ich mich in meinem Bett, als das Klingeln meines Weckers mich aus einem seltsamen Traum reißt. In den letzten Tagen habe ich immer wieder von meiner Zukunft geträumt und in jeder verdammten Version davon, habe ich mich glücklich an der Seite einer Frau gesehen. Pah, heiraten! Offenbar spielen meine Hormone verrückt, seit ich begonnen habe, mich auf weniger und dafür durchdachtere One-Night-
Stands einzulassen. Ich gebe es ungern zu, aber die Nacht mit Amber war mir eine Lektion. Aber heiraten werde ich deswegen noch lange nicht! Und eine eigene Familie brauche ich auch nicht zu gründen, meine Eltern und mein Bruder sind anstrengend genug. Also warum zur Hölle träume ich so einen Mist?

Entnervt quäle ich mich aus meinem Bett und schlüpfe in meine Sportkleidung. Solange das Wetter es noch mit macht, gehe ich jeden zweiten Morgen vor dem Frühstück joggen. Zusammen mit der anschließend kalten Dusche ist es der beste Wachmacher überhaupt, noch besser als Kaffee. Und es hilft mir, an meiner hart aufgebauten Disziplin festzuhalten. Eine feste Struktur zu verfolgen, ohne sie jeden Morgen aufs Neue zu hinterfragen, bringt mich voran und sorgt dafür, dass ich den Kopf für wichtige Entscheidungen frei behalte.

Wie jeden Morgen, liegt die gesamte Wohnung im Dunkeln, als ich mich nach draußen schleiche. Keiner meiner Mitbewohner scheint Interesse daran zu haben, zusammen mit dem Sonnenaufgang aufzustehen, doch für mich ist das die beste Zeit des Tages. Der Moment, der ausschlaggebend dafür ist, mit welcher Einstellung ich in die folgenden Stunden starte.

Draußen weht eine kühle Brise und erste Sonnenstrahlen kämpfen sich ihren Weg durch die dünne Wolkendecke. Hoffentlich hält das Wetter, was der Bericht verspricht, denn im Regenschauer auf dem Brett zu stehen, macht nur bei Temperaturen bei heißem Wetter Spaß und in der Halle, die mit einem simulierten Meeresbecken ausgestattet ist, trainiere ich ungern. Es ist einfach nicht das Gleiche, wie sich den Gefahren der offenen Wellen zu stellen.

Seufzend dehne ich mich zum Klang der wach werdenden Vögel und das Rauschen der Blätter begleitet meinen Weg. Während ich jogge, höre ich selten Musik. Stattdessen nutze ich die Zeit lieber dafür, ganz bei mir und meinen Gedanken für den Tag zu sein. Ohne groß darüber nachzudenken, steuere ich den Weg Richtung Campus an. Normalerweise liebe ich es, in den frühen Morgenstunden zum Wasser zu joggen und dem Meer beim Aufwachen zuzusehen, doch heute bin ich später dran als sonst, sodass nur eine kleine Runde drin ist. Immerhin kann ich auf dem Rückweg am Café anhalten und so ein paar Minuten Zeit in der Küche einsparen.

Erschöpft und dennoch glücklich, betrete ich dreißig Minuten später mit dampfenden Kaffee und Fitness-Bagel meine Wohnung. Auf den Weg in mein Zimmer, werde ich jedoch von Paul abgepasst, der sofort einen Schritt zurücktritt.

»Gönn dir vor dem Frühstück lieber eine Dusche, du Streber«, begrüßt mein bester Freund mich lachend und wedelt theatralisch mit der Hand vor seiner Nase rum. »Du stinkst.«

»Das haben Sportler nun mal so an sich. Würdest du deinen faulen Hintern hochbekommen, wüsstest du das. Allerdings müsstest du mich fürs Duschen in mein Zimmer lassen, es sei denn, du willst Zeuge meines gekonnten Striptease werden«, erwidere ich grinsend und hebe amüsiert eine Augenbraue.

»Nee danke, ich passe.« Lachend tritt Paul zur Seite und lässt mich durch. »Ach, eins noch. Dein Vater hat vorhin auf dem Telefon angerufen und uns alle aus dem Bett geschmissen. Ernsthaft, nimm endlich mal dein Handy mit! Manche von uns wollen bis zum Weckerklingeln schlafen.«

Abrupt bleibe ich stehen und ziehe scharf die Luft ein. Mein Vater und ich sind uns in genau zwei Dingen einig: Dass Ehrgeiz und Disziplin immer an oberster Stelle kommen und dass wir ansonsten nichts gemeinsam haben. Aufgrund zahlreicher Streitereien haben wir die Kommunikation in den letzten zwei Jahren auf ein Minimum reduziert. Und nun ruft er aus heiterem Himmel früh morgens auf dem Haustelefon an? Da kann etwas nicht in Ordnung sein! Wie in Zeitlupe drehe ich mich auf dem Absatz um und mustere Paul skeptisch von oben bis unten. »Ach, hat er das, mh? Was wollte er denn?«, presse ich zwischen meinen Lippen hervor. Paul weiß von meinen Problemen zu Hause und dass er meinen Vater nur im äußersten Notfall erwähnen darf.

»Na ja«, beginnt Paul und sieht mich entschuldigend an. »Du weißt ja, dass er mit anderen Personen nicht über Privates spricht, aber es klang sehr dringlich. Ich habe ihm gesagt, dass du joggen und danach bis fünfzehn Uhr an der Uni bist. Begeistert war er nicht, aber er meinte, dass er dich später anruft und dir mit sofortiger Wirkung den Geldhahn zudreht, wenn du nicht rangehst.«

Verdammt! Dieser Mann weiß selbst aus hunderten Kilometern Entfernung, wie er mir mein Leben zur Hölle machen kann. »Danke!«, murre ich in Paul's Richtung, bevor ich frustriert Richtung Zimmer stapfe. So viel zum Thema, Frühsport garantiert einen guten Start in den Tag! Fluchend werfe ich meine Zimmertür hinter mir zu und stelle mich unter die Dusche. Dieser Tag kann nur beschissen werden.

Um Viertel vor drei beendet der Dozent endlich sein Seminar und ich kann aus meinem Kurzzeitkoma erwachen. Amerikanische Wirtschaftsgeschichte ist einfach nur zum Einschlafen. Würde ich mich für vergangene Zeiten interessieren, hätte ich Geschichte studiert und nicht Wirtschaft. Oder habt ihr schon einmal von einer Surfschule gehört, die sich durch historische Fakten am Laufen hält? Das Problem ist, dass ich die Alternativen nicht wählen konnte, da ich diese Themen schon im Bachelor abgedeckt habe und meine Uni streng darauf achtet. Schwänzen kann ich nur im begrenzten Maße, da die Anwesenheit elektronisch erfasst wird und hohe Fehlzeiten sich auf die Note auswirken. Meine Noten wiederum entscheiden über die Bereitschaft meines Vaters, meine Pläne einer eigenen Surfschule zu unterstützen.

Seufzend verlasse ich meinen Platz und dränge mich durch den überfüllten Flur nach draußen. Kaum habe ich einen Atemzug genommen und meine Lunge von der stickigen Innenluft befreit, klingelt mein Handy. Mit zusammengepressten Lippen nehme ich das Telefon aus meiner Tasche und sehe, wie erwartet, den Namen meines Vaters aufleuchten. Pünktlich wie immer!

Kapitel 13

Cam

Ich schlucke schwer, als ich die Tür zu meinem Einzelzimmer öffne und sie lauter als beabsichtigt wieder zu knalle. Am liebsten würde ich den Anruf ablehnen, aber Vaters Drohung gegenüber Paul war nicht einfach so dahin geredet. Wenn mein Vater etwas androht oder verspricht, zieht er es gnadenlos durch. In seinen Augen ist das einer der Gründe, weshalb er ein unschlagbarer Geschäftsmann ist. Für ihn ist es unabdingbar, sich an seine Ziele zu halten und immer die Oberhand zu gewinnen. Seit ich mich drei Jahre zuvor, also zu Beginn meines zweiten Bachelor-Jahres, von Beth getrennt habe, knirschte es in meiner sowieso schon schwierigen Beziehung zu meinem Vater deutlich. Seiner Meinung nach hätte ich den Schmerz hinunterschlucken, Beth um den Finger wickeln und sie solange als meine Freundin behalten sollen, bis ich erfolgreich und bekannt genug gewesen wäre, um sie durch meine wahre Traumfrau zu ersetzen. Meine deutliche Einstellung dazu schien ihn ein wenig beeindruckt zu haben, doch als ich für meine Frauen- und Partygeschichten bekannt wurde, begann zwischen Vater und mir die Eiszeit. Ich hasse ihn nicht und ich weiß, dass er mich ebenso wenig hasst. Doch seitdem reden wir beide nur das Nötigste miteinander, zumal die letzten Gespräche immer im Streit endeten.

Ich atme tief aus, setze mich auf mein Bett und nehme das Gespräch an. Mal sehen, welche bescheuerte Idee er dieses Mal hat. Hoffentlich will er mich nicht wieder mit der Tochter eines Investors verkuppeln!

»Hallo Dad«, beginne ich das Telefonat betont lässig und lehne mich mit geschlossenen Augen an die Wand. Lasset die Spiele beginnen!

»Cam, wie schön, dass du endlich erreichbar bist. Ich habe es heute Morgen schon versucht, allerdings meinte Paul, dass du joggen warst. Hattest du etwa dein Handy vergessen?« Der Vorwurf sticht deutlich in meine Ohren und frustriert balle ich meine Hände zu Fäusten. Als ob sich alles in meinem Leben um ihn drehen würde!

»Wenn ich joggen gehe, kann ich keine Ablenkungen gebrauchen. Ich kann es mir nicht leisten, meine hart erarbeiteten Erfolge einzubüßen. Wie ich dir schon einmal erklärt habe, ist das Joggen nicht nur für meine Struktur und Disziplin notwendig, sondern ist auch Teil meines Trainingsplans. Ich habe es sicherlich nicht deinetwegen getan, Vater. Woher sollte ich denn wissen, dass du mich mitten im Semester aus heiterem Himmel anrufst? Was kann ich denn für dich tun?«

Einen Moment lang ist es am anderen Ende der Leitung ruhig. Vermutlich wiegt er gerade ab, wie ehrlich meine Aussage ist. Nur mit Mühe kann ich ein Seufzen unterdrücken, als Vater endlich zu einer Antwort ansetzt: »Nun ja, so überraschend ist mein Anruf nun wirklich nicht. Schließlich bist du im Sommer mit deinem Master durch und planst im Anschluss mithilfe meines Geldes dein eigenes Unternehmen aufzubauen. Da ist es ja wohl selbstverständlich, dass ich ab und zu nachhake. Schließlich will ich mein Geld nicht in jemanden investieren, der den Ernst der Lage nicht versteht und die Grundlagen eines erfolgreichen Geschäftsmannes nicht beherrscht. Kannst du dich und dein Image nicht kontrollieren, nehmen dich die Leute nicht ernst. Und solch schlechtes Marketing kannst du dir besonders zu Beginn nicht erlauben!«

Frustriert stöhne ich auf und schlage mit der flachen Hand gegen die Wand. Ich wusste es! Natürlich geht es wieder um mich, die Partys und die Frauen! Als ob es irgenddeinen Investor oder Kunden anzugehen hat, wie ich mein Privatleben gestalte! Ehrlich gesagt erwarten meine Schülerinnen und Schüler dieses Image mittlerweile von mir. Es ist das klassische Bild eines kalifornischen Surfers, der sein Leben im Hier und Jetzt genießt und sich nicht von Regeln einengen lässt. Von diesem Lebensstil träumen vor allem meine männlichen Klienten, mein Verhalten ist eine Art Vorbild für sie. Für Vater hingegen sorgt diese Lebensweise für Getuschel über unsere Familie, sie ist schuld daran, dass der Name angeblich in Mitleidenschaft gezogen wird. Was übrigens nicht stimmt. Kaum jemand, außer Rachel und ein paar alte mächtige Männer, die nach außen hin die perfekten Ehemänner spielen ihre Frauen in billigen Stripclubs betrügen, scheint sich an meinem Leben zu stören. War ja klar, dass Vater nur wieder nach einem Grund sucht, um mich zu kontrollieren. Verdammt! Warum akzeptiert er mich nicht so, wie ich bin? Wieso muss er mich immer kritisieren?

»Und ich habe dir schon mehrfach gesagt, dass mein Sexleben dich nichts angeht! Außerdem ist es eine gute Marketing-Strategie. Meine männlichen Kunden sagen immer wieder zu mir, dass mein authentischer Lebensstil ihnen gefällt und der Grund ist, weshalb sie sich bei mir anmelden. Würde ich den braven, langweiligen Bürger spielen, würde ich zu viele Kunden verlieren. In deiner Branche mag das stinklangweilige Streber-Gehabe funktionieren, in meiner Branche ist sie fehl am Platz. Meine Strategie geht auf, ich habe mehr Schüler als alle anderen Surflehrer in San Diego! Warum vertraust du mir nicht einfach? Ich bin Experte für Marketing!« Ohne es zu wollen, knurre ich die letzten Worte ins Telefon. Gott, dieser Mann treibt mich noch in den Wahnsinn!

»Möglich, dass deine authentische Art tatsächlich viel bewirkt und ich erwarte nicht, dass du dein Verhalten komplett aufgibst! Du sollst dich nur etwas reifer zeigen und den Menschen beweisen, dass du mehr als ein Surfer und Lehrer bist! Zeige deinen Klienten, dass du ein ernstzunehmender

Geschäftsmann bist! Dazu gehört nun einmal, dass du seltener auf Partys auftauchst. Wähle bewusst aus, zu welchen Feiern du mit welcher Begleitung auftauchst und nutze die Chance, sinnvolle Kontakte zu knüpfen. Ändere dein frauenfeindliches Image, es passt nicht mehr in die Zeit von Feminismus und Gleichberechtigung. Werde endlich ernsthafter, finde eine Frau, die du ausführen und der Öffentlichkeit als deine neue Freundin vorstellen kannst. Du weißt doch, dass hinter jedem erfolgreichen Businessman eine selbstbewusste Frau steht. Niemand erwartet, dass du gleich heiratest und eine Familie gründest, aber ...«

»Dad, ich habe eine Freundin!«, rufe ich unbedacht aus und schlage mir mit der flachen Hand gegen die Stirn. Was sollte das denn? Woher kommt diese Lüge auf einmal? Verdammt, aus dieser Lage komme ich wohl kaum heile raus!

»Ach? Wen denn?«, höre ich die erstaunte Stimme meines Vaters und schließe die Augen. *Toller Mist, du Vollidiot!*

Verlegen räuspere ich mich, als mir die perfekte Lösung in den Sinn kommt, und antworte selbstbewusst: »Du kennst sie nicht. Ihr Name ist Amber und wir sind uns zu Beginn des Semesters über den Weg gelaufen. Sie ist sehr ehrgeizig und bodenständig und geht selten feiern. Stattdessen liest sie lieber und hält sich am Strand auf. Da sind wir uns übrigens begegnet. Amber war vom Verhalten meiner Clique ziemlich genervt und kein bisschen von meinen Tricks beeindruckt. Es hat mich überrascht und gleichzeitig meine Neugierde geweckt. Ich musste sie unbedingt besser kennenlernen. Amber studiert Geschichte und Kommunikation im Bachelor und möchte eines Tages Museumsdirektorin werden. Wie gesagt, sie ist sehr zielstrebig und zuverlässig.« Bis auf die Tatsache, dass Amber und ich uns eigentlich an der Bar und anschließend in ihrem Bett kennengelernt haben und sie nicht meine Freundin ist, entspricht der Rest der Geschichte der Wahrheit. Je näher die Lüge an der Realität dran ist, desto glaubwürdiger ist sie. Zufrieden mit diesem Einfall klopfe ich mir selbst auf die Schulter und grinse. Glück gehabt!

»Es freut mich zu hören, dass du dein Leben endlich in den Griff bekommst und mit einer Frau ausgehst, die dich voranbringen kann. Endlich fängst du an, über die Konsequenzen deines Verhaltens nachzudenken und Verantwortung zu übernehmen. Ich freue mich schon, sie beim Familientreffen persönlich kennenzulernen und deine Mutter wird bestimmt aus dem Häuschen sein. Wenn sie sich als Freundin eines Geschäftsmannes eignet, werde ich noch vor eurer Abreise die Dokumente ausfüllen und dein Geschäftskonto anlegen. Dann kannst du offiziell die Surfschule kaufen und mit den Planungen und Renovierungen beginnen.«

Entgeistert verschlucke ich mich an meinem Wasser. Wie war das? Ich soll ihm Amber vorstellen? Mist, damit habe ich nicht gerechnet! Nach einem tiefen Atemzug stelle ich mein Wasser weg und setze vorsichtig zu einer Ausrede an. »Dad, ich freue mich sehr, dass du mich unterstützen willst und natürlich möchte ich, dass du Amber kennenlernst. Aber sie hat selbst viel um die Ohren. Außerdem weiß ich gar nicht, ob sie an dem Wochenende schon etwas vorhat. Ich werde sie gerne fragen, doch ich kann nichts garantieren ...«

»Vergiss es, Cam!«, unterbricht mich die schneidende Stimme meines Vaters und unwillkürlich zucke ich zusammen. »Du möchtest meine Unterstützung, aber die bekommst du nur zu meinen Bedingungen. Ich muss mich persönlich davon überzeugen, dass du tatsächlich gereift bist, bevor ich tausende von Dollar in dich investiere. Sicherlich wird Amber es verstehen und einen Weg finden, mir diesen Wunsch zu erfüllen. Wenn sie dich liebt, wird sie deine Karriere unterstützen. Am besten reist ihr beide bereits Freitag an, damit deine Mutter sich an die neue Frau in unserer Familie vor dem großen Treffen gewöhnen kann. Ich freue mich auf euch beide und auf den Startschuss deiner Surfschule. Pass auf dich auf, mein Sohn.« Ohne ein weiteres Wort beendet er das Telefonat. Wütend schmeiße ich mein Handy aufs Bett und vergrabe mein Gesicht in den Händen. Tauche ich ohne Amber auf, fliegt meine Lüge auf und mein

Traum zerplatzt. Vater wird nicht investieren und meine Ersparnisse reichen nur für einen Teil der Ausrüstung. Alles, wofür ich die letzten Jahre geschuftet habe, wäre umsonst. Bis ich mir meine Surfschule auf eigene Kosten aufbauen könnte, würden Jahre vergehen. Je älter ich werde, desto schlechter werden meine Chancen, um mich in dieser Branche zu etablieren. Jeder möchte einen Lehrer und Inhaber, der ebenfalls auf dem Brett steht und die Tricks persönlich vorführt. Ab einem bestimmten Alter ist dies nur noch beschränkt möglich. Einen Kredit würde ich erst nach zwei oder drei Jahren bekommen, wenn ich genügend Erfahrung in Vollzeit mitbringe und wer weiß, ob mein Businessplan überzeugend genug wäre. Ich habe keine andere Wahl, ich muss Vater als Investor gewinnen. Um jeden Preis! Entschlossen

schnappe ich mir meine Badesachen und mein Board und steuere meinen bevorzugten Strandabschnitt an. Zeit, meinen Kopf frei zu bekommen und einen Plan zu überlegen, dem Amber nichts entgegenzusetzen hat.

Kapitel 14

Amber

Noch bevor mein Wecker klingelt, werde ich wach. Lächelnd drehe ich mich um und sehe, dass Rachel wie immer schon aufgestanden ist. Anfangs fiel es mir schwer, mich an den neuen Alltag zu gewöhnen, doch mittlerweile habe ich mich an das amerikanische College-Leben gewöhnt. Mit einem ausgiebigen Strecken stehe ich auf und sammle mir meine Sachen für den Tag zusammen. Die Sonne lächelt mir freundlich entgegen, während die Fitness-Liebhaber im Pool ihre ersten Runden drehen. Zu Beginn hatte ich Sorge, dass ich Cam über den Weg laufen könnte, doch Rachel hat mich beruhigt. Offenbar kommt er jedes Jahr in den *Dawes St. Student Apartments* unter, die noch näher am Strand liegen und wo die meisten Partys stattfinden. Kein Wunder, dass er sich dort am wohlsten fühlt. Seit unserer gemeinsamen Nacht habe ich penibel darauf geachtet, ihm aus dem Weg zu gehen. Der Strand fehlt mir und ich weiß, dass es keine Lösung ist, auf meinen Lieblingsort zu verzichten. Doch der Gedanke an ihn und seinen Verrat hat so geschmerzt, dass Abstand die einzige Lösung für mich war. Es war die richtige Entscheidung, denn mittlerweile löst die Erwähnung seines Namens nur noch einen leichten Stich aus, eine Träne habe ich ihm in den letzten zehn Tagen nicht mehr hinterher geweint. Zugegeben, das Leben als College-Student fordert seine Tribute und die ganze Arbeit war eine perfekte Ablenkung. In jedem Seminar muss ich Essays schreiben und dutzende Texte lesen. Seit Beginn der Vorlesungszeit gab es keinen Tag, den ich nicht in der Bibliothek verbracht habe.

Auch dem History Club habe ich mich angeschlossen und dadurch neue Freunde und Lernpartner gefunden. Durch diese Extra-Credits erhoffe ich mir nicht nur einen zusätzlichen Austausch, sondern auch eine bessere Karrieremöglichkeit, zudem ist das Studentenleben mit den richtigen Bekannten deutlich leichter. Und das, ohne betrunken auf Partys rumzuhängen und meine Zeit zu vergeuden!

Seufzend wende ich mich vom Fenster ab und betrete eines der beiden Bäder. Das kalte Wasser läuft wohltuend über meine Schultern und weckt meine Lebensgeister. Die morgendliche kalte Dusche vor dem Frühstück wurde zum Teil meiner Morgenroutine. Zufrieden massiere ich das Shampoo in meine langen Haare, bevor ich sie ordentlich auswasche. Zum Schluss knete ich etwas Schaumfestiger rein und lasse sie anschließend an der Luft trocknen. Dank meiner Länge und der sanften Wellen, fallen sie dadurch ganz natürlich, ohne großen Aufwand.

Als ich in der Küche ankomme, grinst Rachel mir entgegen und zeigt auf einen großen Latte Macchiato. Lachend gehe ich auf sie zu und sehe sie fragend an.

»Bevorzugst du deinen Kaffee nicht schwarz?«, begrüße ich meine Freundin und werfe zwei Scheiben Toastbrot in den Toaster.

»Der ist ja auch für dich! Ich habe endlich gelernt, wie deine Maschine funktioniert und da es schneller geht als bei meinem Filterkaffee, habe ich mich ebenfalls bedient.« Um ihre Worte zu unterstreichen, deutet sie auf eine leere Kapsel. Amüsiert wende ich mich meinem Toast zu und schüttle leicht den Kopf. Ich hatte Rachel von Anfang an gesagt, dass die Zubereitungszeit von Filterkaffee unnötig lange dauert. Gut, dass sie ihre Lektion gelernt hat.

»Dann weiß ich ja, was ich dir zu Weihnachten oder zum Geburtstag schenken kann. Und bis zu deinem Abschluss im Sommer kannst du dich gerne an meinen Kapseln bedienen. Wollen wir nachher zusammen kochen? Mein letztes Seminar endet recht früh und ich will zur Abwechslung nicht den ganzen Tag in der Bibliothek verbringen. Wir

könnten etwas Leckeres kochen und danach raus gehen.«
Obwohl wir beide unseren eigenen Freundeskreis aufgebaut
haben, verbringen wir viel Zeit zusammen. Vielleicht liegt es
daran, dass wir uns ein Zimmer teilen und in vielen Punkten
auf einer Wellenlänge sind, aber in dieser kurzen Zeit ist Rachel neben Kylie zu meiner besten Freundin geworden.

»Wenn du vor 15 Uhr zurück bist, können wir eine
Pizza in den Ofen schieben«, erwidert Rachel mit vollem
Mund, bevor sie mich entschuldigend ansieht. »Für mehr ist
leider keine Zeit. Um vier habe ich einen Termin bei der Berufsberatung und abends gehe ich mit einer Kommilitonin
aus. Es ist unser zweites Date und wer weiß, vielleicht ist sie
die Richtige für mich.«

Quietschend stehe ich auf und ziehe Rachel in eine feste
Umarmung. »Ich freue mich so für dich. Natürlich können
wir das Kochen verschieben. Ich habe noch was von der
Reispfanne von gestern übrig, den kannst du gerne haben.
Dann hast du mehr Zeit, um dich auf das Date vorzubereiten, und ich esse einfach auf dem Campus. Du musst mir
unbedingt alles über dich und deine ominöse Flamme erzählen!«

Verlegen streicht sich Rachel eine Strähne aus dem Gesicht und ich sehe, wie sich ihre Wangen leicht rot färben.
Wow, diese Kommilitonin von ihr scheint Rachel wirklich
viel zu bedeuten. »Ich kann dir morgen oder heute Abend
gerne vom Date erzählen, aber du solltest dich beeilen.
Musst du nicht in einer halben Stunde am Campus sein?«
Alarmiert werfe ich einen Blick auf die Uhr. Scheiße, wieso
ist es schon so spät? Fluchend stopfe ich mir den letzten Bissen in den Mund, bevor ich in mein Zimmer eile, meine
Unisachen hole und Richtung Campus hetze.

Um 14 Uhr beendet der Dozent das Seminar und ich atme
entnervt aus. Medizingeschichte ist zwar äußerst interessant,
dennoch hatte ich nicht vor, das gesamte Wochenende mit
Lesen zu verbringen. Da hilft wohl nur eins: Den Text auf
mein iPad laden, es mir mit Chips und Wasser am Strand

bequem machen und mich mit der Abneigung und Skepsis der Menschen aus dem 18. Jahrhundert gegenüber Medizin und Ärzten zu befassen. Hoffentlich handelt es sich nicht erneut um einen Text über das sinnlose »Blutlassen«, auch als »Blood Letting« bekannt. Damals waren die Menschen ernsthaft der Meinung, eine Erkältung loswerden zu können, wenn sie sich die Haut aufschneiden und so lange bluten, bis sie bewusstlos werden. Das Thema hatte ich letztes Jahr zu genüge und ich verstehe den Sinn dahinter bis heute nicht. Schon klar, die Leute dachten, dass böses Blut schuld am Infekt ist, orientiert an der Vier-Säfte-Lehre, mit der schon Shakespeare gerne in seinen Werken spielte. Doch wieso haben sie nie daraus gelernt? Jeder Erwachsene hatte mehrere Infekte in seinem Leben. Hätten sie nicht merken müssen, dass das Ausbluten nichts bringt?

Seufzend packe ich meine Sachen zusammen und mache mich auf direkten Wege zum Strand. Im Gegensatz zu vielen anderen brauche ich zum Lesen keine absolute Ruhe. Im Gegenteil, die menschliche Geräuschkulisse hilft mir dabei, mich tiefer in die Lektüre einzulesen, alles fühlt sich dadurch lebendiger an. Die Texte werden zu lebendigen Bildern, als sei ich tatsächlich in der Vergangenheit und das liebe ich.

Am Strand sind einige Menschen versammelt, doch jeder ist mit sich oder seinen Leuten beschäftigt. Niemand achtet auf mich, sieht mich abschätzig an und bezeichnet mich als Streberin oder Mauerblümchen. Nicht, dass es mich interessieren würde. Ja, ich habe ein paar Kilos mehr auf den Rippen, was für einige kalifornische Mädchen wohl einem Verbrechen gleichkommt und ja, ich liebe es, zu lesen. Aber wer so IQ-los ist, dass er mich wegen solcher Oberflächlichkeiten verurteilt, ist meine Zeit sowieso nicht wert. Zufrieden setze ich meine Sonnenbrille auf, lege mich in den Sand und schnappe mir mein iPad.

Zu meiner Erleichterung stelle ich schnell fest, dass sich der Text mit allgemeinen Heilmethoden des 18. Jahrhunderts befasst und das »Blood Letting« nur am Rand anspricht. Hoch konzentriert schiebe ich meine Zungenspitze zwischen meine Lippen und sauge jedes Wort auf. Dachte ich anfangs noch, dass 50 Seiten eine Qual wären, fliege ich nun interessiert über die Seiten und nehme jede Information auf. Bis ich kurz vor dem letzten Absatz einen Schatten über mir vernehme. Entnervt hebe ich den Blick. Dieser Person werde ich die Meinung geigen! Es ist unhöflich, sich an jemanden heranzuschleichen und sich der Person auch noch in die Sonne zu stellen.

»Was zur Hölle ...«, beginne ich mit meiner Schimpftirade, halte jedoch sofort inne, als ich erkenne, wer vor mir steht. Überrascht fällt mir die Kinnlade herunter. Es ist ausgerechnet Cam! Verdammter Mist!

Kapitel 15

Amber

Seine nassen Haare tropfen vor sich hin und lassen das Wasser über seinen muskulösen Oberkörper fließen. Mit trockenem Mund mustere ich ihn von Kopf bis Fuß. Beim Anblick seiner durchnässten Shorts, die sich provokant um sein bestes Stück schmiegt, fängt es in meinem Intimbereich verräterisch an zu ziehen. Als könne er meine Gedanken lesen, fangen seine Augen spöttisch an zu funkeln und sein Lächeln wird eine Spur charmanter.

Reiß dich zusammen, Amber! Er war ein heißes Abenteuer, aber noch einmal darfst du nicht auf ihn hereinfallen. Cam ist es nicht wert!

Mit einem lauten Räuspern setze ich mich aufrecht hin und verschränke abweisend die Arme vor der Brust. »Was willst du, Cam?«, frage ich schnippisch, das Pochen meines Herzens ignorierend. »Das mit uns ist vorbei«, setze ich kalt hinterher.

»Ich weiß«, erwidert Cam gelassen und setzt sich mir ungefragt gegenüber. »Allerdings habe ich einen guten Deal für dich, den du garantiert nicht ausschlagen kannst. Zumindest nicht, wenn du einen ordentlichen Karriere-Schub willst. Also sei so vernünftig und lass mich ausreden.«

Schnaubend über seine Arroganz sehe ich ihn an. Eigentlich will ich ihn wegschicken und ihm sagen, dass er sich für seine Spielchen eine andere suchen soll. Doch leider ist meine Neugierde größer als mein Verstand. »Ach und wieso genau solltest du mir helfen wollen?«

Genussvoll nimmt Cam einen langsamen Schluck von seinem Proteindrink, bevor er sich wieder mir zuwendet. Theatralisch atmet er tief durch, als stünde seine Würde auf dem Spiel, bevor er endlich zu einer Erklärung ansetzt: »Ganz einfach. Mit diesem Deal bekommen wir beide die Karriere, die wir wollen.«

Hä? Was zum Teufel labert er da? Hat das Protein nun endgültig alle seine Gehirnzellen erledigt oder warum erzählt er solch einen Bullshit? Gespielt besorgt lege ich meine Hand an seine Stirn, ziehe sie aber sofort wieder weg, als ein Stromschlag durch meinen Körper fließt. Gott, dieser Typ hat eindeutig zu viel Testosteron! Anders kann ich mir die Reaktion meiner Geschlechtsorgane nicht erklären.

»Nein, ich bin nicht krank«, erwidert Cam entnervt und seufzt. »Mal davon abgesehen, dass ich dir diesen Triumph nicht gönnen würde. Die Sache ist die: Ich brauche dich über das Wochenende als meine feste Freundin.«

Wie von der Tarantel gestochen, springe ich auf. Will er mich verarschen? Ich bin doch keine Escort-Dame, die er nach Belieben buchen kann! Eine seiner Ex-Geliebten wird diesen Scheiß bestimmt mitmachen, aber ich garantiert nicht. Mein Herz pocht erneut wie wild, dieses Mal jedoch aus Wut. Mein Blut beginnt zu kochen und ehe ich mich versehe, schubse ich Cam von mir. »Spinnst du?«, brülle ich ihn an und schaffe es nur mit Mühe, ihm keine zu kleben. »Frag eine deiner Schlampen oder buche eine Professionelle, aber ich mache da bestimmt nicht mit!«

Entschlossen schnappe ich mir meine Sachen und will verschwinden, als ich eine Hand an meiner Schulter spüre. »Amber warte! So ist das doch gar nicht!«

Energisch drehe ich mich um und könnte Blicke töten, käme jeder Notarzt zu spät. »Ach nicht? Für mich hörte sich das aber danach an!« Bevor ich mich erneut umdrehen und weitergehen kann, nimmt Cam meine Hände in seine. Das warme Gefühl legt sich wie eine Salbe um mein Herz, doch diesen Triumph gönne ich ihm nicht. Stur starre ich auf den Sand, jeden Blickkontakt entschlossen meidend.

»Hör zu. Mein Vater hat sich bereit erklärt, mir für meinen großen Traum einer eigenen Surfschule eine Finanzspritze zu geben. Dafür fordert er jedoch, dass ich mir eine feste Freundin suche. Obwohl er genau weiß, dass es mich beim letzten Mal fast ruiniert hätte. Du bist in seinen Augen die perfekte Frau für mich und am Wochenende findet das jährliche Familientreffen in L.A. statt. Tauche ich ohne dich dort auf, platzt der Deal.«

Das Flehen in seiner Stimme löst einen Stich in meiner Brust aus und am liebsten würde ich ihm helfen. Aber ich kann nicht. Nach allem, was er mir angetan hat, verdient er meine Hilfe und mein Mitleid nicht. »Tut mir leid, Cam«, murmle ich und schüttle entschlossen den Kopf. »Aber das ist nicht mein Problem. Und ehrlich gesagt weiß ich nicht, was mir das bringen sollte. Etwa den Ruf der Tusse, die es geschafft hat, ein zweites Mal auf dich hereinzufallen? Danke, ich passe!«

»Amber«, flüstert er meinen Namen und legt sanft seinen Daum unter mein Kinn. Seine eisblauen Augen bohren sich direkt in meine und ich drohe erneut, in ihnen zu versinken. »Ich weiß, dass du sauer auf mich bist. Es tut mir leid, dass ich mich am nächsten Morgen ohne Verabschiedung rausgeschlichen habe. Dafür gibt es keine gute Erklärung. Aber von diesem Wochenende profitieren wir beide. Ich bekomme von meinem Vater das Geld für meine Surfschule und du bekommst dein Praktikum im Museum of Contemporary Art. Wie es der Zufall will, ist der Sohn des Direktors einer meiner Schüler. Die ersten Monate habe ich seinen Sohn kostenlos trainieren lassen, weil der Familie zu Beginn das Geld fehlte. Als Gegenleistung habe ich noch einen Gefallen bei ihm offen. Wenn du im Museum of Contemporary Art ein Praktikum machen kannst und eine sehr gute Referenz bekommst, wird es deine Karriere pushen. Wenn du willst, garantiere ich dir das gerne auch schriftlich, wenn du mir gar nicht mehr über den Weg traust. Also, was sagst du?«

Mit großen Augen starre ich ihn an. Kann das wirklich sein? Liegt der Schlüssel zu meinem Glück tatsächlich vor mir? Alles im Leben hat seinen Preis und für diese Karriere würde ich Cam sogar erneut küssen! Doch kann ich ihm wirklich trauen? Was garantiert mir, dass er mich nicht erneut belügt? Doch warum sollte er? Was hätte er davon? Zögerlich schiebe ich meine Unterlippe vor und nicke vorsichtig. »Na schön, aber es geht mir nur um die Karriere und nicht um dich! Sollte sich bis Freitag herausstellen, dass du gelogen hast, mache ich in letzter Sekunde einen Rückzieher. Und nur damit du es weißt: Ich bin nicht diejenige, die auf dem Fußboden schlafen wird!«

Ein undefinierbares Leuchten tritt in seine Augen und sein breites Lächeln ist zurück. Ehe ich mich versehe, zieht Cam mich in eine feste Umarmung. »Danke, Amber! Auch wenn du es für dich tust, machst du mir damit eine große Freude. Ich hole dich Freitag an deinem Wohnhaus ab.« Mit einem Kuss auf die Wange löst er sich von mir und verschwindet mit seinem Brett im Meer. Verdattert fasse ich mir an die Wange und sehe ihm hinterher.

Kapitel 16

Cam

Ich spüre ihren Blick in meinem Rücken und grinse. Amber zu fragen war eine Notlösung, dennoch gefällt mir die Vorstellung, ein ganzes Wochenende mit ihr zu verbringen. Der Gedanke daran, zwei Nächte lang im gleichen Zimmer aufzuwachen wie sie und ihr beim Schlafen zuzusehen, löst ein heißes Kribbeln in meiner Magengegend aus und ich seufze frustriert. Was hat diese Frau nur an sich, dass ich mich einfach nicht von ihr losreißen kann? Dass ich mich immer wieder zu ihrem Körper und ihrer Nähe hingezogen fühle und mich unweigerlich frage, was zwischen uns noch möglich ist? Aber das ist nicht der einzige Grund, weshalb ich mich so sehr über die gemeinsame Zeit mit ihr freue. Vor allem ist es meine Chance, ihre Sicht auf mich zu ändern und ihr zu zeigen, dass ich kein Arsch bin. Okay, ein bisschen schon, aber es hat seinen Grund. Normalerweise ist es mir egal, was die Leute von mir denken. Doch bei Amber ist es irgendwie anders. Ich weiß nicht warum, aber bei ihr verspüre ich den Drang, es zu erklären. Die Verletzlichkeit in ihren wunderschönen grünen Augen und das Kribbeln in meiner Hand, als ich ihr Kinn anhob, verwirren mich. Gleichzeitig fühlte sich diese Vertrautheit richtig an. Der Wunsch, sie erneut zu küssen und alles um mich herum zu vergessen, brannte in mir und nur mit Mühe konnte ich ihn unterdrücken.

Entsetzt schüttle ich den Kopf und presse die Lippen aufeinander. Was zur Hölle ist los mit mir? Amber ist nur eine weitere Frau. Eine süße Frau, mit der ich eine heiße Nacht verbracht habe und die sich perfekt zum Erreichen meiner Ziele eignet. Nach diesem Wochenende, sobald ich ihr den versprochenen Praktikumsplatz verschafft habe, werde ich nichts mehr mit ihr zu tun haben. Bis dahin muss ich lediglich die notwendigen Details über sie erfahren, um vor meinen Eltern die Scharade glaubhaft wirken zu lassen. Zudem sollte ich Amber um den Finger wickeln, damit sie mir meine Chancen nicht verbaut. Sich in ihrer Wut auf mich nicht vor meinen Eltern verplappert und mich wie den letzten Idioten dastehen lässt. Sie war nur ein One-Night-Stand mit ungeahntem Nutzen für mich.

Dennoch kann ich nicht anders. Als ich ihre Blicke nicht mehr in meinem Rücken spüre, drehe ich mich zu ihr um. Amber hat sich erneut in den Sand gelegt, doch dieses Mal ohne ihr iPad in der Hand. Sie liegt auf dem Rücken, ihre Haare fallen lässig und mit der Sonnenbrille und ihrem Hut könnte sie den Modepüppchen aus L.A. Konkurrenz machen. Für einen Moment vergesse ich alles um mich herum und genieße den verführerischen Ausblick. Das Wissen darüber, welche heißen Kurven sich unter dem Kleid befinden, lässt mein Herz schneller schlagen und ich merke, wie sich etwas in meiner Hose regt. Mein Mund wird plötzlich ganz trocken und das Schlucken fällt mir schwer. Verdammt! Das, was ihr Anblick in mir auslöst, gefällt mir gar nicht. Es fühlt sich verdammt vertraut an, sogar noch intensiver als das, was ich für Beth empfunden habe. Wären Amber und ich uns in vier oder fünf Jahren begegnet, wenn mein Business sicher steht und ich die Zeit und Geduld habe, mein Herz erneut zu riskieren, wäre es etwas anderes gewesen. Dann hätte ich dem Verlangen nach ihr gerne ein zweites Mal nachgegeben und eventuell sogar etwas Festes riskiert. Im Moment jedoch ist mir dieses Spiel zu gefährlich.

Entschlossen löse ich meinen Blick von ihren Brüsten und drehe mich wieder dem Meer zu. Plötzlich spüre ich eine Hand auf meiner Schulter. Neben mir steht Paul und sieht mit hochgezogenen Brauen zwischen mir und dem Board hin- und her.

»Was machst du denn hier, Cam? Ich dachte, dass du nach deiner Jogginrunde heute Morgen eine Trainingspause einlegen wolltest. Sagst du nicht immer, dass die Regenerationsphase ebenso wichtig ist, wie das Workout selbst?«

Dankbar für die Ablenkung klemme ich mir mein Brett erneut unter die Arme und grinse schief. »Stimmt schon, aber irgendwie musste ich meine Wut über mein Vater ja auf legale Weise abbauen und für Sex ist es noch zu früh. Und stell dir vor, dieser Idiot zwingt mich und meine Freundin dazu, am Wochenende zum Familientreffen zu erscheinen. Wenn ich das überleben will, muss ich mich heute und Freitag vor der Abfahrt noch einmal auspowern.«

Verwirrt zieht Paul eine Augenbraue hoch, als hätte ich soeben Chinesisch oder Latein gesprochen. »Freundin? Soweit ich weiß, bist du Solo!«

»Eben!«, erwidere ich schnaubend. »Genau das ist das Problem! Er versteht einfach nicht, dass ich ohne Frau besser dran bin. Es hat sicherlich auch seine Vorteile zum Schoßhündchen zu werden, doch für mich ist es nicht der richtige Zeitpunkt, um mich zu binden.«

Verständnisvoll nickt Paul, bevor er aufs Meer schaut und einen Moment seinen Gedanken nachhängt. Als er wieder spricht, wirkt er ehrlich besorgt. »Und hast du schon eine Idee, wie du bis dahin eine Fake-Freundin bekommen willst, die deine Familie nicht sofort durchschaut? Ich weiß, dass die Surfschule dir alles bedeutet und wie ich deinen Vater kenne, hängt seine Entscheidung davon ab, wem du ihm als potenzielle Schwiegertochter vorstellst.«

»Dieses Problem habe ich schon gelöst. Glaub mir, sie ist die Richtige für dieses Wochenende. Und da sie ebenfalls etwas anderes als guten Sex davon hat, brauche ich auch kein schlechtes Gewissen zu haben. Mein Plan ist perfekt!«

»Das ist gut. Je glaubwürdiger sie ist, desto besser für dich. Wer darf dich denn begleiten?« Neugierig mustert er mich, doch ich schüttle nur den Kopf. Normalerweise würde ich es ihm erzählen und mich nicht darum scheren, wer sich

95

alles darüber das Maul zerreißt. Denn ich weiß, dass Paul es sofort mit der Clique teilen würde und Beth hätte kein Problem damit, meine neue Errungenschaft schlecht zu machen. Doch Amber kann ich das nicht antun. Ich habe sie erst verletzt und das, obwohl sie einen recht toughen Eindruck auf mich macht. Außerdem bleibt sie bis zum Sommer hier und ich kann es nicht riskieren, ihr das Auslandsjahr zu versauen.

»Sorry Kumpel, aber das kann ich dir nicht sagen. Ich schätze, zur Abwechslung denke ich mal nicht an mich selbst. Wie auch immer, ich muss dringend duschen und dann fürs Wochenende meine Sachen packen. Wir sehen uns morgen.«

Mit einem letzten Schulterklopfen drehe ich mich um und steige mit meinem Brett aus dem Meer. Zum Glück ist mein Wohnheim nur fünf Minuten zu Fuß vom Strand entfernt, sodass ich schnell zu Hause bin. Ohne zu Zögern werfe ich mein Brett in die Ecke, schnappe mein Duschzeug und verschwinde im Bad. Genussvoll stöhne ich auf, als das lauwarme Wasser meinen Körper streichelt und mich für einen Moment den Stress des Tages vergessen lässt. Zufrieden schließe ich die Augen und genieße es, einen Moment lang über nichts nachdenken zu müssen. Eine halbe Ewigkeit später, steige ich aus der Dusche und gehe zurück in mein Zimmer. Zeit, meinen Koffer für die schlimmsten Tage des Jahres zu packen.

Kapitel 17

Amber, Freitag

Ich kann es noch immer nicht fassen, dass ich dem Deal zugestimmt habe. Als Cam mir das Angebot unterbreitet hat, konnte ich in dem Moment einfach nicht widerstehen. Die Chance, mein Traumpraktikum zum Greifen nahe zu haben, hatte in dem Moment alle Gehirnfunktionen ausgesetzt. Natürlich habe ich mich sofort bei einem Mitarbeiter der Surfschule unauffällig darüber informiert, ob Trevor Mayers, der Sohn von Mr. Steven Mayers, tatsächlich Schüler der Surfschule ist. Ein Teil von mir hatte gehofft, dass dem nicht so ist. Ich die Chance bekomme, den Deal rückgängig zu machen. Bei der Surfschule behauptete ich, eine gute Freundin von Trevor zu sein und auf ihn zu warten, und der Mitarbeiter erklärte mir, dass er dienstags von Cam trainiert wird. Zu meinem Erstaunen freute ich mich riesig darüber. Nicht nur, weil tatsächlich die Chance besteht, dass Cam seine Connections für mich nutzen kann. Sondern auch, weil es in mir die Hoffnung aufkeimen lässt, dass in Cam mehr steckt als ein selbstgerechtes Arschloch und ich eventuell die Chance bekomme, hinter seine Fassade zu blicken. Verwirrt bin ich nach Hause gegangen und habe mir erfolgreich eingeredet, mich nur auf das Wochenende mit Cam zu freuen, weil ich endlich die Möglichkeit bekomme, alles mit ihm zu klären. Irgendwann ist meine Wut auf ihn verpufft.

Dennoch konnte ich diese Nacht kaum schlafen. Jedes Mal habe ich von Cam und seiner Familie geträumt. Wie er mich glücklich lächelnd vorstellt und seine Eltern mich freudestrahlend empfangen. Die Musik, die sich ihren Weg durch meinen Körper bahnt und beim gemeinsamen Tanz mit Cam Wellen der Freude auslöst, als ich seine Hände deutlich auf mir spüre und sein Blick mich gefangen nimmt. Zum Glück bin ich aufgewacht, bevor er mich küssen konnte!

Frustriert schlage ich meine Bettdecke zur Seite und schlürfe im Schlafanzug in die Küche. Wenn ich diesen Morgen überleben möchte, brauche ich zuerst zwei Tassen starken Kaffee und einen Latte Macchiato! Duschen kann ich noch, bevor der Mann meiner Alpträume mich abholt.

»Guten Morgen, Amber«, begrüßt mich Rachel und mustert mich überrascht. »Schon so früh wach? Freitags hast du doch keine Uni!«

»Morgen, Rachel«, begrüße ich meine Freundin und lächle sie freundlich an. »Du weißt doch, dass ich das Wochenende über verreise.«

Als ich mich mit meiner Tasse zu ihr an den Tisch setze, wirft sie mir einen skeptischen Blick zu. Ihr Röntgenblick bohrt sich direkt in mein Herz, bevor sie mir mit einem entsetzten Schnauben in die Augen schaut. »Ach ja, richtig. Mit *Cam* zu seinen Eltern!«, spuckt sie aus, wobei sie seinen Namen besonders kalt betont.

Seufzend lege ich meine Hand auf ihre. Ich weiß ihre Sorge um mich wirklich zu schätzen. Dennoch bin ich alt genug, um selbst zu entscheiden, mit welchem Mann ich, aus welchen Gründen auch immer, meine Zeit verbringe. »Rachel, ich habe dir doch gestern erst erklärt, dass es keine romantische Reise, sondern ein Business Trip ist. Du weißt doch selbst, dass man manchmal einen hohen Preis zahlen muss, um zu bekommen, was man will. Ich sehe es als Tor zu meiner Traumwelt, als eine Art Test. Bin ich bereit, alles für meinen Traum zu geben, egal wie hoch das Risiko auch sein mag, will ich es wirklich. Nur wenn man bereit ist, sich zu verbrennen und Fehler zu machen, kann man sein Ziel erreichen und glücklich sein. Cam ist für mich ein, zugebener Maßen heißes, Mittel zum Zweck und das Gleiche bin ich für ihn. Es ist meine Chance und die lasse ich mir nicht nehmen!« Wow, wo kamen diese Worte denn jetzt her? Vielleicht wäre ich eine gute Philosophin geworden! Dennoch meine ich jedes Wort so, wie ich es gesagt habe. Wenn man im Leben etwas erreichen will, muss man darum kämpfen. Auch wenn es wehtut, der Lohn ist die Mühe wert.

»Ich gebe dir ja Recht, Süße«, antwortet Rachel nun in einem sanfteren Tonfall und lächelt ebenfalls. »Natürlich muss Frau einen Weg finden, ihre Ziele zu erreichen und sich nicht wegen Gefühlen ausbremsen lassen. Aber wenn du mal ganz ehrlich zu dir selbst bist, weißt du, dass es mehr als nur eine Geschäftsreise für dich ist. Obwohl du weißt, welches Risiko von Cam ausgeht, hast du ihn in dein Herz geschlossen. Vielleicht gerade deshalb. Weil er anders tickt und schwer zu durchschauen ist. Ich will nicht sagen, dass du unsterblich in ihn verliebt bist, denn dazu kennst du ihn zu wenig. Aber du stehst auf ihn und das nicht nur rein sexuell. Nutz das Wochenende, um Klarheit für dich zu schaffen und einen Weg zu finden, deine Gefühle zu stoppen. Bevor du am Ende mehr verlierst, als du gewinnen kannst. Manchmal ist eine Mauer zum Selbstschutz keine schlechte Wahl. Du weißt, dass ich es nur gut meine und am Ende musst du selbst entscheiden, wie weit du ihm vergibst und was du von ihm willst. Ich sage nur, dass du diese Entscheidung bewusst treffen solltest.«

Dankbar stehe ich auf und ziehe Rachel in eine feste Umarmung. Natürlich muss ich vorsichtig sein und darf nicht jedes Wort glauben, das aus Cams Mund kommt. Dennoch spüre ich, dass dieses Wochenende die richtige Entscheidung ist und ehrlich gesagt bin ich gespannt darauf, was die nächsten Tage für mich bereithalten werden.

Beschwingt von diesem positiven Gefühl, bereite ich mir ein ausführliches Frühstück zu, bevor ich schnell unter die Dusche hüpfe und mich für den Tag fertig mache. Um einen guten Eindruck bei seinen Eltern zu hinterlassen, entscheide ich mich für eine umschmeichelnde Bluse in Dunkelrot und einen schwarzen Rock. Zusätzlich lege ich meine

Halskette aus Sterlingsilber mit einem Herzanhänger um den Hals und binde meine Haare zu einem lockeren Dutt. Für etwas Leichtigkeit und weniger Strenge, lasse ich ein paar Strähnen locker ins Gesicht fallen. Mascara, Lipgloss und Pumps mit kleinem Absatz runden das Outfit ab. Damit sollte ich selbst die strengsten Geschäftsleute überzeugen!

Ich werfe einen letzten Blick in den Spiegel und drehe mich einmal im Kreis. Zufrieden mit dem Ergebnis trage ich einen Hauch meines liebsten Parfums auf, schnappe mir meinen Koffer und verlasse die Wohnung. Auf dem Parkplatz wartet Cam lässig an sein Auto gelehnt und mustert mich anerkennend.

Kapitel 18

Cam

Ich hasse dieses Wochenende, das weiß ich jetzt schon! Es wird genauso sein, wie immer. Ich komme rein, meine Mutter begrüßt mich herzlich. Doch kaum erblicken Vater und ich uns, beginnt seine Kritik. Seine Sturheit trifft auf meinen Stolz und am Sonntag gehen wir schweigend mit kaltem Blick getrennte Wege. So, wie immer! Seufzend stehe ich auf, gehe zu meiner Trainigsmatte und den Hanteln und beginne mit einigen Situps. Ich hatte mit Amber verabredet, dass ich sie nach dem Frühstück abhole und daher habe nicht viel Zeit für ein ausführliches Workout. Draußen scheint die Sonne und es ärgert mich, dass ich aufs Surfen und Joggen verzichten muss. Für solche Engpässe habe ich ein wirksames fünfzehnminütiges HIIT-Workout entwickelt, das alle Muskelgruppen fordert und meine schlechte Laune bekämpft.

Nach der letzten Übung stehe ich Schweiß gebadet auf und begebe mich unter die Dusche. Das kalte Wasser vertreibt die letzte Müdigkeit und der Gedanke an Kaffee und French Toast zaubert mir ein Grinsen ins Gesicht. Gut gelaunt gehe ich in die Küche, doch außer mir ist niemand wach. Pfeifend koche ich Kaffee und bereite mein Frühstück zu. Hoffentlich wird alles gut gehen und niemand bemerkt die Spannung zwischen Amber und mir. Vielleicht sollte ich mich noch einmal bei Amber entschuldigen und versuchen, mein Fehlverhalten wieder gut zu machen. Dafür sorgen, dass sie mir nicht mehr böse ist und wir zumindest einen guten Start haben. Nur wenn wir glaubwürdig das glückliche Paar mimen, wird mein Vater mir das Geld geben. Bisher war das mein einziges Ziel, doch heute fühlt es sich falsch an. Amber zu verletzen, nur um zu bekommen, was ich will, bereue ich. Wäre es mir nur ein verdammtes Mal nicht darum gegangen, gut vor meiner Clique dazustehen, hätte ich mich tatsächlich mit ihr anfreunden können. Ohne, dass irgendwer unnötig verletzt wird. Aber ist es das, was ich will? Schaffe ich es tatsächlich, Zeit mit ihr zu verbringen und mich zugleich sexuell von ihr fernzuhalten? Zumindest so lange, bis mein Business steht und ich dieses Risiko eingehen kann?

Hör auf, daran zu denken, Cam! Du willst keine Beziehung und für eine Affäre ist Amber zu gut. Das hat sie nicht verdient! Halt dich von ihr fern! Entschlossen kippe ich den letzten Schluck meines Kaffees hinunter und gehe zurück in mein Zimmer. Obwohl es aussichtslos erscheint, möchte ich zumindest versuchen, das Treffen mit meinen Eltern milder verlaufen zu lassen, und das richtige Outfit kann viel dazu beitragen. Gegen meinen Willen zerre ich das verhasste Hemd aus dem Schrank und kombiniere es mit einer teuren Bluejeans. Zufrieden verlasse ich das Haus und parke kurz darauf vor Ambers Unterkunft.

Nervös steige ich aus und lehne mich lässig an mein Auto. Natürlich bin ich zu früh gekommen, schließlich weiß ich nicht, welchen Wert sie auf Pünktlichkeit legt. Es wäre peinlich, nach ihr zu erscheinen. Ungeduldig schaue ich immer wieder auf mein Handy. Hoffentlich lässt sie mich nicht zu lange warten und hoffentlich hat sie ein vernünftiges Outfit gewählt! Zum Glück hat Amber ein Faible für weibliche Kleidung, sodass ich zumindest nicht mit Jeans und T-Shirt rechnen muss.

Als ich ein bekanntes Klacken auf dem Fußboden höre, schaue ich auf. Bei Ambers Anblick, bleibt mein Herz einen Moment lang stehen. Wow! Sie sieht unglaublich aus! Die Bluse umschmeichelt ihre Rundungen perfekt und die Schuhe strecken ihre Beine optisch. Sie sieht aus wie ein Model aus einem Business Katalog und meine Hände werden

schwitzig. Verdammt! Wie soll ich das Wochenende überleben, wenn ich zwei Mal neben solch einer Schönheit im
gleichen Raum aufwache und sie nicht einmal berühren
darf?

»Guten Morgen, Cam. Danke fürs Abholen. Wo genau
müssen wir eigentlich hin?«, begrüßt mich Amber mit einem
süßen Lächeln. Mein Mund wird plötzlich ganz trocken und
ich muss mich räuspern. Verlegen nehme ich ihr den Koffer
ab und öffne ihr die Beifahrertür. Während ich ihren Koffer
im Kofferraum verstaue, antworte ich ihr mit belegter
Stimme: »Hallo Amber. Du siehst unglaublich aus, dieses
Outfit werden meine Eltern dir auf jeden Fall abkaufen. Wir
müssen nach L.A., den Rest wirst du schon sehen.«

Mit einem verschmitzten Lächeln setze ich mich auf
den Fahrersitz und gebe die Adresse meiner Eltern ins Navi
ein. Obwohl es noch recht früh ist, sind einige Autos vor uns
und ich befürchte, dass sich die Fahrt trotz Highway ein wenig hinauszögern könnte. Anstatt jedoch nervös zu sein,
freue ich mich. Immerhin muss Amber die nächsten Stunden
neben mir aushalten und kann sich nicht herausreden. Dieses Mal muss sie Zeit mit mir verbringen. Es ist meine
Chance, sie in ein Gespräch zu verwickeln, ohne sie dabei zu
verärgern. Vielleicht kann ich ihr sogar eine andere Seite von
mir zeigen. »Danke noch einmal, dass du dich auf diesen
Deal eingelassen hast. Ich weiß, dass du für deinen eigenen
Vorteil alles mitmachst und ich verspreche dir, meinen Teil
noch vor Ende des Wochenendes einzulösen. Dennoch freue
ich mich auf das Wochenende mit dir.«

Skeptisch zieht Amber eine Augenbraue hoch und mustert mich. War ja klar, dass sie mir nicht so einfach glaubt.
»Ach so?«, hakt sie vorsichtig nach. »Und warum freust du
dich darauf? Ich war nicht gerade freundlich zu dir.«

Schmunzelnd werfe ich ihr einen kurzen Seitenblick zu,
bevor ich mich wieder auf die Straße konzentriere. »Stimmt
schon, aber das hatte ich auch nicht anders verdient. Ich war
ein Arsch und das tut mir wirklich leid. Abgesehen davon,
dass du in den Augen meines Vaters tatsächlich die perfekte

Frau für mich wärst und daher keine andere die Rolle so gut hätte spielen können, freue ich mich auf die gemeinsame Zeit mit dir. In den nächsten Tagen wirst du einiges aus meiner Vergangenheit erfahren, das sonst niemand am Campus weiß, abgesehen von meinem besten Freund. Ich vertraue darauf, dass du alles für dich behältst. Natürlich sind meine Kindheit und Jugend keine Rechtfertigung für das, wie ich mich aufführe, aber vielleicht wirst du mich dadurch besser verstehen. Ich erwarte nicht, dass du mir blauäugig verzeihst und danach alles so ist, als wäre nichts passiert. Aber ich möchte dich bitten, mir eine zweite Chance zu geben. Als Freund, versteht sich.« Überrascht von meinen eigenen Worten, verkrampfe ich meine Hände um das Lenkrad und schaue noch konzentrierter auf die Straße. Was war das denn eben? Nichts davon wollte ich auf diese Art sagen und erst recht nicht so ehrlich dabei sein. Und doch meinte ich alles, bis auf den letzten Satz, so wie ich es gesagt habe. Ich war ein Arsch und ich habe meine Vergangenheit als Ausrede genutzt und ja, es tut mir leid. Verdammt nochmal, ich will eine zweite Chance bei ihr, allerdings nicht unbedingt freundschaftlich ...

»Wow, es tut dir wirklich leid, oder?«, höre ich Ambers rhetorische Frage und muss schlucken. Wieso zur Hölle droht dieses Gespräch unnötig emotional zu werden? Wo ist meine Coolness hin, wenn ich sie mal brauche?

Ohne auf eine Antwort zu warten, legt Amber ihre Hand auf meinen Oberschenkel und schenkt mir ein ehrliches Lächeln. Ich spüre, wie ihre Wärme durch meinen Körper fließt, und muss schlucken. Diese Unterhaltung läuft so gar nicht nach Plan. Bevor ihre Hand ein anderes Problem für meinen Körper auslösen kann, räuspere ich mich und nicke. Zeit, das Thema zu wechseln. »Könntest du mir die Flasche Wasser reichen?«, frage ich und atme erleichtert aus, als sie ihre Hand von mir löst und das Getränk öffnet. Nachdem ich einen großen Schluck genommen habe, komme ich auf das zu sprechen, was sie die nächsten Tage erwarten wird.

»Mein Dad ist sehr streng und für ihn steht das Business immer an erster Stelle. Jeder Satz muss durchdacht, der Ruf der Familie aufrechterhalten werden. Daher wird er von dir erwarten, dass du zwar ehrlich bist, dich zugleich aber gewählt ausdrückst. Zudem werden Mom und Dad dich mit Fragen zu deiner Person und unserem Kennenlernen löchern. Diese Story müssen wir dringend abgleichen. Äußere dich niemals zu politischen Themen, bevor mein Vater dich nicht darum bittet, und führe keine Diskussion mit ihm in der Öffentlichkeit. Dafür sind die Gespräche unter vier Augen gedacht. Trage jeden Tag ein anderes Outfit und sei morgens eine halbe Stunde vor dem Frühstück im Speisesaal. Dann sollte beim ihm nichts schief gehen. Meine Mutter ist deutlich wärmer und herzlicher. Bei ihr darfst du deine eigene Meinung aussprechen, Emotionen zeigen und einfach du selbst sein. Allerdings legt auch sie Wert auf Pünktlichkeit, Disziplin und auf eine gewählte Ausdrucksweise.«

Mit jedem Wort, das ich sage, verkrampft sich mein Körper mehr. Ein Davidson zu sein, war seit meiner Kindheit schwierig und ich hoffe, dass Amber das aushält.

»Oh wow«, murmelt sie und sieht mich mit großen Augen an. »Deine Eltern sind echt streng. Kaum zu glauben, dass sie so sehr auf eine feste Freundin an deiner Seite bestehen.«

Lachend schüttle ich den Kopf. Sie hat ja sowas von Recht! In allen Punkten konservativ sein, doch eine feste Lebenspartnerschaft muss noch vor dem College-Abschluss stehen. Da soll mal einer sagen, Geschäftsmänner denken logisch! »Nicht wahr?«, erwidere ich grinsend und schiele einen Moment zu ihr rüber. »In der verdrehten Sicht meines Vaters ist das jedoch kein Widerspruch, sondern eine logische Konsequenz. Für ihn ist eine feste Beziehung, die irgendwann zur Ehe und Kindern führt, eine Voraussetzung dafür, als Mann erfolgreich sein zu können. Aber eine genaue Erklärung kann er dir gerne selbst liefern«, antworte ich, als ich seufzend auf die Auffahrt fahre. Zeit für den Höllentrip.

Kapitel 19

Cam

Als ich aussteigen möchte, nimmt Amber einen kurzen Moment meine Hand und drückt sie. Obwohl die Stromschläge mein Herz zum Poltern bringen, merke ich, wie ich automatisch ruhiger werde. Dankbar lächle ich sie an und schlucke.

»Hör mal, Cam«, beginnt sie und drückt etwas fester zu. »Du warst ein Arsch, aber ich merke, wie nervös du bist. Offenbar setzt dir dein unterkühltes Verhältnis zu deinen Eltern mehr zu, als ich gedacht habe. Ich dachte echt, dass du übertreibst, um mein Mitleid zu bekommen. Aber dein Unwohlsein ist echt. Ich habe das Glück, dass meine Eltern und ich sehr gut miteinander auskommen. Sie sind sehr herzlich und ich kann ihnen alles anvertrauen. Bisher habe ich das immer als selbstverständlich angesehen, doch nun weiß ich, dass ich unglaubliches Glück habe. Ich kann mir gar nicht vorstellen, wie es ist, so distanziert zum eigenen Vater zu sein, und es tut mir wirklich leid für dich. Das heißt nicht, dass ich dir einfach so verzeihe, aber darum kannst du dich später sorgen, okay? Lass uns da erst einmal reingehen und die Begrüßung hinter uns bringen.«

Ihr Lächeln ist freundlich und in ihren Augen blitzt etwas auf, das verdächtig nach Sorge aussieht. Der Kloß in meinem Hals wird größer und ich muss blinzeln. Großer Mist, ich wollte mich doch nicht als Weichei zeigen. Mit einem lauten Räuspern öffne ich unsere Türen und nehme erneut ihre Hand. »Danke, Amber«, flüstere ich leise in ihr Ohr, während wir auf die Haustür zugehen. »Ich verspreche dir, dass ich mich dafür revanchieren werde.«

Ehe Amber etwas sagen kann, öffnet sich die Haustür und meine Mutter steht im Rahmen. Ihre langen schwarzen Haare fallen wie flüssige Seide über ihre Schultern und glänzen im Licht der Sonne. Ihre schlanke Figur wird durch einen modernen Jumpsuit in Türkis betont, dazu trägt sie schwarze High Heels. Wie immer wirkt meine Mutter so, als sei sie einem Magazin für reiche Hausfrauen entsprungen. Lediglich ihr herzliches Lächeln, das ebenfalls ihre blauen Augen erreicht, zeugen von ihrer wahren Natur.

»Hallo Cam!«, ruft sie freudig aus und öffnet ihre Arme. »Ich freue mich so sehr, dich zu sehen! Du siehst gut aus!« Bevor ich realisiere, wie mir geschieht, zieht sie mich in eine erdrückende Umarmung.

»Hey, Mom«, nuschle ich um Atem ringend und werde leicht rot. Gott, wie peinlich ist das denn? Hoffentlich sieht Amber mich jetzt nicht als Muttersöhnchen! Wie immer, schafft meine Mutter es, mir im wörtlichen Sinne den Atem zu rauben. »Würdest du mich bitte frei lassen, bevor ich ersticke?«

Lachend löst sie mich aus ihrer Umarmung und schiebt mich eine Armlänge von sich weg. Ihre durchdringenden Augen mustern mich von oben bis unten und ihr Lächeln wird ein Stück breiter. »Ich freue mich einfach so sehr, dich zu sehen! Du wirkst glücklich und zufrieden. Scheinbar tut dir deine Freundin gut.«

Verlegen grinse ich Amber an, die sich nur mit Mühe einen Lachanfall verkneifen kann. Na danke auch, diesen Spott werde ich mir wohl das gesamte Wochenende anhören dürfen. Schmunzelnd tritt Amber vor und reicht meiner Mutter die Hand. »Hallo Mrs. Davidson. Ich heiße Amber und bin Ihnen sehr dankbar für die herzliche Einladung.«

»Hallo Amber. Ich freue mich sehr, dich endlich in unserer Familie begrüßen zu dürfen. Die Freundin von Cams großen Bruder haben wir schon am ersten Wochenende kennenlernen dürfen und mittlerweile sind die beiden glücklich verheiratet. Seit es mit Beth und Cam den Bach runter gegangen ist, hatte ich Sorge, dass er nie wieder bereit sein würde, sein Herz an eine Frau zu verschenken. Und der Druck von seinem Vater hat alles nur verschlimmert. Du kannst dir gar nicht vorstellen, wie aufgeregt ich war, als mein Mann mir von dir erzählt hat! Eine bodenständige und angehende Historikerin mit großen Plänen. Ich bin begeistert und kann es kaum erwarten, noch mehr von dir zu erfahren!« In ihren Augen glitzern Tränen der Freude, als sie Amber nun ebenfalls in eine Umarmung zieht. Nervös trete ich von einem Fuß auf den anderen. Ich wusste nicht, wie sehr meine Mutter sich eine weitere Schwiegertochter wünscht und wie stark sie unter meinen Frauenproblemen leidet. Auf keinen Fall darf sie jemals von diesem Deal erfahren! Vielleicht kann ich Amber mehrmals davon überzeugen, beim jährlichen Familientreffen gegen eine Entschädigung ihrer Wahl meine Freundin zu spielen.

»Mom!«, rufe ich lachend aus und dränge mich entschieden dazwischen. »Wenn du meine Freundin zerquetscht, hilft das niemandem! Würdest du sie bitte frei lassen? Ich bin mir sicher, dass du sie noch oft genug dieses Wochenende umarmen kannst.«

Verlegen löst sie sich von Amber und lächelt entschuldigend. Ohne es zu wollen, trete ich vor, lege meinen Arm besitzergreifend um Amber und ziehe sie eng an mich. Die Ärmste wird es in den nächsten Tagen nicht leicht haben!

»Bitte entschuldige, meine Liebe. Ich wollte dich auf keinen Fall überfallen. Kommt doch erst einmal rein, eure Koffer werden sofort auf euer Zimmer gebracht. Das Essen müsste jeden Moment fertig sein und mein Mann wartet schon.«

Ohne auf mein Seufzen einzugehen, dreht Mom mir den Rücken zu und führt uns durch das große Herrenhaus Richtung Speisezimmer. Trotz meiner negativen Erinnerung an meine Zeit hier, haut mich die Imposanz des Hauses jedes Mal aufs Neue um. Die hohen Decken und die helle Einrichtung strecken die Halle zusätzlich. Gleichzeitig strahlt dieses Gebäude eine gewisse Wärme aus, die mich immer wieder wie zu Hause fühlen lässt. Die Einrichtung ist dezent und perfekt abgestimmt, dennoch wirkt nichts künstlich. Der Speisesaal wurde im 19. Jahrhundert eingerichtet und noch immer verfügen wir über die originalen Möbel. Dank meiner Mutter erstrahlt auch dieser Raum in einer natürlichen Wärme. Mein Vater sitzt, wie sollte es anders sein, am Kopfende und schaut ungeduldig Richtung Tür. Sein braunes Haar hat er akkurat nach hinten gekämmt, sein Bart ist bis auf das letzte Härchen getrimmt. Unter seinem schwarzen Sakko trägt er ein weißes Hemd, dazu eine rote Krawatte. Seine Anzughose ist gebügelt, dazu hat er schwarze Schuhe gewählt.

Als Vater uns erblickt, steht er wortlos auf und kommt in schnellen Schritten auf uns zu. Seine Haltung ist wie immer gerade, sein Lächeln aufgesetzt und ich komme mir vor wie bei einem Bankgespräch. »Hallo mein Sohn«, begrüßt er mich mit seiner tiefen Stimme und reicht mir die Hand. »Wie ich sehe, hast du dein Versprechen gehalten und endlich mal eine weibliche Begleitung mitgebracht.«

Entnervt presse ich die Lippen aufeinander und zähle bis drei. Ich wusste, dass dieses Treffen ein Fehler ist. Dennoch schlucke ich meinen Frust hinunter und setze ebenfalls ein falsches Lächeln auf. Ihn jetzt auf sein Verhalten anzusprechen, würde alles nur noch schlimmer machen. »Ich freue mich auch, dich zu sehen. Darf ich dir meine Freundin Amber Slaton vorstellen?«

Bei der Erwähnung ihres Namens zuckt Amber kurz zusammen und wirft mir einen unsicheren Blick zu. Sofort trete ich an ihre Seite, lege erneut meinen Arm um sie und führe sie zu meinem Vater. Dankbar lächelt sie mich an, bevor sie sich meinem Vater zuwendet.

»Freut mich dich kennenzulernen, Amber. Es ist sehr erfreulich, dass du unsere Einladung angenommen hast und dich uns persönlich vorstellst. Bitte setz dich doch zu uns an den Tisch, meine Frau und ich möchten dich beim Essen besser kennenlernen.« Entnervt verdrehe ich die Augen. Wie kann jemand so unpersönlich mit der angeblichen Freundin seines Sohnes sprechen, als sei er Immobilienmakler und kurz vor einem wichtigen Abschluss? Aber es nützt ja nichts, also setze ich mich zähneknirschend an den Tisch und bete innerlich für ein Wunder.

Das Essen verläuft besser, als ich erwartet hätte. Meine Mutter frisst Amber nahezu aus der Hand und kann von ihrer vermeintlichen Schwiegertochter in Spee nicht genug bekommen. Die beiden verstehen sich auf Anhieb sehr gut und finden einige gemeinsame Interessen. Auch mein Vater findet zügig Gefallen an ihr, als er von ihren sehr guten A-Levels, dem Stipendium und ihren großen Karriereplänen erfährt. Besonders bei ihrem Gespräch über klassische Literatur schleicht sich tatsächlich ein ehrliches Lächeln auf seine Lippen und weckt Vaters wahres Interesse. Erleichtert atme ich aus und kann endlich das leckere Essen genießen. Der Knoten in meinem Bauch löst sich und ich fühle mich frei. Bisher macht Amber einen unglaublich guten Job, und das nur, indem sie einfach sie selbst ist. Bewundernd lasse ich meinen Blick über ihr Profil schweifen und seufze erneut. Sie ist so eine großartige Frau und der Gedanke, zumindest über das Wochenende ihr Freund zu sein, gefällt mir immer besser.

Nach dem Essen räuspert sich mein Vater und legt Teller und Besteck zur Seite. Anschließend schaut er in die Runde und hebt erneut sein Glas. »Ich hatte große Erwartungen an den heutigen Tag, als mein Sohn mir am Telefon von seiner Freundin vorgeschwärmt hat. Es klang zu gut, um wahr zu sein. Eine intelligente und ehrgeizige Frau, die gleichzeitig die Güte besitzt, über Cams Vergangenheit hinwegzusehen und ihm eine Chance zu geben, hatte ich mir niemals zu träumen gewagt. Ich dachte, er hätte übertrieben. Doch du, Amber, bist tatsächlich ein guter Fang für meinen Sohn und ich hoffe sehr, dass du ihn zur Vernunft bringen kannst. Dass du auch in stressigen Zeiten hinter ihm stehst, ihm den Rücken stärkst und ihm dabei hilfst, nie den Blick für das Wesentliche zu verlieren. Ich freue mich sehr auf die kommenden Tage mit dir. Mein Sohn, ich freue mich, dass du offenbar zur Vernunft gekommen bist. Sei doch so freundlich, deiner Begleitung Haus und Grundstück zu zeigen.«

Mit einem kühlen Nicken erwidere ich den Toast, bevor ich Amber an die Hand nehme und nach draußen führe. An der frischen Luft lege ich den Kopf in den Nacken und atme tief aus. Dieses eine Essen hat mich mehr Nerven gekostet als jeder Surfwettbewerb. Doch für den Moment haben wir es geschafft! Breit grinsend öffne ich die Augen und drücke Amber einen Kuss auf die Wange.

Kapitel 20

Amber

Was zum Henker war das denn? Bin ich bei einem Fernsehformat mit versteckter Kamera gelandet, oder wie? Seine Mutter überfällt mich wie eine Verrückte, wenn auch auf liebenswerte Art, und sein Vater führt sich auf wie ein versteifter Verkäufer im Verkaufsgespräch. Und seit wann hat Cam das Recht, mich so besitzergreifend zu vereinnahmen? Dass seine Berührungen einen Schwarm Schmetterlinge in meinem Bauch Salsa tanzen lassen und eine Welle Glückshormone meinen Verstand benebeln, tut dabei nichts zur Sache. Genauso wenig das Brennen, das sein Kuss auf meiner Wange hinterlässt und meine Beine in Wackelpudding verwandelt.

»Du hättest mich ruhig warnen können«, murmle ich, um mein dümmliches Grinsen vor ihm zu verbergen.

»Hab ich doch!« Gespielt unwissend zuckt er die Schultern und sieht mich unschuldig an.

»Vor deinem Vater vielleicht«, entrüste ich mich und verdrehe die Augen. »Dass deine Mutter einen Hang zur Dramatik inklusive Todknuddeln hat, hättest du gerne zuvor erwähnen können. Und dass mich beide für eine Art heiligen Hoffnungsträger halten, der dich, den ewigen Junggesellen, vor der Verdammnis retten soll, hätte ich auch gerne im Voraus gewusst! Gibt es so etwas wie ein Umtauschrecht?«

»Ewiger Junggeselle? Umtauschrecht?« Lachend nimmt Cam meine Hand und zieht mich ein Stück näher an sich heran. Sein Aftershave kitzelt in meiner Nase und mein Mund wird staubtrocken. Meine Hand kribbelt unter seiner

Berührung und mein Herz poltert wie verrückt. Verdammt! Wie macht er das nur? Jedes Mal, wenn er so unglaublich süß ist, droht mein Verstand sich zu verabschieden. Erde an Gehirn? Ich brauche dich, mein Herz schafft das nicht allein! Bevor mein Gehirn sich zu einer sinnvollen Reaktion durchringen kann, spüre ich Cams Hand an meinem Kinn und seufze leise.

»Dass meine Eltern dich so begrüßen würden, konnte ich mir im Traum nicht ausmalen. Die Tatsache, dass selbst mein Vater ein Narren an dir gefressen hat, zeigt doch nur, was für eine unglaublich tolle Frau du bist. Ich kann es ihnen wohl kaum verübeln, dass sie dich so gerne mögen und nicht mehr gehen lassen wollen. Du bist hübsch, gebildet und weißt, was du willst.« Ich schlucke schwer, als er mir mit jedem Wort tiefer in die Augen sieht. Wie hypnotisiert erwidere ich seinen Blick und versuche, den Kloß in meinem Hals zu ignorieren. *Nicht schwach werden*, erinnere ich mich selbst, schaffe es jedoch nicht, mich von ihm zu lösen. Ich fühle mich wie gefangen und drohe, in seinen Augen zu ertrinken.

»Und ich«, beginnt Cam mit rauer Stimme in mein Ohr zu flüstern, »mag dich vor allem, weil du es faustdick hinter den Ohren hast und mich schneller als jede Frau zuvor um den Verstand gebracht hast.«

Als mir die Zweideutigkeit seiner Worte auffällt, schleicht sich eine unangenehme Röte auf meine Wangen, die mit der Wärme in L.A. nichts mehr zu tun hat. Gott, wie schafft dieser Kerl es nur, mich immer wieder um den Verstand zu bringen? Sogar sein selbstgefälliges Grinsen wirkt in diesem Moment unglaublich anziehend auf mich. Aber so leicht mache ich es ihm nicht! Mit dem letzten bisschen Willenskraft aus der hintersten Ecke meines Hirns, löse ich mich von ihm und bringe eine gesunde Distanz zwischen uns. Zufrieden mit mir hebe ich den Kopf und schaue ihm direkt in die Augen, als ich bewusst provokant erwidere: »Wenn du so leicht zufriedenzustellen bist, solltest du deine bisherige Frauenwahl schnellstens überdenken. Kein Wunder, dass du es nötig hast, jedem dein Ego unter die Nase zu reiben und dich beim Surfen so auszupowern, wenn du schon im Schlafzimmer nicht auf deine Kosten kommst. Es war mir eine Ehre, dich zwischenzeitig von dieser Qual zu befreien, aber gewöhn dich besser nicht daran. Und jetzt komm, du wolltest mir euer Grundstück zeigen! Oder muss ich den süßen Butler um Hilfe bitten?«

Seine entgleisten Gesichtszüge, als meine Antwort Stück für Stück in sein Gehirn durchdringt, ist Gold wert. Grinsend drehe ich mich um und gehe die ersten Schritte Richtung Garten. Ehe ich meine Besichtigungstour planen kann, taucht Cam neben mir auf, nimmt meine Hand und lacht. Mit einem Funkeln in den Augen beugt er sich in meine Richtung und antwortet: »Versteh mich nicht falsch, ich bin oft genug auf meine Kosten gekommen. Aber ein bisschen Abwechslung mit einer temperamentvollen Frau, die sich mehr für meinen Körper als das Geld interessiert, macht mich nun mal an. Gegen eine zweite Runde hätte ich persönlich nichts einzuwenden.«

Entrüstet schnaube ich, kann mir ein Grinsen jedoch nicht verkneifen. Habe ich schon erwähnt, dass er ein Idiot ist? Als einer der Bediensteten den Garten betritt, wird sein Tonfall auf einmal erster. Wie ein Touristenguide, führt er mich über das Grundstück und erzählt mir von den vielfältigen Pflanzen und der Historie des Herrenhauses. Gespannt lausche ich seinen Erzählungen und fühle mich sofort ins 19. Jahrhundert versetzt. Vor meinem inneren Auge sehe ich uns beide in guter Sonntagskleidung Arm in Arm durch den Garten spazieren. Sein Frack schmiegt sich perfekt an seinen muskulösen Oberkörper, während ich mein schönstes Kleid trage. In der anderen Hand halte ich meinen Sonnenschirm, während ich heimlich die Sonnenstrahlen genieße.

Leise seufzend schüttle ich den Kopf und befördere mich zurück ins Hier und Jetzt, wobei mir das Bild von Cam im Frack unglaublich gut gefällt. Ob ihm wohl bewusst ist, dass er ein begnadeter Geschichtenerzähler ist?

»Alles in Ordnung?« Besorgt mustert Cam mich und ich nicke beschämt. Irgendwann werden mich diese Tagträumereien noch ins Grab bringen.

»Ja, alles gut«, erwidere ich schnell und lächle. »Ich bin nur beeindruckt davon, wie viel du weißt. So viel Tiefsinnigkeit und Ernsthaftigkeit habe ich dir bei deinem rebellischen Macho-Gehabe gar nicht zugetraut.«

Seufzend bleibt Cam stehen und blickt in die Ferne Richtung Meer. Sein gesamter Körper ist angespannt und ich merke, dass nun er derjenige ist, der sich geistig woanders befindet. »Ich gebe mir, seit ich denken kann, größte Mühe, meine ruhige und tiefgründige Seite zu verstecken. Wie du sicherlich bemerkt hast, sehe ich meinem Vater unglaublich ähnlich. Und genau das ist das Problem. Seit meiner Kindheit lasten ein hoher Druck und große Erwartungen auf mir. Alle haben von mir erwartet, dass ich genauso werde wie mein Vater und mein großer Bruder. Ebenso karrieregetrieben, rücksichtslos und geldgeil. Immer an den Ruf der Familie und den Luxus denkend, mich brav den Regeln der Gesellschaft anpassend. So wie mein großer Bruder es getan hat. Er ist die perfekte Junior-Figur meines Vaters, hat vor Kurzem seine Highschool-Freundin geheiratet und hat an einer anerkannten Universität BWL studiert. Noch vor seinem Master ist er ins Familienunternehmen eingestiegen und am Tag seines Abschlusses hat er seiner Freundin den Antrag gemacht. Am selben Abend stieg er unter großem Jubel als Junior-Chef in Vaters Firma ein. Ich hingegen hatte immer meinen eigenen Kopf. Mein Freiraum war von klein auf mein wertvollstes Gut. Als ich durch Zufall meine Liebe für das Surfen entdeckte, wusste ich, dass ich eines Tages meine eigene Surfschule gründen will. Nachdem Vater erkannt hat, dass es die einzige Möglichkeit ist, mich zum Geschäftsmann werden zu lassen, nahm er die Fäden in die Hand. Er bezahlte die Surfstunden, solange meine Noten in der Schule gut waren. Dann kam der nächste Deal: Er bezahlt mein Studium, als Gegenleistung musste ich BWL als Hauptfach wählen. Als ich zum besten Surflehrer San Diegos ernannt wurde, bot er mir an, mir bei meiner Firmengründung finanziell unter die Arme zu greifen, sobald ich bereit bin, mich ernsthafter zu verhalten und meine Partys und Frauengeschichten hinter mir zu lassen. Das Surfen bedeutet mir alles. Jedes Mal, wenn ich mit dem Brett im Meer stehe, hoch konzentriert auf eine Welle zureite und mich den Gefahren der offenen See hingebe, fühle ich mich frei und lebendig. Als eigene Person, unabhängig vom Einfluss meines Vaters. Würde ich diese Seite von mir jedem zeigen, hätte er die gesamte Macht über mich und das darf ich nicht zulassen! Niemals!«

Geschockt starre ich Cam an, kann kaum glauben, was ich da höre. Für jemanden, der wie ich in einer herzlichen Familie ohne Druck aufgewachsen ist, klingt diese Vorstellung wie ein Kriminalroman. Mitfühlend lege ich meine Hand auf seinen Rücken und schlucke. Kein Wunder, dass er sich so verhält! »Cam«, flüstere ich gegen den Kloß in meinem Hals an. »Es tut mir leid, dass du dich immer wieder beweisen und verstellen musst und nicht du selbst sein kannst. Und es tut mir leid, dass ich dich noch vor unserem ersten Gespräch verurteilt habe. Natürlich werde ich dich unterstützen und so gut ich kann deine perfekte Freundin spielen. Zwar habe ich dir noch lange nicht verziehen, dass du dich einfach weggeschlichen und mich wie eine Prostituierte ohne ein Wort zurückgelassen hast. Aber ich werde dir helfen.«

Lächelnd dreht sich Cam zu mir um und langsam lässt die Anspannung von ihm ab. Mit einer verlegenen Geste fährt er sich durchs Haar und winkt betont lässig ab. »Schon gut, niemand kann was dafür. Und danke, dass du mir helfen willst. Warum fängst du nicht damit an, mir etwas mehr über dich zu erzählen? Warum bist du so erpicht auf eine Karriere im Museum?«

Diese Frage trifft mich unvorbereitet und wirft mich aus dem Konzept. Überrascht stolpere ich einen Schritt nach hinten und räuspere mich. Die Alarmglocken in mir beginnen zu schrillen und einen Moment lang erstarre ich zur

Salzsäure. Dieser Wunsch einer Museumskarriere ist die Grundlage meiner Vergangenheit. Eine Zeit, über die ich nur selten spreche. Alles in mir brüllt danach, mich umzudrehen und zu gehen. Vor der Konfrontation, der unangenehmen Wahrheit, zu fliehen. Doch es wäre nicht fair. Cam hat mir von seiner Vergangenheit erzählt, hat sein Herz einen Augenblick lang geöffnet. Also atme ich tief durch und knete meine schwitzigen Hände, bevor ich mich zu einer Antwort durchringe: »Können wir das in deinem Zimmer besprechen? Ich möchte nicht, dass jemand das hört.«

Kapitel 21

Amber

Sein Zimmer ist riesig und quadratisch geschnitten. Ein großes Bett aus dunklem Holz mit auffälligen handgeschnitzten Mustern steht in der Mitte des Raumes. Es wirkt trotz seiner massiven Größe und der Farbe einladend und sofort legt sich eine bleierne Müdigkeit über mich. Gähnend setze ich mich darauf und lasse meinen Blick weiter durch den Raum schweifen. Hinter dem Bett befindet sich ein bodentiefes Fenster mit Blick aufs Meer. Beeindruckt werfe ich einen Blick hinaus und beobachte die Wellen. Die Wände sind mit Fotos vom Strand und Surfbrettern und mit Postern bestückt. Die wenigen Bücher in Cams Regal befassen sich mit Sport, gesunder Ernährung, dem Aufbau eines eigenen Unternehmens und Surfen.

Vorsichtig setzt sich Cam neben mich und legt mir seine Hand auf den Rücken. Eine sanfte Gänsehaut zieht sich über meinen gesamten Körper und eine angenehme Wärme durchflutet mich. Die Stelle, an der er mich berührt, kribbelt und für einen Moment schließe ich die Augen. In seiner Nähe fühle ich mich sicher und geborgen, als könne er jeden Schmerz von mir fernhalten. Paradox, wo der er der Grund für meine neueste Narbe ist.

»Rede mit mir, Amber«, flüstert Cam und seine raue Stimme weckt die Schmetterlinge in meinem Bauch. »Erzähl mir von deiner Leidenschaft für Geschichte und Museen. Sag mir, warum du dich immer hinter Büchern versteckst, anstatt dich mit Freunden zu treffen und dein Leben zu genießen. Gib mir die Chance, dich und deine Welt zu verstehen.«

Seufzend lehne ich mich an die Wand und schlucke. Eigentlich rede ich ungern darüber. Jedes Mal, wenn ich mit jemandem darüber rede, werden alte Wunden aufs Neue aufgerissen. Doch Cam hat mir von seiner Kindheit erzählt, er hat mir ohne zu Zögern seine Vergangenheit anvertraut. Er hat es verdient, dass ich mich ihm gegenüber öffne. Schwer schluckend, öffne ich meine Augen und sehe ihn direkt an.

»Meine Familie ist weder mächtig noch wohlhabend«, beginne ich und lächle leicht. »Obwohl meine Eltern und ich nicht im Luxus leben, war ich immer glücklich. Seit ich denken kann, sind sie immer für mich da und ich kann mit ihnen über alles reden. Dennoch haben sie mir von Anfang an beigebracht, dass Personen, die wenig Geld haben, doppelt so hart arbeiten müssen. Es heißt nicht umsonst: Geld regiert die Welt! Darum war meinen Eltern wichtig, mir von Anfang an möglichst viel Bildung zukommen zu lassen. Ich ging in einen bilingualen Kindergarten und lernte von klein auf Französisch und einmal im Monat gingen wir ins Theater. Mit drei Jahren lernte ich lesen und meine Großmutter ging jeden zweiten Samstag mit mir in ein anderes Museum. Ich liebte diese Samstage und schon bald wurden Museen und Geschichte meine liebsten Themen. In der Schule vertiefte ich mein Wissen und konzentrierte mich vor allem auf Geschichte. Jahrelang war das nur ein Hobby für mich und ich probierte mich in anderen Dingen aus. Ich spielte gerne Basketball und war auch gut darin, doch eine weniger begabte Mitschülerin, dessen Vater Sponsor der Mannschaft war, schnappte mir den Platz weg. So war das in allen AGs, die mich interessierten, außer in der Geschichts-AG. Das ist der Nachteil, wenn man als eine der wenigen Stipendiaten auf eine teure Privatschule geht. Dann kommt man nur in die Teams und Kurse rein, die keiner will. Bis auf Kylie, meine beste Freundin seit dem Kindergarten, hatte ich keine

Freunde, aber das war okay. Da ich mit niemanden aneckte und mich meist zurückzog, wurde ich nie gemobbt. Es machte mir Spaß, historische Rätsel mit meiner Großmutter zu erschließen und mit ihr in Museen zu gehen, aber als ich älter wurde, machten wir das nur noch einmal im Monat. Ich hatte das Gefühl, mich neuen Dingen widmen zu müssen, um herauszufinden, wer ich bin. Doch kurz nach meinem 13. Geburtstag änderte sich das.«

Vor meinem inneren Auge sehe ich noch immer den Tag, der alles änderte. Wie in Zeitlupe spielen sich die zwei schlimmsten Monate meines Lebens in meinem Kopf ab und ich schlucke schwer. Ich spüre die eiskalte Hand, die sich gnadenlos um mein Herz legt, und fest zudrückt. Meine Welt für einige Sekunden im Grau versinken lässt und einzelne Tränen bahnen sich ihren Weg über meine Lippen. Ich begrüße den altbekannten, salzigen Geschmack, nehme den Kloß in meinem Hals an und lasse meinen Gefühlen freien Lauf. Mein Körper bebt als ich das Krankenbett klar und deutlich vor mir sehe. Als ich ein sanftes Streicheln auf meinem Handrücken bemerke, öffne ich die Augen und sehe Cams besorgte Mine durch meinen Tränenschleier. Dankbar schlucke ich die Tränen hinunter und lächle schwach.

»Was ist passiert?«, höre ich seine ruhige
Stimme in meinem Ohr, die mich endgültig ins Hier und Jetzt zurückholt.

»Es war ein Freitag Ende Januar, kurz nach meinem Geburtstag«, beginne ich zitternd und hole tief Luft, bevor ich mit der Erzählung fortfahre. »Der Tag begann, wie jeder andere und ich freute mich aufs Wochenende. Ich hatte mit meiner Großmutter besprochen, dass ich nach der Schule bei ihr vorbeischauen würde. Sie wollte mir ein altes Fotoalbum zeigen, das sie zuvor auf dem Dachboden gefunden hat, und ich war sehr aufgeregt. Doch als ich bei ihr ankam, spürte ich sofort, dass etwas nicht in Ordnung war.« Wie in Trance starre ich aus dem Fenster, unfähig, etwas um mich herum wahrzunehmen. Die Wellen üben eine beruhigende, hypnotische Wirkung auf mich aus und mein Atem wird flacher. Lediglich der Druck von Cams Hand in meiner hält mich in der Gegenwart.

Zitternd hole ich Luft und fahre mit meiner Geschichte fort: »Normalerweise war meine Oma immer eine klassische Frohnatur. Sie liebte es, in ihrem Haus oder dem Garten zu arbeiten und jeden Tag etwas zu schaffen. Fleiß und Ehrgeiz waren für sie die wichtigsten Tugenden und ich genoss es, immer wieder etwas Neues von ihr zu lernen. Meine Eltern und ich hatten einen Schlüssel, denn oft war Oma so beschäftigt, dass sie die Klingel nicht hörte. Wenn sie nicht im Garten oder einkaufen war, kochte sie oder saß mit ihrem Nähzeug im Wintergarten oder auf der Terrasse. Jedes Mal, wenn ich zu Besuch kam, leuchteten ihre Augen vor Freude. Meist kochte sie etwas Leckeres und steckte mir nach jedem Besuch Süßigkeiten und Taschengeld zu und ermahnte mich, fleißig zu sein. An diesem Tag jedoch lief sie nicht voller Tatendrang durchs Haus und begrüßte mich mit einer festen Umarmung. Stattdessen saß sie gedankenverloren an ihrem Küchentisch und blätterte durch das Fotoalbum. Verwirrt setzte ich mich neben sie und fragte, ob alles in Ordnung sei.«

Rückblende, 30. Januar 2015

Neugierig mache ich mich von der Schule aus auf den Weg zu Oma. Zum Glück wohnt sie in der Nähe, denn ich kann es kaum erwarten, dieses mysteriöse Album zu sehen. Ob es wohl mehrere Jahrhunderte alt ist oder gar einen Stammbaum enthält? Vielleicht gibt es Hinweise auf historische Ereignisse! Immerhin ist mein Interesse für die Vergangenheit und Ausstellung in dieser Ausprägung innerhalb der Familie einzigartig und Oma hat versprochen, mir bei der Aufklärung zu helfen. Wieso interessiere ich mich so sehr dafür, was vor Jahrhunderten passiert ist? Wieso faszinieren mich vor allem das achtzehnte und neunzehnte Jahrhundert? Gibt es in meinem Stammbaum möglicherweise Historiker, von denen ich meine Fähigkeit, alle historischen Daten und Strukturen auswendig zu lernen, geerbt habe?

Die Sonne strahlt und weist mir am blauen Himmel den Weg. Am Morgen gab es viel Schnee, sodass ich nun durch ein Winter-Wunderland laufen kann. Die Vögel zwitschern fröhlich und aus der Ferne höre ich Hundegebell und lachende Kinder. Ein breites Grinsen ziert mein Gesicht, als ich die Tür zu Omas Haus aufschließe. Schnell werfe ich die Schuhe in eine Ecke, schlüpfe in meine Hausschuhe und hänge meine Jacke an die Garderobe. Als ich das frische Obst in der Schale sehe, lächle ich und nehme mir eine Mandarine. Oma legt viel Wert auf gesunde Ernährung und im Frühling baut sie jedes Jahr Obst und Gemüse in ihrem eigenen Garten an. Nur im Winter müssen wir mit den Lebensmitteln vom Markt vorliebnehmen.

»Oma, ich bin da!«, rufe ich freudig und laufe in die geräumige Küche. »Danke für das köstliche Obst und deine Einladung! Ich bin echt gespannt ...« Als ich die Küche betrete, halte ich abrupt inne. Oma sitzt gedankenverloren am Küchentisch und starrt das Album an. Aber ich kenne sie gut genug, um zu wissen, dass sie mit ihren Gedanken ganz woanders ist. Besorgt gehe ich um den Tisch herum und setze mich neben sie. Plötzlich werde ich mir der bedrückenden Stille bewusst und schlucke schwer. Wenn Oma weder gut gelaunt durchs Haus läuft noch das Radio an hat, ist etwas Schlimmes passiert!

»Oma?«, hake ich alarmiert nach und fasse sie am Unterarm. Plötzlich sieht sie auf und lächelt mich an, doch das Lächeln erreicht ihre Augen nicht. Sorgenfalten zieren ihre Stirn und sie ist ungewöhnlich blass. In ihren Augen spiegelt sich ein undefinierbarer Ausdruck und sie sieht plötzlich um Jahre gealtert aus.

»Hallo, mein Mädchen«, begrüßt sie mich und zieht mich in ihre Arme. »Wie war es in der Schule? Soll ich dir etwas Leckeres kochen, bevor wir uns das Album ansehen?«

Entrüstet verschränke ich die Arme und sehe sie tadelnd an. »Oma, ich bin kein Kind mehr! Hör auf, vom Thema abzulenken, wenn es etwas Ernstes zu besprechen gibt! Ich koche uns jetzt einen Tee und du erzählst mir ganz in Ruhe, was passiert ist! Vergiss das Album und die Schule! Ich sehe doch, dass dich etwas bedrückt!«

»Ach mein Mädchen, das ist so lieb von dir. Es gibt da tatsächlich etwas, dass ich dir und deinen Eltern sagen muss. Es wird nicht leicht werden, doch ich komme nicht allein damit klar.«

Besorgt setze ich mich erneut neben Oma und nehme ihre Hand. Mit einem Nicken bedeute ich ihr, fortzufahren.

»Seit ein paar Wochen geht es mir nicht so gut, meine Kleine. Du kennst ja meine beste Freundin, sie war natürlich besorgt deswegen. Zumal ich seit Jahren nicht mal eine Erkältung hatte. Doch ich hatte Schmerzen in der Brust und auch der Gang zur Toilette lief nicht mehr so wie sonst. Christie hat sofort im Krankenhaus einen Termin zur Untersuchung ausgemacht. Den Termin hatte ich letzte Woche, deswegen musste ich unser Treffen auch auf heute verschieben. Vorhin rief mich der Arzt mit der Diagnose an. Amber, ich habe Krebs.«

Entsetzt starre ich meine Oma an, unfähig, ihre Worte zu fassen. Die Welt um mich herum gerät mit einem Mal aus den Fugen, dreht sich und droht, zusammenzubrechen. Mit geballten Fäusten sehe ich ihr in die Augen, in der Hoffnung auf ein Zwinkern. Irgendein Zeichen, dass mir sagt, dass ich mich verhört habe oder die Situation nur halb so schlimm ist. Der Tränenschleier in ihren Augen holt mich jedoch zurück in die Realität. Mein Herz pocht schmerzhaft gegen meinen Brustkorb und ein dicker Kloß bildet sich in meinem Hals. Schwer schluckend nehme ich ihre Hand und bedeute ihr mit einem sanften Nicken, weiter zu reden.

»Es hat sich herausgestellt, dass ich Brustkrebs habe. Leider ist er unheilbar und mittlerweile im gesamten Körper gestreut. Deswegen habe ich auch die Darmbeschwerden. Laut Arzt befinde ich mich im vierten Stadium und habe nicht mehr lange zu leben. Mir bleiben nur zwei Möglichkeiten. Entweder versuche ich es mit einer Chemotherapie, mit der Chance, länger zu leben. Aber retten kann mich die Therapie auch nicht und vermutlich würde ich zeitnah an Maschinen hängen und auf den gnädigen Tod warten. Die Chemotherapie selbst ist die reinste Qual, die meisten Patienten fühlen sich danach nur schlechter. Ich glaube nicht, dass ich die Kraft dazu habe.«

Nun stehen auch mir die Tränen in den Augen. Schniefend wische ich sie weg und senke meinen Blick Richtung Boden. Wieso ausgerechnet Oma und warum jetzt? Sie war immer so gesund, achtete auf einen guten Lebensstil mit viel Bewegung, frischer Luft und Obst und Gemüse. Auch Stress war für sie meist ein
Fremdwort und geraucht hat sie nie. Wie kann jemand, der so gesund lebt, plötzlich an Krebs erkranken? Obwohl ich instinktiv weiß, welche

andere Möglichkeit ihr bleibt, frage ich mit zitternder Stimme nach. Einen Moment schweigt Oma, bevor sie ihren Daumen unter mein Kinn legt und mich zwingt, ihr in die Augen zu sehen. Dann lächelt sie und antwortet: »Mein Mädchen, ich weiß, du willst es nicht hören. Aber du bist groß und manchmal gibt es keinen schönen Ausweg. Ohne Chemo gibt der Arzt mir noch maximal zwei Monate, um meine Angelegenheiten zu regeln. Von nun an wird es rapide den Berg runter gehen mit mir und es kann sein, dass ich in den nächsten drei Wochen nicht einmal mehr fähig sein werde, ohne Hilfe mein Bett verlassen kann. Ab nächster Woche kommt zwei Mal täglich der Pflegedienst vorbei. Montag habe ich einen Termin mit meinem Anwalt, um meinen Nachlass zu regeln. Tu mir bitte einen Gefallen, Amber. Kämpfe jeden einzelnen Tag darum, deine Träume wahr werden zu lassen, und vergesse nie, dein Leben zu leben. Denn es kann früher vorbei sein, als dir lieb ist. Es geht nicht darum, wie alt ein Mensch wird, sondern, was er in seinem Leben erreicht hat und wie glücklich er war. Es bringt dir nichts, 100 Jahre alt zu werden, wenn du immer nur das machst, was andere von dir verlangen, ohne dabei glücklich zu sein. Wenn du hingegen mit 50 im Sterben liegst, aber 30 Jahre lang das gemacht hast, wofür dein Herz schlägt, hast du vor dem Tod auch keine Angst. Und du musst mir noch etwas versprechen: Pass auf deine Mutter auf.«

Schluchzend falle ich ihr in die Arme, lasse der Trauer nun freien Lauf. Meine Tränen bahnen sich ihren Weg über meine Wangen und ihr salziger Geschmack lässt meinen Mund trocken werden. Meine schwitzigen Hände liegen an Omas Rücken und ich spüre, wie unsere Oberkörper im Takt des Schmerzes auf- und ab wippen. Ohne ein Wort zu sagen, verstehen wir einander und geben uns schweigend Halt. Wir verbleiben so lange in dieser Position, bis alle Tränen versiegt sind. Mein Herz fühlt sich seltsam leer an, doch mein Kopf weiß, was er zu tun hat. Entschlossen wische ich meine letzte Träne weg, schnappe mir das Album und ziehe Oma an der Hand auf den Balkon. Wenn uns nur noch wenige Tage bleiben, um zu beenden, was wir angefangen haben, dürfen wir keine Zeit verlieren.

Gegenwart, Cams Jugendzimmer

Die Erinnerung an jenen Tag hat sich wie ein Stummfilm in meinem Kopf eingebrannt. Ich erinnere mich an jedes Detail, an den Duft des frischen Obstes im Flur, den Geruch des alten Holzes in ihrer Wohnung und die schönen Farben der Winterpflanzen. Obwohl es acht Jahre her ist, sind die Wunden noch längst nicht verheilt. Seit Beginn meines Studiums bin ich wieder fähig, mir ihre Fotos anzusehen und mit einem Lächeln an unsere schöne Zeit zurückzudenken. Dennoch haben die letzten Wochen mit meiner Oma mich mehr geprägt als jedes andere Ereignis in meinem Leben.

»Hey, komm her«, flüstert Cam an meinem Ohr und zieht mich in eine Umarmung. Vorsichtig lasse ich es geschehen und merke, wie mein Herzschlag sich beruhigt und das Gefühl der Leere verblasst. Dankbar schmiege ich mich an ihn und genieße seine Nähe. Das Gefühl seiner Hände an meiner Hüfte hinterlässt ein angenehmes Prickeln und der Duft seines Aftershaves weckt erneut die Schmetterlinge in meinem Bauch.

»Die Wochen danach waren am schlimmsten«, fahre ich mit deutlich festerer Stimme fort, ohne mich von ihm zu lösen. »Ich habe sie vier Mal die Woche besucht und mich um sie gekümmert. Es fiel mir schwer, den körperlichen Verfall mit ansehen zu müssen. Ende Februar konnte sie ihr Pflegebett nicht mehr ohne Hilfe verlassen, selbst die Wasserflasche konnte sie nicht mehr öffnen. Anfangs lief der Fernseher oder das Radio, doch irgendwann verlor sie das Interesse am Geschehen der Welt und der Musik. Auch unsere Unterhaltungen wurden immer einfacher und die Besucher kürzer. Sie brauchte viel Schlaf. Ihrem Körper fehlte jegliche Kraft, häufig verweigerte sie sogar ihre Flüssignahrung. Ende Februar kam sie ins Hospiz, die Endstation für alle Patienten. Einen kurzen Moment blühte sie dort erneut auf, denn nun war sie von Personen umgeben, die das gleiche Schicksal teilten. Die verstanden, was sie durchmachte und ihr Mut geben konnten. Ich besuchte sie regelmäßig und bei gutem Wetter saßen alle zusammen bei Kaffee und Kuchen im Garten und lachten. Es schien, als sei die Welt in Ordnung und ich wusste, dass Oma bereit war. Sie hatte nun keine Angst mehr vor dem Tod, da sie wusste, dass sie nicht allein sein würde. Als ich sie an einem Samstag besuchen wollte, verweigerte mir die Schwester den Zutritt. Sie sagte mir, dass meine Oma ihr eine klare Anweisung gegeben hatte: Niemand sollte mich zu ihr lassen, wenn sie bereit für den Übergang ist. Zwei Stunden zuvor hatte sie das letzte Mal ihre Augen geöffnet, doch ihr Blick war glasig. Sie erkannte weder, wo sie war, noch die Menschen um sich herum. Selbst Christie, ihre beste Freundin, kannte sie nicht mehr. Danach hatte sie ihre Augen geschlossen und nie wieder geöffnet. Ihr Atem wurde zu einem schweren Rasseln, ein deutliches Zeichen für den nahenden Tod. Als die Schwester mir das sagte, bekam ich einen Heulkrampf. Ich setzte mich auf den Boden und weinte hemmungslos. Die Schwester brachte mich in die Küche und kochte mir Tee, dann holte sie den Pastor. Wie unterhielten uns über Oma und ihr Leben und er versprach mir, diese Infos bei ihrer Beerdigung mit einfließen zu lassen. Plötzlich kam der Arzt herein und teilte mir mit, dass es vorbei war. Sie ist friedlich und ohne Schmerzen eingeschlafen. In den Wochen danach zog ich mich immer mehr zurück und vernachlässigte die Schule. Selbst meine Eltern kamen nicht mehr an mich heran, nur Kylie durfte mich besuchen. Eines Tages habe ich mich wieder gefangen und mich daran erinnert, welches Versprechen ich Oma gemacht habe. Das war der Moment, in dem ich beschloss, dass mich nichts davon aufhalten würde, eines Tages Musuemsdirektorin zu werden. Ich wurde zur klassischen Streberin mit Bestnoten, besuchte jedes Museum in England und bekam schließlich ein Stipendium für die Uni. Auch mein Auslandsjahr hier in den USA wird vollständig bezahlt, solange ich meinen Notendurchschnitt von 2,4 nicht unterschreite.«

Die ganze Zeit über hört Cam mir aufmerksam zu und hält mich fest. Als ich mich von ihm löse, hebt er mein Kinn an und schaut mir direkt in die Augen. Mit einem liebevollen Lächeln wischt er meine Tränen weg und nun schleicht sich auch auf meine Lippen ein Lächeln.

»Was du durchmachen musstet, tut mir leid und jetzt verstehe ich, warum dir dein Traum so viel bedeutet. Doch wie deine Oma schon sagte, darfst du trotz allem nicht vergessen, dein Leben zu genießen. Gib mir während deiner Zeit hier die Chance, dir zu zeigen, dass du beides haben kannst. Dass du viel für deine Karriere machen und dich gleichzeitig amüsieren kannst. Am besten fangen wir sofort damit an. Komm mit, ich zeige dir meinen Lieblingsort. Meinen Geheimplatz, an dem ich mich nach jedem Streit mit Dad versteckt habe.« Seine Augen leuchten voller Freude auf, wie die eines Kindes an Weihnachten und ein spitzbübisches Grinsen ziert sein hübsches Gesicht. Entschlossen zieht er mich auf die Beine. Überrascht von dem Schwung, kippe ich nach vorne – direkt in Cams Arme. Lachend atme ich erneut seinen Duft ein, doch seine Aufregung ist nun auch auf mich übergegangen. Schnell löse ich mich von ihm und deute auf die Tür. »Na dann komm, bevor es dunkel wird und ich nichts mehr sehe!«

Kapitel 22

Cam

Lächelnd nehme ich Ambers Hand und verlasse mit ihr zusammen mein Zimmer. Ihre Erzählung hat mich schockiert und als sie in Tränen ausgebrochen ist, spürte ich meinen Beschützerinstinkt die Oberhand gewinnen. Amber war 13, als ihre Großmutter gestorben ist, und offenbar hatten die beiden ein enges Verhältnis. Mir diese Geschichte zu erzählen fiel ihr deutlich schwer und ich bin ihr sehr dankbar. Nicht nur für ihr Vertrauen, sondern auch, weil sie mir gezeigt hat, welches Glück ich habe. Ich habe bisher niemanden verloren, der mir nahestand und kann mir nicht einmal in meinen kühnsten Träumen ausmalen, wie schmerzhaft das ist. Umso bewundernswerter ist ihre positive Art, die sie jeden Tag aufs Neue ausstrahlt. Ihr Mut, für ihre Träume zu kämpfen und sich nicht von Lästereien aus der Ruhe bringen zu lassen, ist einzigartig. Aber ich werde mein Versprechen halten und ihr zeigen, dass sie kein schlechtes Gewissen ihrer Großmutter gegenüber haben muss, wenn sie ab und zu mal nicht an ihre Karriere und der gemeinsamen Leidenschaft hängt. Solange Amber mich lässt, werde ich ihr zeigen, was Kalifornien zu bieten hat. Während unserer gemeinsamen Zeit hier in den USA werde ich dafür sorgen, dass Amber wieder mehr lacht und öfter aus ihrer Bücherwelt hervorkommt. Dass sie wieder lernt zu vertrauen und das echte Leben zu genießen. Und wer weiß, vielleicht darf ich diesen Part auch nach Ende des akademischen Jahres einnehmen.

»Cam? Amber? Was macht ihr denn bei diesem schönen Wetter hier drin? Wolltest du deiner Freundin nicht unseren Garten zeigen? Wart ihr etwa in deinem Zimmer?
Cam, du weißt, dass dein Vater das nicht gerne sieht!«, passt
Mom uns ab und ich verdrehe die Augen. War ja klar, dass
ausgerechnet sie uns erwischt und sich sofort ihren Teil
denkt.

»Mom!«, rufe ich entnervt aus und seufze. »Auch wenn
es weder dich noch Dad etwas angeht: Wir haben nicht miteinander geschlafen. Dazu ist Amber zu anständig. Außerdem würde ich das bestimmt nicht hier im Haus machen, wo
ihr beide uns jederzeit stören könntet!« Entschuldigend
schiele ich zu Amber rüber. Beim Anblick ihrer geröteten
Wangen schleicht sich ein breites Grinsen auf meine Lippen
und eine wohlige Wärme durchflutet meinen Körper. Sofort
denke ich an unser Gespräch bei der Party über Sex am
Strand zurück und mein Herz setzt einen Schlag aus. Wir
beide wissen genau, dass Amber in manchen Bereichen alles
andere als anständig ist, besonders kurz vorm Höhepunkt.
Bei dem Gedanken daran, wie provokant sie mich verwöhnt
hat, bildet sich ein dicker Kloß in meinem Hals und nur mit
Mühe kann ich mich zurückhalten. Erleichtert atmet meine
Mutter aus, mustert uns jedoch weiterhin skeptisch. Keine
Frage, Amber vertraut sie, mir hingegen eher weniger.

»Wir wollen ein bisschen zum Strand. Nach Hollywood
ist es zu weit, aber die Promenade ist einzigartig und das
Wetter ist perfekt für einen Spaziergang. Könntest du uns bei
Dad entschuldigen? Ich weiß, dass wir eigentlich gemeinsam
Abendbrot essen wollten, aber das Familientreffen morgen
macht meine Freundin nervös. Daher dachte ich, dass es für
sie angenehmer ist, wenn wir den Abend zu zweit genießen
und ich sie ein bisschen vorbereiten kann. So können du und
Dad auch in Ruhe die Planung für den morgigen Tag durch-
gehen.«

Aus den Augenwinkeln sehe ich Amber entsetzt nach Luft schnappen und drücke ihre Hand noch fester. Zugegeben, sie als Ausrede zu benutzten ist alles andere als charmant, aber meine Überraschung für sie wird ihr gefallen.

»Ach Schätzchen!«, wendet sich Mom sofort an Amber und lächelt sie liebevoll an. »Du musst dir wirklich keine Sorgen wegen morgen machen. Mein Sohn und meine Schwiegertochter sind wirklich nett und werden dich bestimmt ins Herz schließen, und mein Mann scheint dich auch zu mögen. Du musst nicht nervös sein. Aber natürlich könnt ihr beide euch einen ruhigen Abend zu zweit machen, wenn dir das hilft.«

Einen Moment lang mustert Amber mich mit hochgezogener Augenbraue, bevor sie sich meiner Mutter zuwendet. »Vielen Dank, ich weiß Ihren Zuspruch sehr zu schätzen. Ich bin mir sicher, dass ich mit Ihrem anderen Sohn gut auskommen werde.« Zufrieden nickt meine Mutter uns beiden zu, bevor sie erneut ihre Checkliste in die Hand nimmt und vor sich hin murmelnd den Raum verlässt. Grinsend ziehe ich Amber vor die Tür und atme die salzige Meerluft ein.

»Ich bin also nervös davor, meinen Schwager in Spee kennenzulernen?«, ruft Amber aus und mustert mich streng.

»Du willst mich heiraten?«, erwidere ich grinsend und fasse mir gespielt gerührt ans Herz. »Was für eine Ehre!«

»Garantiert nicht!«, erwidert Amber sofort und schlägt mir gegen den Arm. »Auf diesen goldenen Käfig kann ich verzichten. Aber mal ehrlich, was sollte das eben? Ich habe zwar gesagt, dass ich mitspiele, aber das heißt noch lange nicht, dass ich dir jederzeit als Ausrede parat stehe!«

Lächelnd nehme ich erneut ihre Hand und ziehe sie am Wasser mit mir. Bei dem Strandabschnitt handelt es sich um einen Privatstrand, der zum Grundstück meiner Eltern gehört. Deshalb sind um uns herum keine Menschen. »Ich habe eine Überraschung für dich vorbereitet und Mom hätte uns sonst nie gehen lassen. Vertrau mir einfach, du wirst es nicht bereuen.« Das Wasser umspielt unsere Füße und der

Sand fühlt sich weich und vertraut an. Die untergehende Sonne färbt den Himmel orange und eine leichte Brise treibt den Salzgeruch in meine Nase. Hungrige Seeadler kommen aus ihren Verstecken auf der Suche nach Abendbrot und vom öffentlichen Strandabschnitt strömt leise Musik zu uns herüber. Zufrieden lege ich den Kopf in den Nacken und versuche meine aufkommende Nervosität zu beruhigen. Wird ihr mein Plan gefallen? Es war als freundliche Geste gedacht, doch nach den unerwartet ehrlichen und tiefgründigen Gesprächen könnte der Abend mehr Bedeutung gewinnen. Hoffentlich denkt sie nicht, dass es eine billige Masche ist, um sie erneut ins Bett zu bekommen! Nicht, dass ich etwas gegen eine weitere gemeinsame Nacht einzuwenden hätte, aber Amber bedeutet mir mehr als nur ein weiterer Name auf meiner Liste.

Seufzend bleibe ich vor dem Felsvorsprung stehen und atme erleichtert aus. Jerome, unser Küchenchef, hat wirklich gute Arbeit geleistet. Eine gemütliche Picknickdecke liegt ausgebreitet im Sand und wird von elektronischen Kerzen beleuchtet. Ein Sektkühler sowie eine Kühlbox mit verschiedenen Leckereien stehen ebenfalls bereit. Da es abends etwas abkühlen kann, hat Jerome uns ebenfalls mit einer Decke und zwei Kissen ausgestattet. Perfekt für ein Abendbrot beim Sonnenuntergang am Strand! Breit grinsend drehe ich mich zu Amber um. Ihre wunderschönen Augen werden groß als sie feststellt, dass dieser Platz für uns vorbereitet ist. Überrascht sieht sie mich an und fährt sich verlegen durch die Haare. Bei diesem Anblick durchflutet mich ein Schwarm Schmetterlinge und verlegen beiße ich mir auf die Lippe. Mein Herz droht davon zu galoppieren und meine Hände werden schwitzig.

»Das ist ...«, beginnt Amber und muss sichtbar schlucken. »Ich meine ... wow! War das wirklich deine Idee?«

Verlegen räuspere ich mich und deute unbeholfen auf die Decke. »Ja, natürlich war das meine Idee«, erwidere ich, während ich ihr bedeute, sich zu setzen. »Ich weiß, wie ungern du diesem Deal zugestimmt hast, und ich habe mich dir gegenüber wie ein verdammter Arsch verhalten. Ich wollte es unbedingt wieder gut machen und dachte, dass ein Abendbrot am Privatstrand dich glücklicher machen würde als irgendwelche teuren Geschenke. Heute Morgen habe ich mit meinem Küchenchef telefoniert. Er kennt mich seit Kindheitstagen und weiß, dass dieser Ort mein Lieblingsplatz ist. Wie alle anderen denkt er, dass du meine Freundin bist und für ihn ist das ein romantisches Date. Ich fand, dass es die perfekte Lösung ist. Du bekommst endlich die Aufmerksamkeit, die du verdienst und unsere Geschichte wirkt noch realer. Darf ich dir ein Glas Champagner anbieten?«

»Danke, Cam, das ist echt lieb von dir.« Mit einem breiten Lächeln setzt sich Amber neben mich und nimmt das Glas entgegen. »Aber wehe, es geht dir erneut nur um Sex!«

Frustriert schließe ich die Augen. Natürlich war es naiv von mir zu erwarten, dass sie mir einfach vertraut. Und ja, die Vorstellung, die Nacht mit ihr hier zu verbringen, gefällt vor allem dem südlichen Bereich meines Körpers unglaublich gut. Aber das war doch nicht der Gedanke, verdammt! »Amber«, seufze ich und schlucke. »Ich habe es wirklich nur gemacht, um dich lächeln zu sehen und nicht, um dich nackt vor mir zu haben. Nicht, dass ich einer Wiederholung der Partynacht etwas entgegenzusetzen hätte, aber das war nicht der Grund!«

Lachend greift Amber an mir vorbei und schnappt sich die Kühlbox. Erstaunt mustere ich sie und lege verwirrt den Kopf schief. »Was?«, frage ich, als sie sich genüsslich eine Erdbeere in den Mund schiebt. Wie hypnotisiert beobachte ich sie dabei und bereue es, sie nicht an den überfüllten, öffentlichen Strandabschnitt geschleppt zu haben.

»Cam, ich weiß, wie du bist!«, murmelt sie zwischen zwei Erdbeeren und schmunzelt. »Natürlich würdest du guten Sex nicht ausschlagen. Verdammt, wir sind erwachsen, du brauchst gar nicht erst versuchen, es abzustreiten. Außerdem habe ich dir doch gesagt, dass ich Sex am Strand mag, vermutlich hat dich das zumindest unterbewusst bei dieser Entscheidung beeinflusst.«

Entsetzt starre ich sie an und schlucke erneut, unfähig einen klaren Gedanken zu fassen. Ja, die Idee mit ihr am Strand hat mir seit Tagen keine Ruhe gelassen. Bin ich wirklich so leicht zu durchschauen? »Schuldig im Sinne der Anklage«, antworte ich und spüre, wie mein Mund plötzlich ganz trocken wird. Meine raue und tiefe Stimme dröhnt in meinen Ohren und mein Blick wandert zu ihren Brüsten. Plötzlich rückt Amber ganz nah an mich heran, bis ihre Lippen mein Ohr berühren. Wie erstarrt bleibe ich sitzen und schließe die Augen. Ihr Duft nach Vanille und Pfirsich strömt in meine Nase und ich spüre ihren warmen Atem an meiner Wange. Mein Herz pocht und ich weiß, dass ich verloren habe.

»Ich weiß nicht, was du mit mir machst, dass ich mich wissentlich auf einen Fehler einlasse. Ich habe auch keine Ahnung, was das zwischen uns ist und wo zu Hölle das hinführen wird. Aber es macht keinen Sinn, diese sexuelle Anspannung zwischen uns weiter zu ignorieren. Wir wissen doch beide, dass diese eine Nacht für keinen von uns beiden ausreichend war.« Ehe ich etwas darauf erwidern kann, spüre ich, wie sie ihre Lippen hart auf meine presst.

Kapitel 23

Amber

Als meine Lippen seine berühren, legt er seine Hände fordernd an meine Hüften und zieht mich auf seinen Schoß. Mein Verlangen spiegelt sich in seinen Augen wider und seufzend schließe ich meine. Gebe mich ihm und dem Moment hin. Seine Zungenspitze bahnt sich forsch ihren Weg in meinen Mund. Stöhnend gewähre ich ihm Einlass und sauge seinen herben Duft nach Feuerholz und Wald ein. Vorsichtig fahre ich mit meinen Händen unter sein Shirt und spüre seine angespannten Muskeln. Entschlossen ziehe ich sein Shirt aus und bewundere sein Sixpack. Kann man sich eigentlich jemals an diesem Körper sattsehen? Sein Kuss wird fordernder und ehe ich mich versehe, liege ich auf meinem Rücken. Grinsend beugt sich Cam über mich und platziert sich in meiner Mitte. Erwartungsvoll sehe ich zu ihm auf und lecke mir bewusst über die Lippen. Ich liebe es, wenn Männer beim Sex die Kontrolle übernehmen. Seine Augen glimmen, als er sich vorbeugt und meinen Hals küsst. Sein Drei-Tage-Bart streift meine Wange und ich fühle mich sicher. Ich weiß, dass er nichts tun wird, das ich nicht möchte. Genießerisch stöhne ich auf, lege meine Hände um seinen Nacken und ziehe ihn näher zu mir. Halte die Distanz, die noch wenige Minuten zuvor herrschte, nicht mehr aus.

Seine Lippen bahnen sich ihren Weg von meinem Hals hinunter zu meinem Schlüsselbein und hinterlassen ein angenehmes Kribbeln. Als er an meinen Brüsten ankommt, befreit er sie mit nur einem Handgriff von meinem BH. Mit feurigem Blick löst er sich von mir, saugt den Anblick mit schief gelegtem Kopf ein.

»Mach weiter«, raune ich ungeduldig. »Meine Brüste kennst du schon.« Sein tiefes Lachen dröhnt in meinen Ohren, dringt in meinen Körper ein und lässt mein Blut rauschen.

»Genauso gut wie du meinen Sixpack. Dennoch bekommst du nicht genug davon«, erwidert er mit rauer Stimme, beugt sich erneut vor und beginnt, meine Brüste zu massieren. Ein bekanntes Ziehen in meiner Mitte macht sich bemerkbar und ich schlucke. Bestimmt nährt sich sein Mund meiner linken Brustwarze und ich kralle mich in die Decke. Ich spüre sein Grinsen an meiner Brust, während seine linke Hand sich meinem Hosenbund nährt. Voller Verlangen drücke ich mich ihm entgegen. Genieße seine Massage über dem dünnen Stoff und heiße meine Feuchtigkeit willkommen.

»Cam!«, stöhne ich und schiebe seine Hand entschlossen weg.

»Was ist?«, fragt er besorgt und sieht einen Moment mit verklärten Augen zu mir auf.

Schmunzelnd ziehe ich ihn zu mir, drehe ihn auf den Rücken und setze mich auf ihn. »Ich will kommen, wenn du in mir bist und nicht anders.« Ich spüre, wie sehr mein Körper nach ihm verlangt, und habe keine Geduld für ein langes Vorspiel. Heißer, schneller Sex und anschließend kuscheln, so sollte eine gemeinsame Nacht aussehen! Ich spüre seinen Ständer deutlich zwischen meinen Oberschenkeln und beuge mich vor, gewähre ihm einen Ausblick auf meine Brüste. Langsam fange ich an, mich auf ihm zu bewegen, während ich mich immer weiter vorbeuge und seinen Oberkörper mit Küssen bedecke. Sein schwerer Atem klingt wie Musik in meinen Ohren, zeigt mir, dass ich alles richtig mache. Langsam rutsche ich weiter nach unten, fahre mit meinen Fingerspitzen über seine Hose. Als ich seine Jeans qualvoll langsam von seiner Hüfte ziehe, höre ich ein leises Grollen.

»Fuck, Amber!«, raunt er und ich grinse. Lasse meine Hand in seine Boxershorts gleiten. Während ich seine Kronjuwelen massiere, sehe ich auf. Cam hat seine Augen geschlossen und sein Glied zuckt fordernd. Verlangt nach mehr, nach mir. Zufrieden umschließe ich es mit meinen Lippen, sauge an seiner Eichel und streichle seinen Schaft. Bevor Cam kommen kann, lasse ich von ihm ab. Schnell entledige ich mich meines Schlüpfers und beobachte ihn dabei, wie er sich gekonnt das Kondom überrollt.

»Komm her!«, ruft Cam und ich komme seiner Aufforderung nach. Kann es kaum erwarten, ihn bei vollem Verstand in mir zu spüren, ohne betrunken zu sein. Bei der Decke angekommen, schubst Cam mich leicht auf meinen Rücken und platziert sich erneut zwischen meinen Schenkeln. Sein Blick hält meinen gefangen als ich ihm den Weg zu meinem Eingang weise. Keuchend halte ich mich an ihm fest, genieße die rhythmischen Bewegungen zwischen uns. Mein Herz pocht voller Glück und droht mir aus der Brust zu springen. Automatisch spanne ich mich an, umschließe sein Glied noch fester. Vorsichtig beugt er sich vor und seine Lippen finden meine. Selig schließe ich die Augen, lasse meine Hände zu meinem Hintern wandern. Als ich spüre, dass sich unser beider Höhepunkt nährt, löse ich meinen Griff und streiche ihm behutsam über den Rücken.

Mein Herz pocht noch immer, als sich Cam von mir herunterrollt. Lächelnd breitet er seine Arme aus und ich kuschle mich an ihn. Schwer atmend lege ich meinen Kopf auf seiner Brust ab und lausche seinem Herzschlag. Über uns hat sich der Himmel mittlerweile in ein tiefes Orange verfärbt und das Rauschen des Meeres dringt zu mir durch. Vereinzelt höre ich Möwen und Seeadler kreischen und seufze zufrieden. Für einen Moment steht die Welt still und ich genieße diese Zeit. Das Gefühl, im Paradies zu sein, wo nichts von Bedeutung ist.

»Wow«, murmelt Cam und spricht genau das aus, was ich denke. »Ohne Alkohol harmonieren wir noch viel besser.«

Lachend verdrehe ich die Augen und drehe mich in seinen Armen, um ihm ansehen zu können. »Willst du damit etwa sagen, dass Sex und Alkohol nicht zusammenpassen?«

Seine Bauchmuskeln beben, als er in mein Lachen einstimmt. Plötzlich sieht er mir direkt in die Augen und mein Herz setzt für einen Moment aus. Wieso muss er diesen lockeren Moment mit kitschiger Romantik ruinieren? Das zwischen uns kann nur auf sexueller Basis funktionieren. Ich kann nicht riskieren, mein Herz an ihn zu verlieren und seine nächste Trophäe zu werden.

»Mit dir ist nüchtern alles schön«, flüstert er und nährt sich meinem Mund. Wie erstarrt reiße ich die Augen auf und schlucke. Der Sex mit ihm ist gut und ich genieße die Zeit mit ihm. Es ist schön, dass ich beim ihm einfach ich selbst sein kann. Mich nicht verstellen und nicht lügen muss. Doch genau darin liegt die Gefahr. Ihm gehört schon ein Teil meines Herzens und ich kann nicht riskieren, dass sein Einfluss auf mich noch größer wird. Ich kenne die Geschichten über ihn und es ist kein Geheimnis, dass er die meisten seiner Verflossenen mit einer romantischen Nummer rumbekommen hat. Sobald sie ihren Zweck erfüllt und ihre Variationen im Bett ausgespielt hat, wurde sie ersetzt. Sicherlich will er mich nur solange vögeln, wie wir bei seinen Eltern festhängen. Sobald wir zurück am Campus sind, wird er mich vor seinen Freunden ebenfalls in den Wind schießen und so tun als kennen wir uns nicht. Auf diesen Herzschmerz kann ich getrost verzichten. Manche Fehler sollten sich nicht wiederholen!

»Cam!«, rufe ich entschlossen aus und rutsche von ihm weg. »Was immer du vorhast: Lass es! Ich weiß, auf welchen Deal ich mich eingelassen habe und der Sex ist die perfekte Kirsche auf der Torte. Doch spätestens am Campus werden wir wieder getrennte Wege gehen. Also heb dir deinen Romatik-Scheiß für eine andere auf und lass uns die Zeit einfach genießen!« Schweren Herzens wende ich mich von ihm ab, ziehe mich in Rekordgeschwindigkeit an und laufe den Strand entlang. Einzelne Tränen bahnen sich ihren Weg über meine Wangen und ich wische sie unwirsch weg. Ich wusste, dass ich dem Verlangen nicht nachgeben darf. Dass die Scherben mehr schmerzen werden als das wütende Verlangen in meinem Bauch. Doch zu meiner Überraschung sind es nicht die erwarteten Reaktionen, die mir so zusetzen. Es ist Cam. Der verletzte Ausdruck in seinen Augen, als ich mich von ihm weggedreht habe. Die vor Wut und Schmerz zusammengepressten Lippen. Sein Duft, der noch immer in meiner Nase kitzelt und das Gefühl seiner Hände auf meinem Körper. Die wunderbare Explosion, die wir gemeinsam erlebt haben.

Frustriert schließe ich die Augen und bleibe stehen. Zitternd atme ich die salzige Luft ein und versuche mich zu zentrieren. Der Schmerz wird vergehen und am Ende nicht mehr sein als eine blasse Erinnerung. Ich muss es nur zulassen. Aber will ich das? Bin ich wirklich dazu bereit, die wundervolle Zeit mit Cam zu verdrängen und ihn aus meinem Leben auszusperren? Nur, weil ich Angst habe, erneut verletzt zu werden? Muss sich die Vergangenheit zwangsläufig wiederholen, nur weil ich kaputt genug bin, immer wieder denselben Männertyp zu mögen? Ich weiß es nicht und genau das macht mir Angst. Es war einfach, meinem hart erarbeiteten Plan zu folgen. Meine Ziele und Wünsche nicht länger zu hinterfragen, und meinen Fokus nur auf meine Karriere zu legen. Natürlich möchte ich noch immer als Museumsdirektorin oder zumindest als Kuratorin arbeiten und dafür brauche ich einen guten Abschluss. Vor allem aber brauche ich gute Noten, um einen Platz für mein Masterstudium in den USA zu bekommen und damit mein Visum verlängern zu können. Doch lohnt sich das? Seinen Träumen hinterherzujagen, ohne dabei wirklich zu leben? Seufzend lasse ich mich in den weichen Sand fallen und beobachte das Spiel der Wellen.

Plötzlich legt sich eine Hand auf meine Schulter und ich zucke zusammen. Auch ohne mich umzudrehen, weiß ich, wer hinter mir steht. Cam ist der einzige Mann seit Langem, dessen Berührungen mein Herz elektrisieren. Stumm nicke ich und warte, dass Cam sich neben mir fallen lässt. Einen Moment starren wir schweigend auf das Meer, bis er sich räuspert.

»Amber«, höre ich ihn sanft sagen und schließe erneut die Augen. Genieße den vertrauten Klang seiner Stimme und seufze. »Ich weiß, dass ich nicht den besten Ruf habe. Aber hast du mir vorhin zugehört? Ich bin nicht ohne Grund so ein Arsch. Wie du weißt, hat meine Ex, Beth, mir damals das Herz gebrochen. Ich habe sie geliebt und dachte, wir hätten eine gemeinsame Zukunft. Sie hingegen war nur an meinem Geld interessiert. Ich wollte mein Herz schützen und habe deshalb jede Beziehung beendet, bevor sich Gefühle einschleichen konnten. Um nicht wie ein Softie dazustehen, habe ich mir die Macho-Fassade aufgebaut. Doch das bin ich nicht, zumindest nicht komplett. Ich war glücklich mit dem oberflächlichen Sex, dem Ruhm, meinem Erfolg und dem ganzen Spaß. Und ja, den Ruhm und Erfolg werde ich wohl immer genießen. Aber dann bist du aufgetaucht und hast mir die Leviten gelesen. Ich war beeindruckt und wollte dich unbedingt näher kennen lernen. Verdammt, Amber. Keine Ahnung, was das zwischen uns ist oder werden kann. Ich weiß nur, dass ich dich mag und es gerne versuchen möchte.«

Verlegen senke ich den Kopf und knete meine Finger. Sein Geständnis überrascht mich. Natürlich habe ich mitbekommen, dass er kein komplettes Arschloch ist. Seine weiche Seite zu zeigen, macht ihn jedoch nahbar und menschlich. Traurig schlucke ich den Kloß in meinem Hals hinunter und streiche mir eine Strähne meines blonden Haares aus dem Gesicht. Es bedeutet mir viel, dass er mir hinterhergelaufen ist und mir sein wahres Ich zeigt. Aber ich kann ihm nicht glauben, so sehr ich das auch möchte.

»Cam, es hat nicht allein etwas mit dir zu tun«, beginne ich zögerlich und schüttle den Kopf. »Ich weiß, dass du kein schlechter Mensch bist. Doch offenbar liegt es in der Natur von Sportlern, flirten und Sex als zweite Disziplin zu werten.

Ihr könnt nichts dafür, wahrscheinlich ist es irgend so ein biologischer Instinkt von euch. Mein Ex war auch Sportler, er war Fußballspieler und Kapitän in unserer College-Mannschaft. Dean ist unschlagbar und sieht zudem verboten gut aus. Die Mädels stehen alle auf ihn, aber er ist mit mir ausgegangen. Ganze drei Monate. Bis er mich letztes Jahr auf der Halloweenparty mit der Schlampe vom Dienst betrogen hat. Offenbar war ihm Sex wichtiger als Vertrauen. Ich habe aus dieser Lektion gelernt. Niemand kann was dafür, dass ich auf Sportler stehe. Es sind nicht nur eure definierten Muskeln, die ich anziehend finde. Vor allem sind es euer Ehrgeiz und Selbstbewusstsein. Ihr habt ein Ziel vor Augen und tut alles dafür, um es zu erreichen. Ihr seid diszipliniert und kämpft für eure Träume. Aber ich habe verstanden, dass all das nur für unverbindlichen Sex reicht, wenn ich nicht erneut verletzt werden möchte. Ich mag dich Cam, das tue ich wirklich. Mit dir kann ich mich unterhalten und sein, wer ich bin. Und der Sex ist auch gut. Aber ich weiß nicht ob wir mehr als Freunde mit ein bisschen Spaß sein können, ohne dass einer von uns beiden zu viel verliert.«

Die Wahrheit meiner Worte schneidet wie ein scharfes Messer durch meinen Verstand und sticht mir ins Herz. Cam ist mir wichtig und ich möchte ihn nicht verlieren. Mein Herz ist mir jedoch wichtiger.

Überrascht sehe ich auf, als Cam seine Hand an meine Wange legt und mit seinem Daumen die Tränen wegwischt. Verlegen schließe ich die Augen und seufze. Wir beide wissen, dass unsere Gefühle über Freundschaft hinausgehen. Gleichzeitig stellen wir die größte Gefahr für den jeweils anderen dar. Seine Lippen berühren meine Wange und die Schmetterlinge in meinem Bauch wachen auf. Mein Herz pocht als seine Lippen sich meinem rechten Ohr nähren und er leise flüstert: »Ich wollte dich nie verletzten, Amber und es tut mir leid, was dieses Arschloch dir angetan hat. Ich weiß, dass ich kaum besser bin, aber ich verspreche, dass ich mich ändern werde. Bitte, Amber. Gib mir eine Chance.«

Seine Worte lassen meine Schmetterlinge Salsa tanzen und erneut kullern einzelne Tränen meine Wangen hinunter. Noch nie zuvor hat ein Typ mich um eine zweite Chance gebeten oder sich für sein Verhalten entschuldigt. Unsicher schiebe ich ihn von mir und sehe ihm direkt in die Augen. Sie funkeln voller Wärme und strahlen Ehrlichkeit aus. Seufzend beuge ich mich vor und lege sanft meine Lippen auf seine. Es wird Zeit, die Vergangenheit hinter mir zu lassen.

Kapitel 24

Amber

Sanfte Sonnenstrahlen bahnen sich ihren Weg durch das Fenster und streicheln sanft über mein Gesicht. Seufzend drehe ich mich um und kuschle mich in die weichen Kissen. Ein herber Duft strömt mir in die Nase und ich spüre definierte Muskeln unter mir. Moment mal, Muskeln? Verwirrt öffne ich meine Augen einen Spalt breit und sehe Cam oberkörperfrei neben mir liegen. Er lächelt mich an als er mit seinem Daumen Kreise auf meinen Oberarm zeichnet. Ein amüsiertes Funkeln in seinen Augen bringt meine Erinnerungen an den letzten Abend mit einem Mal zurück. Der romantische Abend am Strand mit dem fantastischen Sex. Das gute Gefühl seiner Nähe und unser offenes Gespräch. Die Schmetterlinge in meinem Bauch erinnern sich sehr gut an Cams verführerische Fähigkeiten und verlegen senke ich den Blick. Habe ich, die selbsternannte Indepence Queen von Cornwall, mich tatsächlich auf eine neue Beziehung eingelassen? Mit einem Mann, der eindeutig zu viel Kontrolle über meinen Körper und meine Gedanken hat?

»Guten Morgen, Schlafmütze«, flüstert Cam mir mit rauer Stimme ins Ohr. Er drückt mir einen Kuss auf die Wange und wandert mit seinen Lippen meinen Hals entlang. Mein Herz pocht wie verrückt, sehnt sich nach einer Wiederholung der letzten Nacht. Dennoch schiebe ich ihn von mir weg und verdrehe die Augen. SO leicht überlasse ich ihm die Kontrolle garantiert nicht. Entschlossen befreie ich mich aus seinem Klammergriff, drücke ihn sanft in die Kissen und setze mich auf ihn. Vorsichtig beuge ich mich vor und gebe ihm einen Kuss auf seine Lippen. Seufzend lasse ich mich in den Kuss fallen, genieße seinen weichen Mund auf meinem. Das Gefühl von Sicherheit und Zufriedenheit umhüllt mich und lässt mich wie einen Teenager strahlen. Glücklich rolle ich mich von ihm runter und kuschle mich in seine Arme. »Guten Morgen, Cam«, murmle ich und fahre dabei mit meinen Fingern über seine Brust. Sein leises Lachen vibriert in meinem Körper und wird eins mit meinem Herzschlag.

»Was denn?«, murmle ich und schließe erneut die Augen. Meinetwegen können wir beide Stunden lang so liegen bleiben. Wer braucht schon Kaffee, wenn er ein besseres Suchtmittel gefunden hat?

»Gestern musste ich dich nahezu anbetteln, mir eine Chance zu geben und dich auf etwas Romantik einzulassen, und heute Morgen bekommst du nicht genug von kitschigen Kuscheleinheiten? Weißt du eigentlich jemals, was du willst?«

Schnaubend boxe ich ihm leicht gegen die Schulter und schenke ihm einen unschuldigen Augenaufschlag.

»Natürlich weiß ich was ich will. Doch was für eine Frau wäre ich, wenn ich dir alles einfach so geben würde? Wenn du mehr als ein heißes Wochenende willst, musst du schon etwas dafür tun, mein Lieber.«

Überrascht weiten sich seine Augen und neugierig legt Cam den Kopf schief. Hat er etwa tatsächlich vergessen, dass ich Spielchen ebenso gut beherrsche und kein Mädchen für reinen Blümchensex bin? Und obwohl ich Romantik nur in einer gewissen Dosis ertrage und garantiert kein Fan von Märchen oder Weihnachtsfilmen bin, ist gegen etwas Kuscheln doch nichts einzuwenden. Wir Frauen mögen nun einmal die ungeteilte Aufmerksamkeit des Mannes, der morgens neben uns wach wird.

»Außerdem schuldest du mir ein vernünftiges Wachwerden mit Kuscheln und Schmeicheleien. Das letzte Mal hast du dich ganz der Macho ohne ein Wort aus meinem Zimmer geschlichen und dann auch noch versucht, mir den

Wunsch einer Beziehung mit dir einzureden. Wenn man bedenkt, dass du nun derjenige bist, der mich um mehr als bedeutungslosen Sex bittet – oder wohl eher bettelt – ist doch ganz klar, wer von uns beiden die Hosen anhat. Eigentlich könntest du dich nützlich machen und mir einen Kaffee mit Pancakes und Ahornsirup ans Bett bringen. Wäre doch angemessen, oder?«

Schnaubend schüttelt Cam seinen Kopf und wickelt eine Locke um seinen Finger. Seine Augen strahlen und ein breites Grinsen macht sich auf seinen Lippen breit. Noch ehe er den Mund aufmacht, weiß ich, was seine Antwort ist. »Sorry, Kleines, aber ich bin der Star, dem alle zu Füßen liegen. Sieh dich doch nur um, alle meine Pokale und Trophäen der letzten Jahre sprechen für sich. Die Presse schleimt sich mit Präsenten bei mir ein, um exklusive Interviews vor jedem Wettbewerb zu bekommen und in allen Cafés der Stadt bekomme ich Rabatte. Und da soll ich DIR Frühstück und Kaffee ans Bett bringen? Dafür habe ich dir gegenüber bisher zu wenig Mist gebaut. Aber wenn du ganz lieb zu mir bist, bekommst du einen Strauß Blumen.«

Lachend verdrehe ich die Augen und verschränke die Arme vor der Brust. Zeit, ihn auf den Boden der Tatsachen zurückzuholen. »Was zur Hölle soll ich denn mit Blumen anfangen? Und dann auch noch mit toten Stielen, die in der Vase verrotten und einen unangenehmen Duft in meinem Zimmer auslösen? Nein, danke! Wenn, dann muss es eine große Zimmerpflanze sein, die über Jahre hinweg durchhält. Und selbst die würde ich nach wenigen Tagen an Rachel weitergeben. Sorry, Blumen sind nicht so mein Ding. Nur, weil ich Kleidung mit Blumenmustern mag, heißt es noch lange nicht, dass ich ein Pflanzenfreund bin. Aber die hochwertigen Pralinen nehme ich gerne.«

Ehe Cam etwas darauf erwidern kann, klopft es an seiner Tür. Reflexartig ziehe ich die Decke über meinen Kopf und verstecke mich. Morgens sehe ich wie eine Vogelscheuche aus und seine Familie soll mich so gar nicht zu Gesicht bekommen! Seufzend steht Cam auf und geht zur Tür. Ich höre, wie er sich in gedämpfter Stimme unterhält und kurz darauf die Tür wieder schließt. Nur wenige Sekunden später reißt er mir die Decke vom Kopf und sieht mich an. »Tja, Prinzesschen, es wird Zeit, dein Versteck zu verlassen. Meine Eltern möchten mit uns frühstücken. Außerdem muss noch viel getan werden, bevor mein Bruder und seine Frau heute Nachmittag hier aufkreuzen und ich ihm unter die Nase reiben kann, was für eine hübsche Freundin ich habe. Da das jetzt kein Fake mehr ist, wird garantiert nichts schiefgehen.«

Händchenhaltend betreten wir wenige Minuten später das Esszimmer. Ich habe mir in Rekordgeschwindigkeit einen Dutt gebunden und ein angemessenes Outfit angezogen, das keinen Rückschluss auf letzte Nacht zulässt. Der Duft von Kaffee und heißen Pancakes liegt in der Luft und verleiht dem großen Raum etwas Gemütliches. Beim Anblick der vielen Sorten an Aufstrich und Obst läuft mir das Wasser im Mund zusammen.

»Guten Morgen«, begrüße ich Cams Eltern mit einem freundlichen Lächeln und bleibe unsicher in der Tür stehen.

»Guten Morgen, Amber«, ruft Cams Mutter freudig und kommt auf mich zugelaufen. »Ich hoffe, dass du deine erste Nacht bei uns genießen konntest. Normalerweise hätten wir dir auch ein eigenes Zimmer geben können, aber, wie du weißt, kommen mein anderer Sohn und seine Frau nachher und die übrigen Gästezimmer werden zurzeit renoviert.«

Verlegen lächle ich und streiche mir eine Strähne aus meinem Gesicht. Wenn sie und ihr Mann wüssten, wie sehr ich die letzte Nacht genossen habe und wie gerne ich in Cams Zimmer war, wäre unser guter Start wohl hinüber. »Danke Mrs. Davidson, die Nacht war sehr angenehm. Machen Sie sich meinetwegen bitte keine großen Umstände. Sie haben mich sehr nett empfangen und das Zimmer ist groß genug für uns beide. Kann ich noch beim Frühstück behilflich sein?«

Schmunzelnd drückt seine Mutter mich und deutet anschließend auf einen freien Stuhl. Wie am Vortag sieht sie wie aus dem Ei gepellt aus. Ihre langen, schwarzen Haare hat sie zu einem hohen Zopf gebunden. Sie trägt eine Bluse in Flieder und einen schwarzen Rock. »Nicht doch, du bist unser Gast. Setz dich an den Tisch, das Frühstück ist fertig. Und nenn mich bitte Jasmine.«

Dankbar lächle ich und komme der Aufforderung nach. »Guten Morgen, Mr. Davidson«, sage ich bewusst freundlich, wohl wissend, dass er mir den Vornamen noch lange nicht anbieten wird.

»Guten Morgen, Amber. Ich hoffe, ein typisch amerikanisches Frühstück ist für dich passend? Ansonsten können wir dir Brötchen oder Joghurt anbieten.« Leise seufzend schüttle ich den Kopf, kann mir einen bissigen Kommentar aber verkneifen. Als ob niemand sonst Pancakes isst! »Danke, aber die Pancakes Ihrer Frau riechen sehr gut.«

Zum Glück verläuft der Rest des Frühstücks entspannt. Während Jasmine ihre Pläne für den anstehenden Tag ausführlich aufzählt, ist der Rest von uns leise und nickt. Vermutlich weiß Mr. Davidson bis zum Nachmittag nicht mehr, was so eben besprochen wird. Nachdem wir alle unsere Teller geleert und das Besteck zur Seite gelegt haben, steht Jasmine auf. »Nun gut, wir ihr alle wisst, steht heute noch viel an und wir haben keine Zeit zu verlieren. Cam, Robert, ihr beide besprecht das Menü mit dem Chefkoch und stellt sicher, dass der Garten für nachher vorbereitet ist. Amber, Liebes, könntest du mir beim Abwasch und in der Küche helfen? Es steht noch vieles an und ich möchte ungern, dass du allein in Cams Zimmer sitzt.«

»Natürlich, Mrs. ... Jasmine«, erwidere ich und folge ihr lächelnd in die Küche.

Kapitel 25

Amber

Neugierig folge ich Jasmine in die Küche und sehe mich mit großen Augen um. Es ist einer der Räume, die ich bisher nicht zu Gesicht bekommen habe. Vermutlich ist die Küche für Gäste normalerweise tabu. Denn im Gegensatz zu den Bereichen, die ich bisher erkundet habe, schreit die Küche nicht nach unbezahlbarem Luxus. Sicherlich sind die Einrichtungen hochwertig, immerhin arbeiten hier professionelle Köche, die bestimmte Standards voraussetzen. Aber Marmor, Hochglanz oder dekorativen Schnick-Schnack suche ich hier vergebens. Der Raum verfügt über eine große Kochinsel in der Mitte des Raumes, und einen riesigen Backofen. Auch Küchenschränke, Messer und jegliche Utensilien sind in Massen vorhanden. Bis auf die Tür zum Kühlraum, wirkt die Küche so, wie ich sie aus amerikanischen Filmen kenne.

»Überrascht?«, holt mich Jasmine aus meinen Gedanken und legt grinsend das Geschirr in die Spüle. Schnell eile ich ihr hinterher und schnappe mir das Handtuch.

»Ein wenig«, murmle ich und merke, wie ich rot werde. Ich kenne die Davidsons überhaupt nicht und schäme mich dafür, sie in eine Schublade gesteckt zu haben. Lächelnd legt mir Jasmine ihre Hand auf die Schulter und betrachtet mich mit einem durchdringenden Blick.

»Hör mal, Amber«, beginnt sie und lässt dabei Wasser in beide Spülbecken laufen. Links kommt klares Wasser rein, rechts gibt sie eine großzügige Menge Spülmittel hinzu. »Ich weiß, dass unser Anwesen nach Geld und Angeberei riecht und es ist selbstverständlich, dass du dir automatisch ein Urteil bildest. Ginge es nach mir, wäre der halbe Prunk aus diesem Haus verschwunden. An manchen Tagen habe ich das Gefühl, in einem Museum zu wohnen und nicht in meinem eigenen Anwesen.« Seufzend schrubbt sie die ersten Teller und reicht sie mir zum Abtrocknen. Erstaunt sehe ich auf und lege meinen Kopf leicht schief. Tatsächlich macht sie nicht den Eindruck einer verwöhnten, herabschauenden Hausfrau, die den ganzen lieben Tag mit dem Geld ihres Mannes angibt.

»Wenn du dich unwohl fühlst, warum nimmst du es denn hin? Kannst du deinem Mann nicht sagen, dass ihr es ein wenig ... nun ja ... übertreibt? Sicherlich wird er verstehen, dass du dich in dem Haus, in dem du den Großteil des Tages verbringst, wohlfühlen willst.«

Ihre glockenhelle Stimme hüllt den Raum ein, als sie befreit loslacht. Verlegen kaue ich auf meiner Unterlippe. Vermutlich hält sie mich jetzt für naiv, denn ihr Mann wirkt kein bisschen so, als würde die Meinung seiner Frau für ihn eine Rolle spielen.

»So leicht ist das leider nicht, meine Liebe«, seufzt Jasmin und dieses Mal erreicht das Lächeln ihre Augen nicht. »Glaube mir, hätte ich damals gewusst, wie sich alles entwickelt, wäre ich einen anderen Weg gegangen. Als mein Mann und ich uns kennengelernt haben, war er nicht so schlimm wie heute. Zwar war er schon damals der typische Geschäftsmann und musste sein Vermögen nach außen hin zeigen. Aber er war dezenter. Nur Wohn- und Esszimmer sowie die Gästezimmer wurden großzügig ausgestattet, zudem wurde viel Geld in den Garten investiert. Doch unsere Privaträume bekamen eine einfache Einrichtung. Die Zimmer waren gemütlich. Wohlfühlorte für den Rückzug nach einem langen Arbeitstag. Bevor ich schwanger wurde, gingen wir beide regelmäßig arbeiten, daher interessierte uns diese Art von Luxus nicht. Dann war ich mit Cams Bruder schwanger und mein Mann sorgte sich um mich. An sich war es eine liebe

Geste, doch er fing an zu übertreiben. Richtete unser Schlafzimmer neu ein, mit den neuesten Möbeln und bestem
Schnick-Schnack. Ich sagte ihm, dass es mir zu viel wird, und
er hörte für den Moment auf. Bis ich erneut schwanger
wurde und mich dazu entschied, nur noch von zu Hause aus
auf Teilzeit-Basis zu arbeiten. Plötzlich interessierte es ihn,
was die Leute über uns dachten. Alle Räume wurden neu
eingerichtet und er gab sich große Mühe, als besorgter und
liebevoller Vater und Ehemann aufzutreten. Seine Söhne
und ich rückten aus dem Fokus, sein eigenes Image und das
unserer Familie bestimmte von nun an das Familienleben.
Unsere Söhne wurden auf die teuersten Schulen geschickt,
bekamen Musikunterricht und wurden in allen Bereichen ge-
fördert. Mein ältester Sohn wurde mit Sechszehn in das Familienunternehmen eingeführt. Nach seinen A-Levels stu-
dierte er BWL mit Schwerpunkt Marketing und übernahm
die Marketing-Abteilung. Mike ist seinem Vater mit den Jahren sehr ähnlich geworden, allerdings ist er mehr um seine
Frau und Familie bemüht. Cam hingegen kommt vom Charakter her sehr nach mir. Genau wie ich ist er ein Freigeist
und möchte seinem Hobby nachgehen. Geld ist ihm eher un-
wichtig, solange er für das lebt, was er tut. Er lebt im Hier
und Jetzt und ist lieber mit Menschen unterwegs, die ihn akzeptieren. Das hat mein Mann noch nie gerne gesehen.«

Mitleidig nehme ich ihr das Geschirr ab und trockne es
gedankenverloren. Jasmine lebt seit Jahren im goldenen Käfig. Gefangen in einer Ehe, die sie unglücklich macht. Ob sie
wohl deshalb so sehr an Cams Glück interessiert ist und versteht, dass er mit seiner Ex nicht glücklich war? Doch warum
macht sie das alles mit? Ihre Söhne sind aus dem Haus und
leben ihre eigenen Leben. Wieso lässt sie das alles nicht hinter sich und lebt das Leben, das sie möchte? Was hält sie hier
in diesem großen, kalten Haus?

»Jasmine«, beginne ich vorsichtig und schlucke.
»Warum verlässt du deinen Mann nicht? Ich kenne euch
nicht, aber ihr scheint keine glückliche Ehe zu führen.«

Seufzend lässt Jasmine das Wasser aus beiden Becken auslaufen und deutet auf einen kleinen Balkon. Nickend folge ich ihr und setze mich neben sie. Als wir beide sitzen, holt sie zwei Piccolo raus, schiebt mir einen zu und öffnet den zweiten. Wortlos warte ich ab, bis sie einen Schluck getrunken hat und zu einer Antwort ansetzt. »Daran habe ich tatsächlich schon gedacht. Aber es gibt zu viel, das mich hier hält. Solange mein Mann und ich hier wohnen, ist es ein sicherer Rückzugsort für unsere Söhne, für die ganze Familie. Auch wenn Cam und ich hier meist unglücklich waren, haben wir beide an diesem Ort unsere glücklichsten Momente erlebt. Cam hat an unserem Strand das Surfen für sich entdeckt und in diesem Haus seine ersten Trophäen und Medaillen gesammelt. Hier hat er seine erste Freundin geküsst und seinen ersten Liebeskummer im Fitnessraum ertrunken. In diesem Haus hat er gelernt, sich gegen seinen Vater aufzulehnen und herauszufinden, wer er sein möchte. Und ich habe während meiner ersten Schwangerschaft in diesem Haus das Malen für mich entdeckt. Es bietet mir noch immer meinen Ruhepol, wenn ich mich beruhigen oder ablenken möchte. Weißt du, Cam ist nicht einfach, das ist mir klar. Er stößt alle von sich, anstatt sich zu öffnen. Doch schon als Kind musste er auf die harte Tour lernen, seine Gefühle vor der Welt zu verschließen. Robert hat ihm eingeredet, dass es ein Zeichen von Schwäche ist, und schon als Kind musste Cam sich gegen Robert behaupten. Deswegen will er alles auf eigene Faust regeln und besser sein als sein Vater. Das ist der Grund, warum sein Ehrgeiz ihn nahezu auffrisst und ihm sein Ruf als unnahbarer Macho so wichtig ist. Es dient als Schutz, damit niemand sein Herz brechen kann. Als er mit Beth zusammen war, wollte er nie so sein. So abweisend und eigenbrötlerisch wie sein Vater. Doch nach der schmerzhaften Trennung nahm er sich vor, unnahbar zu werden. Deswegen war ich so überrascht, als er von dir erzählt hat. Ich habe nicht erwartet, dass er erneut bereit sein könnte, sein Herz zu verlieren. Aber als ich euch zusammen gesehen habe, war mir klar, wie viel du ihm bedeutest. Amber, ich will dich nicht unter Druck setzen. Dennoch hoffe ich sehr, dass du meinen Sohn so sehr liebst, wie ich meinen Mann und du bereit sein wirst, für ihn zu kämpfen. Für euch und eine gemeinsame Zukunft.«

Gerührt sehe ich zu Jasmine auf und mein Mund wird plötzlich ganz trocken. Vor mir sitzt nicht mehr die toughe Hausfrau, sondern eine zerbrechliche Mutter, die ihre Kinder um jeden Preis beschützen wird. Ihre Liebe ist deutlich spürbar, spricht aus ihren funkelnden Augen und dem leichten Lächeln auf ihren Lippen. Plötzlich spüre ich das schlechte Gewissen in mir aufkommen. Klar sind Cam und ich jetzt tatsächlich zusammen, dennoch haben wir beide Jasmine belogen. Ein dicker Kloß bildet sich in meiner Kehle. Nervös räuspere ich mich und knacke meine Finger.

»Jasmine«, setze ich an, werde jedoch durch ein lautes Poltern unterbrochen. Seufzend sehe ich ihr nach, als sie mir einen entschuldigenden Blick zuwirft und aufsteht.

Kapitel 26

Cam

Ich schlucke schwer, als Mom und Amber sich Richtung Küche aufmachen. Verdammt, ich wollte doch nicht allein mit meinem Vater sein! Wieso muss Mom mich ausgerechnet an so einem stressigen Tag mit ihm zurücklassen? Hat sie etwa vergessen, wie es das letzte Mal geendet ist? Oder hat sie uns etwa durchschaut? Bei dem Gedanken daran, dass Mutter Amber mit unserer bisherigen Lüge konfrontieren könnte, bleibt mein Herz einen Moment lang stehen. Meine Handflächen werden schwitzig und ich balle sie zu Fäusten. Nein, das ist unmöglich. Jeder, der Augen im Kopf hat, sieht doch, was ich für Amber empfinde. Dass ich etwas empfinde, das nicht ausschließlich auf unseren fantastischen Sex zurückzuführen ist. Bei dem Gedanken an die letzte Nacht schleicht sich ein Grinsen auf meine Lippen und mein Herz schlägt doppelt so schnell. Bei Amber fühle ich mich wohl. Darf sein, wer ich bin und mich einfach fallen lassen. Wie eine Feder fühlt sich alles leicht und geborgen an. Es ist unmöglich, dass Ambers Gefühle für mich nur gespielt sind und ich mir alles einbilde. Was auch immer das zwischen uns ist, ich werde es mir von niemandem kaputt machen lassen!

Mit neuer Entschlossenheit straffe ich meine Schultern und laufe meinem Vater in den Garten hinterher. Die Sonne streichelt meine Haut, wärmt meine Seele von innen. Genussvoll schließe ich die Augen, lege meinen Kopf in den Nacken und atme die salzige Meeresluft ein. Es ist lange her, dass ich mich in diesem Haus wohl und willkommen gefühlt habe.

»Cam«, dringt die strenge Stimme meines Vaters zu mir durch und ich seufze ergeben. Wenigstens ein paar Minuten Frieden hätte er mir lassen können! Ich erlaube mir einen letzten tiefen Atemzug, bevor ich meine Augen langsam öffne und auf Dad zugehe. Seine grauen Augen bohren sich in meine und sein Röntgenblick lässt mich einen Moment stocken. Obwohl ich nichts angestellt habe, pocht mein Herz wie wild in meiner Brust, als könne es dem wichtigsten Urteil entfliehen, und ein dicker Kloß bildet sich in meinem Hals. Seine Entscheidung, ob ich mit seiner Unterstützung rechnen kann, wird in den nächsten Sekunden fallen. Jedes Mal, wenn er seinen gnadenlosen Blick anwendet, weiß ich, dass seine Meinung steht und nicht mehr gekippt werden kann. Hoffentlich ist er tatsächlich von Amber überzeugt und glaubt mir endlich, dass ich erwachsen genug bin, um mein eigenes Business auf die Beine zu stellen. Das Bild eines neunjährigen Cam, der verschüchtert zu Boden schaut, drängt sich in meinen Kopf und ich schlucke. Es war das erste Mal, dass ich diesen undurchdringlichen Blick zu spüren bekommen habe. An dem Tag sagte er mir, wie enttäuscht er ist.

Seine Stimme ist ruhig, fast nur ein Flüstern, dennoch versteht der Junge jedes Wort.

»Du bist eine Enttäuschung, Cam.« Dieser Satz durchschneidet die Luft wie ein scharfes Schwert und lässt die Temperatur im Raum um zehn Grad kühler erscheinen.

»Ich hatte so sehr gehofft, dass du dich wie dein Bruder entwickeln und mir von Nutzen sein würdest. Stattdessen versteckst du dich nach einem Streit in deinem Zimmer! Du bist ein Davidson, verdammt noch mal! Sag mir, was habe ich falsch gemacht? Wieso kannst du nicht für dich einstehen und deinen Mitschülern sagen, was du denkst?«

Traurig blickt der Junge zu Boden, seine kleinen Hände zu Fäusten geballt. »Dad«, flüstert er und seine Stimme zittert wie Espenlaub. »Es tut mir leid.«

»ES TUT DIR LEID?« Wütend tritt Robert Davidson auf seinen Sohn zu und bleibt nur wenige Millimeter vor ihm stehen. »Glaubst du, davon wird sich dein Ruf erholen?«

»Nein«, erwidert der Junge mit piepsiger Stimme und Schwall Tränen bahnt sich die geröteten Wangen hinab.

»Nein?«, poltert sein Vater weiter, die Lippen fest aufeinandergepresst. »Und warum flennst du dann wie ein Baby rum, anstatt mir fest in die Augen zu sehen und dich wie ein Mann zu verteidigen? Glaubst du, dass du mal ein guter Geschäftsführer sein kannst, wenn du nicht einmal einen lächerlichen Streit gewinnst? Sieh mir verdammt nochmal in die Augen und sag mir, dass ich mich täusche!«

Schluchzend kauert er sich an die Wand, versucht, in ihr zu verschwinden. Sein ganzer Körper zittert. Er weiß, dass sein Vater ihn niemals schlagen würde, doch die Worte schmerzen mehr als blaue Flecke es jemals könnten. Sie weisen ihn in seine Schranken, zeigen, wie unterlegen und schwach er ist. Wie gerne würde er seinem Vater sagen, was er wirklich denkt! Wie sehr er den Gedanken daran, seinem Vater charakterlich zu ähneln, verabscheut. Dass er stolz darauf ist, seine eigenen Träume zu haben. Doch als der Junge den Mund öffnet, kommt kein Ton heraus. Schnaubend wendet sich Robert Davidson ab und schlägt mit der flachen Hand gegen die Wand. »Mir reicht's mit dir, Cam! Ich mag nicht immer der beste Vater sein, aber ich reiße mir den Arsch für deine Zukunft auf. Etwas Dankbarkeit ist da kaum zu viel verlangt! Ich werde dich auf ein Internat schicken, das dich auf deine Zukunft vorbereitet und aus dir einen richtigen Mann macht. Und jetzt geh auf dein Zimmer! Bis zum Abendbrot will ich dich nicht mehr sehen!«

Mit einem Räuspern hole ich mich zurück in die Gegenwart. Seit diesem Tag habe ich vor meinem Vater keine Tränen mehr vergossen und das hat mir viel Leid erspart. Dieser Cam liegt in der Vergangenheit. Mittlerweile stehe ich für mich und meine Pläne ein. Entschlossen verschränke ich die Arme vor der Brust und halte seinem Blick stand. Ein paar Sekunden später legt sich ein zufriedenes Lächeln auf seine Lippen und ich atme erleichtert aus. Was immer er in meinem Blick gesehen hat, scheint ihm zur Abwechslung zu genügen.

»Ich bin überrascht, Cam«, beginnt Vater das Gespräch und legt den Kopf leicht schief. »Weißt du, ich dachte tatsächlich, dass die Geschichte mit Amber nur eine Lüge ist. Eine Geschichte, um dir etwas Zeit zu erkaufen und dir nicht eingestehen zu müssen, dass du versagt hast. Doch dem ist nicht so, habe ich Recht? Du magst dieses Mädchen wirklich.«

Ja, ich mag Amber. Ihre Art, mit der sie meine Mauer zum Einsturz bringt und mein Herz Saltos machen lässt. Ihren Ehrgeiz und das lose Mundwerk, mit dem sie mich jedes Mal aus dem Konzept bringt. Das Gefühl ihrer heißen Kurven, die bei jeder meiner Berührungen erwartungsvoll zusammenzucken und das Gleiche wollen wie ich. Doch das kann ich ihm wohl kaum ins Gesicht sagen.

»Ja, Vater, ich mag Amber sehr«, fasse ich stattdessen meine Gefühle knapp zusammen und lächle. »Sie erinnert mich daran, wer ich bin und was ich will.«

Mit einem kurzen Nicken kommt Vater auf mich zu und legt mir seine Hand auf meine Schulter. Erneut sieht er mich an, doch dieses Mal ziert ein echtes Lächeln seine Lippen. Eines, das sich in seinen Augen spiegelt und mich daran erinnert, dass er auch nur ein Mensch ist. Ein Mensch mit Gefühlen, der Fehler macht wie jeder andere. Gefühle, die er nur selten zeigt und die seltenen Vater-Sohn-Momente unwirklich erscheinen lassen. Skeptisch schaue ich ihm in die Augen, gespannt, darauf, was er mir zu sagen hat. Mein Herz schlägt schneller, dieses Mal jedoch vor freudiger Erwartung. Wenn er wahrhaft lächelt, stehen die Chancen auf einen Deal verdammt gut. Hoffnungsvoll atme ich durch und schicke ein stumm Stoßgebet gen Himmel.

»Das ist genau das, was ich meinte, mein Junge«, beginnt Vater und nickt. »Genau deshalb braucht ein erfolgreicher Geschäftsmann die richtige Frau an seiner Seite. Das Geschäftsleben ist hart. Es geht an die Substanz und droht, dich zu verändern. Wenn du eine Frau hast, die dich liebt und dich daran erinnert, wer du bist, wird es leichter. Selbst ich hätte es ohne deine Mutter nicht so weit geschafft, und das will was heißen! Ich habe dir meine Unterstützung nicht verweigert, weil ich dir im Weg stehen will. Ja, dich in meinem Unternehmen zu wissen, war mein Wunsch. Aber es ist dein Leben und du musst glücklich sein.«

Wie war das? Überrascht ziehe ich eine Augenbraue hoch und verschlucke mich an meiner eigenen Spucke. Meint er das ernst? Ist er tatsächlich bereit, mir zu helfen? Erwartungsvoll presse ich die Lippen aufeinander und warte nervös ab.

»Warum hast du mir dann immer im Weg gestanden?«, frage ich mit rauer Stimme und räuspere mich. »Wieso wolltest du nie zulassen, dass ich mein eigenes Geschäft eröffne?«

Seufzend drückt Vater meine Schulter und schüttelt den Kopf. »Cam, ist das nicht offensichtlich? Bevor du diesem Mädchen begegnet bist, warst du nicht bereit dafür! Pläne allein reichen nicht, mögen sie noch so ausgereift sein! Für langfristigen Erfolg musst du vor allem bereit sein. Und das bist du endlich. Ich werde dir das Geld für deine Surfschule geben. Nur tu mir einen Gefallen! Pass auf, dass du Amber nicht verlierst. Sie tut dir unwahrscheinlich gut und wird dir die Unterstützung sein, die du brauchst. Dir das Gefühl geben, das alles in Ordnung ist, wenn deine Zweifel dich aufzufressen drohen. Die dich wachrüttelt, wenn du vor lauter Plänen und Aufgaben den Weg verlierst und die dich auffängt, wenn dein Geschäft weniger gut läuft. Es macht einen Unterschied, wenn du jemanden an deiner Seite hast, mit dem du die guten und die schlechten Momente teilen kannst. Jemanden zu haben, bei dem du dich fallen lassen kannst. Und ja, natürlich wirkt dein Image als Geschäftsmann besser, wenn du eine bodenständige und selbstbewusste Frau an deiner Seite präsentieren kannst. Aber genug jetzt vom sentimentalen Gerede. Geh rein, hol das Werkzeug und hilf mir, alles vorzubereiten!«

Grinsend reiche ich meinem Vater die Hand und verschwinde im Haus. Endlich bekomme ich, was ich will! Amber scheint tatsächlich mein Glücksengel zu sein! Wie auf

Wolken schwebe ich in die Vorratskammer, während ich in Gedanken die notwendigen Investitionen durchgehe. Sobald ich am Campus bin, werde ich die ersten Maßnahmen in die Tat umsetzen. Je weniger Zeit ich verschwende und je eher ich an mein Ziel komme, desto besser!

Kapitel 27

Cam

»Was ist denn hier los?«, höre ich die Stimme meiner Mutter hinter mir und drehe mich schuldbewusst um. Durch meinen kleinen Freudentanz, von dem natürlich niemand erfahren wird, haben ein paar Gegenstände ihre Plätze im Regal verlassen. Unfreiwillig versteht sich.

»Sorry«, murmle ich breit grinsend, als ich den Werkzeugkoffer unter den Trümmern hervorhebe. »Hier ist es echt staubig und dunkel drin. Ihr solltet mal aufräumen.«

»Was hast du überhaupt hier drin verloren und wieso grinst du so? Bitte sag mir nicht, dass du vorhast, deinen Vater auf die Palme zu bringen! Cam, es ist ein wichtiger Tag und ...«

Kopfschüttelnd bahne ich mir meinen Weg aus der Abstellkammer und steige gekonnt über den Kram auf dem Fußboden. »Heute nicht, keine Sorge. Wenn er sein Friedensangebot hält, halte ich mich ebenfalls zurück!« Ich genieße Moms fragenden Blick und ihren Drang, mehr zu erfahren. Bevor ich sie jedoch abblitzen lassen kann, höre ich, wie die Tür aufgeht. Amber kommt mit durchnässtem Oberteil aus der Küche. Beim Anblick ihres BHs, der leicht durch das nasse Shirt durchschimmert, ziehe ich scharf die Luft ein. Ihre leicht verwuschelten Haare und das Leuchten in ihren Augen, machen die Situation nicht gerade einfacher für mich. Verdammt macht sie das etwa absichtlich?

»Welches Friedensangebot?«, fragt sie geradeheraus und grinst, als sie meinen Blick auffängt. Ja, das ist Absicht!

Verflucht! Was hatte ich doch gleich vor? Verlegen räuspere ich mich und drücke automatisch meinen Rücken durch. »Vater hat mir eröffnet, dass er mir das Geld für die Surfschule leiht. Großartig, oder? Im Sommer eröffne ich also offiziell mein eigenes Business! Wir haben heute genügend Gründe zum Feiern!«

»Oh wie schön!«, ruft Amber freudig aus und fällt mir um den Hals. Ihr Duft von Pfirsich und Vanille strömt mir in die Nase. Genussvoll sauge ich den Duft ein und ziehe Amber näher an mich heran. Meinem Körper ist es egal, wie unpassend der Moment ist. Ginge es nach ihm, würde ich alles stehen und liegen lassen. Stattdessen flüstere ich Amber leise ins Ohr: »So solltest du dich vor meinem Bruder aber nicht vorstellen. Nicht, dass er dich für unser neues Dienstmädchen hält. Zieh dir lieber etwas anderes an. Ich kann dir gerne behilflich sein.«

»Cam!«, ermahnt sie mich leise und drückt ihre Hände auf meine Brust. Seufzend lasse ich mich von ihr wegschieben und grinse. In der Öffentlichkeit Sex zu haben und dabei das Risiko einzugehen, von anderen beobachtet zu werden, ist also in Ordnung für sie. Aber wenn ich vor meiner Mutter eine Anspielung flüstere, die Mom unmöglich gehört haben kann, wird sie rot? Interessant!

»Das freut mich sehr, mein Sohn. Schön, dass dein Vater endlich erkennt, wie erwachsen du geworden bist und dass ihr beide euch langsam wieder versöhnt.« Ehe ich mich versehe, werde ich erneut in eine Umarmung gezogen und laufe Gefahr, zu ersticken. »Mom!«, keuche ich um Luft ringend und verdrehe entnervt die Augen. Waren wir nicht gerade erst so weit, zu erkennen, dass ich ein erwachsener Mann bin? Der nicht wie ein Kleinkind von seiner Mutter erdrückt werden möchte?

»Jasmine, ich glaube, er bekommt keine Luft mehr. Und ich brauche ihn noch lebend. Wie soll ich sonst morgen zurück zum Campus kommen?«, höre ich Amber glucksen. Wie schön, dass wenigstens einer von uns sich amüsiert!

»Oja«, murmelt Mom und lässt mich endlich los. »Entschuldige mein Schatz, ich freue mich nur so.«

»Mom!«, rufe ich erneut aus und presse frustriert die Lippen aufeinander. »Können wir es bitte gut sein lassen? Ehrlich, alles normal! Hilf Amber lieber dabei, etwas zum Anziehen zu finden, das weder meinen Bruder noch meine Schwägerin skeptisch macht. Ich helfe derweil Dad.« Ohne eine Antwort abzuwarten, drehe ich mich um und fliehe zurück in den Garten. Es reicht, wenn Amber mich heute Abend damit aufzieht, von meiner Mom wie ein Kind behandelt zu werden. Habe ich schon erwähnt, dass ihre ständige Sorge droht, mich an den Rand des Wahnsinns zu treiben?

Zwei Stunden später höre ich, wie es an der Tür klingelt. Seufzend erheben Dad und ich uns und warten darauf, dass Mom, Lilian und Mike sich zu uns gesellen. Amber sitzt neben mir. Sie hat die ganze Zeit Dads und meinem Gespräch über mein anstehendes Business gelauscht. Offenbar traute sie dem neuen Frieden ebenso wenig über den Weg wie Mom. Obwohl sie mich zuvor fast zerquetscht hätte, habe ich ihren ungläubigen Blick in meinem Rücken gespürt, als ich mich umgedreht habe und zurück Richtung Garten ging. Ich wette, dass es ihre Idee war, Amber hinterher zu schicken.

Wie immer steht Micheal mit derselben geraden Körperhaltung vor mir, die ich schon von unserem Vater kenne.

»Hallo Mike«, begrüße ich meinen Bruder mit einem kühlen Kopfnicken und lege ihm kurz die Hand auf seine Schulter. Er erwidert meine Begrüßung seinerseits mit einem Kopfnicken und begrüßt anschließend Dad.

Schulterzuckend wende ich mich mit einem ehrlichen Lächeln Lilian zu und umarme sie. »Hallo, Lilly. Schön, dich zu sehen.«

»Ja, ist lange her«, antwortet sie und strahlt. Obwohl sie ebenfalls in der High Society zu Hause ist, ist sie kaum abgehoben. Tatsächlich teilt sie meine Leidenschaft fürs Surfen und das Meer, wodurch wir viele und interessante Gespräche hatten. »Wie geht es dir. Ich habe gehört, dass du im Sommer deinen Master in der Tasche hast. Das freut mich für dich. Hast du schon irgendwelche Pläne für die Zeit danach?«

Breit grinsend öffne ich den Mund, um ihr von meinen Plänen zu erzählen. Doch dann sehe ich aus den Augenwinkeln, wie Amber verloren auf ihr Handy schaut. Entschlossen räuspere ich mich und stelle mich neben Amber. Lächelnd nehme ich ihre Hand und drücke sie, und nehme uns beiden damit die Nervosität. »Lilly, Mike? Darf ich euch meine Freundin Amber vorstellen? Wir haben uns vor ein paar Wochen am Campus kennengelernt, als sie mir verklickert hat, wie wenig beeindruckend meine Surfkünste sind. Das hat mich ziemlich brutal auf den Boden der Tatsachen zurückgeholt.«

Langsam zieht Mike seine linke Augenbraue in die Luft und mustert Amber eingehend, als diese aufsteht und ihm die Hand reicht. Automatisch lege ich meinen Arm um ihre Hüfte und ziehe sie beschützend an mich. Einen Moment lang sieht er sie eindringlich an, bis sich ein Lächeln auf seine Lippen legt. »Sieh einer an, mein Bruder fängt tatsächlich an, vernünftige Entscheidungen zu treffen. Es wurde Zeit, dass er einer Frau begegnet, die ihn in seine Grenzen weist. Willkommen in der Familie und viel Glück mit ihm.«

Entnervt rolle ich mit den Augen und presse meine Lippen aufeinander. Schon wieder die alte Leier! Gerade als ich ihm einen bissigen Kommentar an den Kopf werfen will, spüre ich Ambers warme Hand in meiner. Sie drückt sanft zu, stellt sich auf die Zehenspitzen und flüstert mir ins Ohr: »Lass es lieber. Du hast dich gerade erst mit deinem Vater ausgesprochen. Gib ihm keinen Grund, erneut an dir zu zweifeln. Schluck es hinunter und steh da drüber, das ärgert ihn viel mehr.« Dankbar lächle ich sie an und drücke ihr einen kurzen Kuss auf den Mund. Die Tatsache, dass sie tatsächlich zu mir steht, lässt die Schmetterlinge in meinem Bauch tanzen. Ein Räuspern meines Vaters holt mich zurück in die Gegenwart.

»Ja, wir haben großes Glück, dass sie Cam eine Chance gibt. Amber ist sehr reif für ihr Alter und befindet sich in ihrem letzten College-Jahr. Sie kommt eigentlich aus Großbritannien, da dauert das Bachelor-Studium nur drei Jahre. Danach will sie ihren Master machen und eines Tages im Museum arbeiten. Ich nehme mal an, dass sie hier in den USA bleiben möchte. Immerhin möchte dein Bruder hier seine Surfschule eröffnen und er braucht Amber an seiner Seite.«

»Dad, es reicht«, knurre ich und balle meine Hände zu Fäusten. Ambers Wangen haben sich rot gefärbt und sie sieht verlegen zu Boden. »Siehst du nicht, wie überfordernd das alles ist? Wir sind erst seit wenigen Wochen zusammen und Amber ist gerade einmal 21! Da hat sie kaum daran gedacht, auszuwandern! Ich werde mir den Allerwertesten aufreißen, um Amber bei mir zu behalten, aber ich werde sie bestimmt zu nichts drängen. Außerdem haben Mike und Lilly auch tolle Neuigkeiten, nicht wahr?« Entschlossen nehme ich Amber an die Hand und führe sie zum Tisch zurück.

»Es reicht tatsächlich!«, höre ich Moms eisige Stimme rufen. »Robert, du merkst doch, wie frisch es zwischen den beiden ist. In so einem frühen Stadium finden noch keine Zukunftspläne statt! Können wir uns bitte einfach an den Tisch setzen und den himmlischen Kuchen genießen? Außerdem wollte Lilian gerade etwas sagen! Liebes, was gibt es denn Interessantes?«

Dankbar sieht Lilly zwischen mir und Mom hin- und her und ein verträumtes Lächeln schleicht sich auf ihre Lippen. Verlegen lehnt sie sich an Mike und sieht uns alle der Reihe nach an. »Nun ja«, beginnt sie vorsichtig und räuspert sich. »Also erst einmal freue ich mich für Amber und

Cam und ich hoffe, dass ihr glücklich werdet. Und Mike und ich haben tatsächlich tolle Neuigkeiten. Wir werden Eltern!« Freudig fährt sich Lilly über ihren Bauch und seufzt zufrieden.

»Glückwunsch!«, ruft Amber aus und lächelt. »Cam meinte, dass du dir das seit über einem Jahr wünscht. Du warst bestimmt ganz aufgeregt, als du erfahren hast, dass du schwanger bist.« Eifrig nickt Lilly, während sie sich von Mom in eine Umarmung ziehen lässt. »Ja, ich habe geweint vor Glück. Ich wollte schon immer meine eigene Familie haben und endlich ist es so weit.«

Die Neuigkeiten sorgen während des gesamten Nachmittags für reichlich Gesprächsstoff. Amber und Lilly stellen fest, dass sie einige Gemeinsamkeiten haben und tauschen sich ausführlich über ihre Schulzeit aus. Irgendwann reden sie mit Mom über das Baby und irgendwelche Vorbereitungen. Mike mischt sich ab und zu ein, um Interesse an seinem ungeborenen Kind zu zeigen. Zu meinem Erstaunen leuchten seine Augen tatsächlich auf, wenn er in den Zukunftsplänen als Vater erwähnt wird. Offenbar hat auch Mike in den letzten Tagen gelernt, dass es andere wichtige Dinge im Leben gibt, die mit Geld unbezahlbar sind.

»Und du machst also ernst? Wo willst du deine Surfschule denn eröffnen?«, wendet sich mein Bruder spät abends an mich. Seufzend streichle ich Amber über die Haare, die inzwischen ihren müden Kopf auf meinen Schoß gelegt hat. »In San Diego«, erkläre ich lächelnd und unterdrücke nur mit Mühe ein Gähnen. »Es ist in den letzten Jahren mein Zuhause geworden und dort habe ich mir als Surfer einen Namen gemacht. Wenn man schon bekannt ist, ist es leichter, in dieser Stadt Fuß zu fassen. Außerdem habe ich dort über die Jahre hinweg einen großen Klientenstamm aufgebaut und hier in L.A. ist mir die Konkurrenz zu groß.«

Anerkennend nickt er und schiebt mir ein Bier zu. »Ich weiß, dass ich nicht immer nett zu dir war. Und seien wir ehrlich, wir beide werden nie die besten Freunde werden. Aber du bist mein Bruder und in den letzten Tagen habe ich festgestellt, dass Familie wichtig ist. Wenn du beim Marketing Hilfe brauchst, dann schreib mir.« Dankbar nicke ich Mike zu und stoße mit ihm an. Wir werden nie eine enge Beziehung zueinander haben, aber das ist in Ordnung. Solange er anfängt, mich zu respektieren, kann ich die Vergangenheit hinter mir lassen.

»Danke für das Angebot«, erwidere ich und leere mein Bier. »Ich rufe dich die Tage an, aber erst einmal sollte ich Amber ins Bett bringen. Gute Nacht euch allen.« Als ihr Name fällt, öffnet Amber verwirrt die Augen und blinzelt.

»Mh? Was?«, murmelt sie verschlafen und gähnt. Lächelnd helfe ich ihr hoch und lege den Arm um ihre Hüfte. Zeit, ins Bett zu gehen.

Kapitel 28

Cam

Ein warmer Atem neben mir, lässt mich die Augen öffnen. Amber liegt eng an mich gekuschelt, jedoch in einen blumigen Pyjama gekleidet, in meinen Armen. Ihr Kopf ruht auf meiner Brust und ihre Haare kitzeln mein Gesicht. Sie sieht so süß und zerbrechlich aus und mein Herz pocht wie verrückt. Lächelnd löse ich mich von ihr, drehe mich auf die Seite und beobachte sie beim Schlafen. Ihr Brustkorb hebt und senkt sich und ein leichtes Lächeln legt sich auf ihre Lippen. Wovon sie wohl träumt? Vielleicht ja von uns? Bei dem Gedanken regt sich etwas in meiner Hose und macht auf sich aufmerksam. Seufzend hebe ich meine Hand und streichle Amber behutsam über die Wange. Ich könnte ewig neben ihr liegen und ihr beim Schlafen zusehen, ohne dass mir langweilig wird. Allerdings steht heute unsere Rückfahrt zum Campus an und ich würde ungern erst spät abends zurück sein. Entschlossen beuge ich mich vor, drücke Amber einen Kuss auf die Stirn und ziehe mich an, bevor ich in die Küche gehe und unser Frühstück vorbereite.

In der Küche ist es totenstill und niemand außer mir ist zu sehen. Selbst der Toaster und die Herdplatten glänzen, als wären sie noch nie in ihrem Leben benutzt wurden. Verwirrt werfe ich einen Blick auf die Uhr. Ist es etwa noch zu früh zum Aufstehen? Die Uhr an der Wand zeigt 08.30 Uhr, ein klares Indiz dafür, dass meine Eltern schon längst auf den Beinen sind. Selbst sonntags stehen die beiden spätestens um halb acht auf, genehmigen sich ein ausführliches Frühstück und füllen ihren Tag mit irgendwelchen, in ihren Augen sinnvollen, Aufgaben. Vermutlich habe ich die beiden nur um wenige Minuten verpasst. Bei dem Gedanken, den Tag in Ruhe mit Amber, *meiner Freundin*, beginnen zu können, spüre ich einen Schwall der Erleichterung über mich hereinbrechen. Heute ist der letzte Morgen, an dem ich Amber von meiner romantischen, liebenswürdigen Seite überzeugen kann. Morgen muss ich, zumindest vor den Augen der anderen, wieder cool sein. Doch die letzten Stunden unserer Blase muss ich nutzen.

Pfeifend stelle ich mich an den Herd und bereite ein paar Pancakes für uns zu. Während der Teig in der Pfanne brät, wasche ich verschiedene Beeren ab und lege sie in eine Schale. Zusätzlich krame ich Nutella, Erdbeerkonfitüre, Butter und Ahornsirup aus dem Kühlschrank und stelle sie zusammen mit Tellern und Besteck auf einem Tablett ab. Bei der Vorstellung ihrer Augen, die vor Freude und Begeisterung aufleuchten, legt sich ein breites Grinsen auf meine Lippen. Zufrieden lege ich die fertigen Pancakes auf einem Teller ab und koche zwei Latte Macchiatos, bevor ich mich zurück in mein Zimmer begebe.

Als ich mein Zimmer betrete, liegt Amber ausgebreitet auf meinem Bett und döst weiter vor sich hin. So ist das also: Kaum verlasse ich für eine halbe Stunde mein Zimmer, steht mir kein Platz mehr in meinem Bett zu? So wird das am Campus aber nicht laufen! Amüsiert schüttle ich den Kopf, stelle das Tablett auf meinem Nachtschrank ab und setze mich auf meine Bettkante. Schmunzelnd beuge ich mich vor und streichle Amber vorsichtig über die Wange. »Aufstehen, Amber. Ich habe Frühstück gemacht«, flüstere ich in ihr Ohr, das ich anschließend mit einigen Küssen bedecke. Lächelnd bahne ich mir meinen Weg von ihrem Ohr, über ihre Wange und fahre dabei mit meinen Händen ihre Kurven entlang.

»Frühstück?«, murmelt Amber benommen und blinzelt leicht. »So früh?« Amüsiert rolle ich mich von ihr runter und lege mich neben sie. »Tja, das ist der Sinn von Frühstück, oder nicht? Außerdem ist es schon neun, kleine Schlafmütze.

Also komm her und lass uns frühstücken.« Im ersten Moment dreht Amber sich auf die andere Seite und schließt demonstrativ die Augen. Offenbar ist sie sonntags nicht unbedingt bereit, unter Zeitdruck das Bett zu verlassen. Dabei hatte sie doch genug Schlaf in der letzten Nacht. Ob sie krank wird oder ihre Tage hat? Als ich ihr einen Teller mit Pancakes und ihren Kaffee reiche, verschwindet die Müdigkeit jedoch mit einem Schlag aus ihrem Körper. Schnell setzt sie sich auf und trinkt einen großzügigen Schluck, bevor sie sich ihrem Frühstück widmet. Lachend ziehe ich eine Augenbraue hoch und setze mich neben sie. Interessant, welche Wirkung ein *Kaffee,* oder wohl eher ein Milch-mit-etwas-Kaffee-Getränk, ihre Laune schlagartig bessern kann.

»Hast du die gemacht?« Neugierig mustert sie mich, während sie ihre Pancakes ausführlich mit Nutella und Erdbeeren bestückt.

»Natürlich habe ich die gemacht. Mom würde niemals zwei Tage hintereinander Pancakes machen! Viel zu ungesund und Mainstream! Aber keine Sorge, deinetwegen habe ich auf meine Variante ohne Zucker und mit Proteinpulver verzichtet. Du kannst dir also sicher sein, dass du eine wahre Kalorienbombe vor dir hast.«

»Sehr gut«, erwidert sie lachend und schiebt sich vorsichtig die erste Gabel in den Mund. »Wow, die schmecken echt gut! Du solltest öfter normal sein.«

Mit hochgezogener Augenbraue schaue ich Amber in die Augen und muss mir ein Grinsen verkneifen. Ich BIN normal. Gut, im Sport und im Bett würde ich mich klar als überdurchschnittlich bezeichnen, ebenso bei meinen Muskeln, dem Ehrgeiz und meinem Drang für eine bewusste Ernährung. Aber ansonsten bin ich ein normaler, durchschnittlicher Typ. »Was soll das denn heißen?«, fasse ich meine Gedanken in einer simplen Frage zusammen und bereite mich innerlich auf einen Zuckerschock vor, dem ich meinem Körper unweigerlich zumute. Wäre mein Körper nicht generell gegen zu viel Zucker, könnte ich mich an diese gemeinsamen Sonntage glatt gewöhnen.

»Das weißt du nicht?«, erwidert Amber lachend und schüttelt den Kopf. »Mal sehen, wo du überall nicht normal bist. Du bist versessen von Sport und Erfolg, achtest extrem auf eine gesunde Ernährung, willst deinen Vater und Bruder in allem übertreffen und kannst keine Niederlagen eingestehen. Soll ich weitermachen oder ist die Message klar?«

»Redet man so etwa mit seinem Gastgeber?«, frage ich drohend, nehme das Tablett zwischen uns weg und setze mich auf Amber. Ich komme ihr Millimeter für Millimeter näher und stütze mich mit beiden Händen neben ihr auf. Als mein Gesicht nur noch wenige Zentimeter von ihrem entfernt ist, sehe ich ihr in die Augen.

»Wenn's stimmt ...«, kichert Amber und grinst mich provokant an. Schelmisch hebe ich meine Hände an und beginne damit, Amber systematisch auszukitzeln.

»Cam!« Japsend und strampelnd versucht sie, sich aus meinem Griff zu lösen, bekommt jedoch keine Chance. Lachend intensiviere ich meine Kitzel-Attacke und genieße ihren Körper unter meinem.

»Lass ... mich ... los!« Verzweifelt versucht sie, um sich zu schlagen, bis ich grinsend ihre Handgelenke über ihrem Kopf festhalte und ihr erneut in die Augen sehe.

»Wie heißt das Zauberwort?« Provokant fahre ich mit meiner Hand unter ihr Schlafshirt und beginne, Kreise auf ihrem Bauch zu zeichnen. Seufzend schließt sie die Augen, scheint die Liebkosung zu genießen. Als ich meine Hand ein Stück höher wandern lasse, stößt sie hörbar die Luft aus.

»Cam«, flüstert sie, schiebt jedoch entschlossen meine Hand weg. »Dafür haben wir keine Zeit. Ich muss noch duschen und du hast deine Sachen noch nicht gepackt. Wir beide wollen sicherlich noch am späten Nachmittag am Campus ankommen. Und gerade sonntags sind die Highways überfüllt.«

Seufzend ziehe ich meine Hand unter ihrem Shirt hervor und drücke ihr einen Kuss auf den Mund. Ich hätte gerne mehr Zeit mit ihr im Bett verbracht, aber sie hat recht. Wehmütig lasse ich meine Zunge in ihren Mund gleiten, genieße den Geschmack nach Schokolade und Erdbeeren, während meine Hände erneut ihre Kurven erkunden. Ein Feuerwerk der Gefühle explodiert in meinem Inneren und ich weiß, dass dieser Moment äußert kostbar ist. Das, was Amber mit mir anstellt, habe ich bisher nicht gefühlt und ich kann es kaum erwarten, mehr davon zu bekommen. Viel zu früh löst sie sich von mir und lächelt selig. Als Amber im Badezimmer verschwindet, erhebe ich mich und packe meine Sachen.

Ich weiß, dass Amber morgens ein wenig Zeit braucht, also entschließe ich mich dazu, das Tablett und meine Tasche nach unten zu bringen. In der Küche angekommen, sehe ich meine Mutter mit einer Zeitschrift am Tisch sitzen. Vor ihr stehen eine Keksdose und eine Tasse Tee.

»Ich habe mich schon gefragt, wann ihr beiden Turteltauben euer Nest verlasst.« Lächelnd steht sie auf und zieht mich in eine Umarmung. »Aber wie ich sehe, habt ihr ja schon gefrühstückt. Wo ist Amber?«

Lächelnd erwidere ich die Umarmung und verdrehe die Augen. »Ich bin immer noch euer Sohn und den Drang, früh aufzustehen, habe ich eindeutig von euch. Wobei acht Uhr nicht gerade früh ist. Amber macht sich im Bad fertig und dann fahren wir zurück zum Campus. Ist Vater zu Hause? Ich möchte mich wenigstens von ihm verabschieden, bevor ich gehe.«

»So früh schon? Wollt ihr nicht wenigstens bis zum Mittagessen bleiben?« Enttäuscht von der frühen Abreise, sieht sie mich mit ihren großen Augen an. »Du kommst so selten zu Besuch und es ist das erste Mal, dass du eine Freundin mitbringst.«

Entschuldigend schüttle ich den Kopf und lege meine Hand auf ihre Schulter. »Mom, das hat nichts mit dir zu tun. Das solltest du mittlerweile wissen! Aber die Highways sind immer so voll und wir beide haben morgen Früh Vorlesungen. Bis zum nächsten Besuch wird nicht so viel Zeit vergehen. In spätestens drei Monaten bin ich wieder hier, versprochen!«

Ihre Augen funkeln und ein ehrliches Lächeln legt sich auf ihre Lippen. Erneut spüre ich ein schlechtes Gewissen in mir aufkommen. Jedes Mal denke ich daran, wie sehr ich unter dem Streit mit meinem Vater leide, doch nicht einmal ist mir in den Sinn gekommen, dass ich meine Mutter damit verletze. »Das höre ich gerne. Hoffentlich bringst du dann wieder Amber mit. Dein Vater ist in seinem Arbeitszimmer.«

Dankbar drücke ich ihr einen Kuss auf die Wange und lasse sie mit ihrer Zeitschrift allein.

Kapitel 29

Amber

Summend begebe ich mich unter die Dusche und lasse das angenehm kühle Wasser über meinen erhitzten Körper laufen. Hier in L.A. ist es unglaublich warm, und neben Cam aufzuwachen und seine Muskeln zu spüren, helfen nicht gerade dabei, meinen Körper abzukühlen. Ich weiß, dass die vergangenen Tage eine Art Blase waren, die altbekannte Wolke Sieben. Das größte Risiko für mein Herz, denn ich weiß, dass die Realität in wenigen Stunden zurückkehren wird. Cam wird wieder Mr. Cool spielen und von seinen Fans umgeben sein. Ich glaube ihm, dass seine Gefühle für mich echt sind. Immerhin hat er mir sehr private Details aus seiner Vergangenheit und seine Träume offenbart, ich kann ihm also gar nicht egal sein. Doch wird es reichen, damit Cam vor seinen Freunden zu mir steht? Oder wird sein Ruf wichtiger sein?

Bei dem Gedanken daran, demnächst weniger Zeit mit ihm zu verbringen, wird mir plötzlich kalt. Eine unangenehme Gänsehaut zieht sich über meinen gesamten Körper und eine eiserne Hand schließt sich um mein Herz. Statt das Wasser heißer aufzudrehen, stelle ich es noch kälter. Genieße den Realitätscheck, der mich daran erinnert, dass ich nicht in einem Roman lebe. Dass die Typen sich nicht von jetzt auf gleich ändern, nur um ihre Traumfrau glücklich zu machen. In den wenigen Tagen ist Cam mir unglaublich ans Herz gewachsen und ich will, dass das mit ihm funktioniert. Will, dass mein Herz für lange Zeit ihm gehört und er den Schmerz aus meiner Vergangenheit wieder gut macht. Mich erneut auf einen Sportler mit Bad-Boy-Image einzulassen, ist ein großes Risiko und ich weiß, dass ich viel zu verlieren habe. Umso wichtiger ist es, dass unsere Beziehung nicht der Mittelpunkt meines Lebens wird. Dass ich dennoch meinen Traum von der Museumskarriere an erster Stelle halte, Zeit mit Rachel verbringe und meinen eignen Hobbys nachgehe. Je eher wir wieder in San Diego, und somit zurück in unserem echten Leben, sind, desto besser!

Entschlossen stelle ich das Wasser ab, föhne meine Haare und binde zu einem lockeren Zopf. Während ich meine Zähne putze, laufe ich zu meinem Koffer und krame ein bequemes Outfit für die Rückfahrt heraus. Mit einem letzten Blick in den Spiegel verlasse ich zufrieden mit meiner Tasche Cams Zimmer.

»Ach Liebes, es war so schön, dich hier zu haben!«, überrascht mich Jasmine und kommt lächelnd auf mich zu. »Es ist wirklich schade, dass ihr so früh losmüsst, aber ihr habt ja noch einen langen Weg vor euch.«

Wehmütig mache ich einen Schritt auf Jasmine zu und ziehe sie in eine Umarmung. Sie riecht nach Rosen und Minze und die Wärme, die sie ausstrahlt, umschmeichelt mich wie eine warme Decke. »Ich wäre gerne länger hiergeblieben. Aber ich muss noch ein paar Aufgaben bis morgen erledigen und Cam brennt sicherlich darauf, sein Training nachzuholen. Ich danke dir und deinem Mann für alles. Ihr wart wirklich nett zu mir und ich habe mich wie ein Teil der Familie gefühlt. Wenn du irgendwann mal deinen Sohn in San Diego besuchst, können wir uns vielleicht auf einen Kaffee treffen.«

Seufzend löst sich Jasmine von mir und schiebt mich eine Armlänge von sich. Ihr mütterlicher Röntgenblick durchbohrt meinen Körper und lässt mein Herz poltern. Ob sie meine Zweifel Cam bezüglich wohl spürt?

»Das wäre wirklich schön, Amber. Bestimmt können wir das die Wochen mal einrichten. Ich weiß, dass das ein sehr intensives Wochenende für euch beide war und eure Beziehung noch weit am Anfang steht. Und ich spüre deine Sorge. Es ist verständlich, vor allem bei Cams Ruf. Und ich finde es gut, dass du bereit bist, die rosa-rote Brille abzulegen. Es wird dir helfen, im Leben voranzukommen, wenn du dich nur auf dich selbst zu hundert Prozent verlässt. Lasse andere in dein Herz, gebe ihnen eine Chance und genieße die Zeit mit ihnen. Aber mache dich niemals von anderen abhängig! Das gilt gleichermaßen für Freunde wie für den Partner. Es heißt nicht, dass du dich nicht verlieben sollst, denn das ist dir und meinem Sohn schon längst passiert. Aber verliere nie den Blick für das Wesentliche. Cam hat mir vorhin versprochen, mich in drei Monaten zu besuchen. Also wird es vermutlich zur Weihnachtszeit sein. Wenn es bis dahin zwischen dir und meinem Sohn noch aktuell sein sollte und du nicht mit deinen Eltern in England verabredet bist, bist du herzlich eingeladen.«

Dankbar lächle ich und schaue verlegen zu meinem Koffer. Ich weiß, dass Jasmine es sich vor allem für ihren Sohn wünscht, dass wir lange zusammenbleiben. Dennoch berührt mich ihre Offenheit. Sie gibt mir nicht das Gefühl, nicht gut genug für Cam zu sein. Obwohl ich aus der Mittelschicht stamme, ist sie bereit, mich aufzunehmen und mich für mich selbst zu akzeptieren. Schweren Herzens schlucke ich den dicken Kloß in meinem Hals hinunter und klammere mich an meinem Koffer fest. Egal wie es mit mir und Cam ausgeht, ich hoffe sehr, dass Jasmine und ich nie den Kontakt zueinander verlieren werden. »Danke für die Einladung. Ich werde es mir auf jeden Fall überlegen. Ich schreibe dir, wenn ich weiß, ob ich an Weihnachten komme. Hast du deinen Sohn gesehen? Wir sollten wirklich langsam los.«

In dem Moment öffnet sich die Küchentür und Cam kommt herein. Seine Augen leuchten und mit einem breiten Lächeln kommt er auf mich zu. Als er meinen Koffer nimmt, streifen seine Lippen mein Ohr. »Ich werde dich schon davon überzeugen, Weihnachten mit mir zusammen hier zu verbringen.« Oh Gott, hat er tatsächlich unser Gespräch belauscht? Wie peinlich! Eine unangenehme Wärme kriecht meine Wangen hinauf und ich weiß, dass ich aussehe wie eine Tomate. Bei der Vorstellung daran, Weihnachten mit ihm zusammen unter dem Tannenbaum zu liegen und die Wärme Kaliforniens auf meiner Haut zu spüren, während seine Lippen meinen Körper erkunden, gefällt mir viel zu gut. Peinlich berührt räuspere ich mich und nehme Cams Hand. Jasmine hat recht. Ich darf mich nicht zu sehr an Cam binden und meine Entscheidungen von ihm abhängig machen. So gut der Sex und die Nähe zu ihm auch sind, kann ich nicht riskieren, mich selbst zu verlieren. »Wie schön, dass du endlich da bist. Wir sollten fahren, bevor wir auf dem Highway nicht mehr vorankommen.« Entschieden lächle ich Jasmine zu, bevor ich das Haus verlasse und mich ins Auto begebe.

Kapitel 30

Amber

Die Autofahrt vergeht wie im Flug. Cam erzählt mir, dass er sich das erste Mal seit Jahren mit einem ehrlichen Lächeln von seinem Vater verabschiedet hat. Es ist ihm anzusehen, wie glücklich ihn die neu gewonnene Nähe macht und die Grübchen um seine Lippen werden tiefer. Es gefällt mir, ihn so glücklich und ausgelassen zu sehen und ich nutze die Stimmung, um mit ihm über Belangloses zu reden. In Zukunft werden die Momente, in denen wir offen und unter vier Augen über alles reden können, weniger werden. Und ich möchte ihm zeigen, dass das für mich in Ordnung ist. Dass ich nicht wie eines seiner Fangirls an ihm klammere und seine gesamte Aufmerksamkeit brauche. Zwischendurch halten wir bei McDonalds an, bevor wir weiter Richtung San Diego fahren. Gegen 16 Uhr kommen wir am Campus an.

»Da wären wir wieder«, murmelt Cam mehr zu sich selbst und sieht mich enttäuscht an. »Ich habe das Wochenende mit dir sehr genossen, Amber. Ich weiß, dass wir hier am Campus weniger Zeit miteinander verbringen können und ich hoffe, dass dir das auch klar ist. Die nächsten Wochen wird es schwer werden, Zeit für dich zu finden. Ich muss trainieren, meine Schüler unterrichten, den Abschluss schaffen und mein Business aufbauen. Das hat nichts mit dir zu tun und natürlich ...«

»Mach mal langsam, Cam!«, rufe ich lachend aus und grinse. »Mir ist bewusst, dass du wenig Zeit haben wirst und mir geht es nicht anders. Vor allem, wenn ich tatsächlich einen Praktikumsplatz hier ergattern kann. Die Zeit mit dir war großartig und ich hoffe, dass wir zumindest ein oder zwei Wochenenden im Monat zusammen haben werden. Wir beide müssen uns jetzt auf unsere Zukunft konzentrieren und du hast auch noch deine Clique. Keine Sorge, ich bin kein kleines Mädchen, das dir immer hinterherrennen wird.«

Sein Lächeln wird breiter, doch seine Augen zeigen die gleiche Enttäuschung wie meine. »Ich werde dich meinen Freunden vorstellen, versprochen. Und einmal im Monat sollten wir schaffen. Soll ich noch deine Tasche reintragen?«

Mein Herz schreit danach, die Zeit mit ihm so lange wie möglich hinauszuzögern, doch mein Verstand hält dagegen. Ich muss Abstand zu ihm gewinnen, außerdem muss ich bis morgen noch rund 100 Seiten lesen. Es wird Zeit, in die Bibliothek zu gehen.

»Nein, das schaffe ich selbst. Außerdem willst du sicherlich noch etwas trainieren. Danke für das schöne Wochenende.« Sehnsüchtig beuge ich mich vor und drücke ihm einen zärtlichen Kuss auf den Mund. Die Schritte und Rufe der Studenten verblassen ebenso wie die Vögel und das sanfte Streicheln des Windes. In diesem Kosmos spüre ich nur seine Lippen auf meinen, die hungrig nach meiner Aufmerksamkeit gieren. Seine Hände, die fordernd meinen Körper erkunden und seinen heißen Atem. Viel zu schnell löst sich Cam von mir. Mit einem Seufzen steige ich aus dem Auto aus, schnappe mir meinen Koffer und steuere mein Zimmer an.

»Da bist du ja wieder!«, ruft Rachel, kaum dass ich den Raum betrete, und läuft auf mich zu. »Ich dachte schon, du würdest in L.A. eine neue Karriere starten!«

Lachend werfe ich meinen Koffern aufs Bett und falle Rachel um den Hals. »Vergiss es! Meine Karriere findet eines Tages zwischen alten Reliquien, Möbeln und Schreibwerkzeug statt. Bis dahin muss ich wohl oder übel den Theoriekram über mich ergehen lassen und dafür ist eine Rückkehr zum Campus nötig. Die Schauspielkarriere überlasse ich sehr gerne anderen. Außerdem ist L.A. mir viel zu überlaufen!«

Verständnisvoll nickt Rachel, als ich anfange, meinen Koffer auszuräumen. »Nun sag schon! Wie war es in der Höhle des Löwen? Hat sein Vater dich mit Missachtung gestraft oder durftest du durch seine heiligen Hallen wandeln?«

Amüsiert hebe ich meinen Kopf und sehe meine Freundin mit schiefgelegtem Kopf an. Offenbar scheint jeder in Kalifornien die Art des berühmt berüchtigten Robert Davidson zu kennen. »Heilige Hallen? Höhle des Löwen? Strebst du etwa eine Zukunft als Schriftstellerin an oder was soll die hochgestochene Wortwahl?«

Kichernd verdreht Rachel die Augen, doch ihr Interesse ist noch immer erkennbar. »Sorry, ich habe bis eben etwas für meinen Literaturkurs gemacht. Aber lenk bloß nicht vom Thema ab! Sein Vater hat nicht gerade den besten Ruf im Umgang mit Personen der Arbeiterklasse. Ich hoffe, er hat dich zumindest akzeptiert?«

Ihre Sorge um mich ist rührend und lässt mein Herz klopfen. Eine wohlige Wärme kriecht durch meinen Körper und ich blinzle vereinzelte Tränen weg. Außer Kylie hat sich bisher niemand freundschaftlich für mich interessiert und diese ehrliche Sorge um mich ist verdammt wertvoll. »Danke«, erwidere ich und räuspere gegen den Kloß in meinem Hals an. »Es ist sehr lieb von dir, dass du dich so sehr um mich sorgst. Aber das musst du nicht. Seine Eltern waren sehr lieb zu mir, vor allem seine Mutter! Sie hat mich sogar über Weihnachten zu sich und ihrem Mann eingeladen. Und auch sein Vater war echt nett! Tatsächlich hat er mich Cams großen Bruder direkt als neue Schwiegertochter vorgestellt und meinen guten Geschmack für Literatur gelobt. Auch meine Karrierepläne scheinen ihn beeindruckt zu haben.« Ein leichtes Lächeln legt sich auf meine Lippen, als ich an Jasmine Umarmungen und Mr. Davidsons lobende Worte denke. Ja, seine Eltern mögen mich und dieses Wissen erfüllt mich mit Stolz. Bevor ich in die USA gekommen bin, hatte ich Zweifel, ob mich irgendwer aus der gehobenen Gesellschaft akzeptieren würde. Schließlich ist Kalifornien für seine Welt voller Glitzer bekannt. Ich dachte nicht im Traum daran, eine neue und ehrliche Freundin zu gewinnen oder erneut mein Herz zu verlieren. Und nun habe ich in wenigen Wochen mehr erreicht als im gesamten letzten Jahr. Diese Erfahrung zeigt mir, dass ich alles erreichen kann, was ich will, und erinnert mich daran, an meine Träume zu glauben.

»Oh wow!«, reißt mich Rachels bewundernde Stimme aus meinen Gedanken. »Nicht einmal Beth wurde so herzlich von Cams Eltern empfangen. Als sie Cam damals am Campus besucht haben, waren sie recht distanziert gegenüber Beth. Ich vermute, dass sie von Anfang an kein gutes Gefühl bei dieser Bitch hatten. Aber offenbar haben seine Eltern einen guten Geschmack, wenn sie dich so schnell ins Herz schließen konnten. Vielleicht solltest du doch eine Schauspielkarriere in Betracht ziehen, wenn du seine gesamte Familie so gut täuschen konntest.«

Verlegen spiele ich mit den Fransen meines Lieblings-T-Shirts und beiße mir auf die Lippen. Ich spüre, wie erneut eine verräterische Röte sich auf meinen Wangen ausbreitet und schlucke. Verdammt! Ich weiß genau, dass Rachel diese Entwicklung nicht gutheißen wird und deshalb wollte ich das Unvermeidbare hinauszögern.

»Amber?« Rachels Stimme nimmt einen ungläubigen Tonfall an und kurz darauf steht sie neben mir. Entschlossen legt sie ihre Hand auf meine Schulter und dreht mich sanft zu sich um. »Das war doch nur gespielt, oder? Also eure Beziehung ist ein Arrangement, das mit eurer Ankunft hier geendet ist. Richtig?«

»Nicht so wirklich«, murmle ich und seufze. »Es war ja nicht geplant, Rachel. Ich wollte die Sache mit mir und Cam klären und mich auf eine Art Freundschaft Plus einlassen. Aber dann kam alles anders! Er erzählte mir von seiner Vergangenheit, seinen Komplexen gegenüber seines Vaters. Zeigte mir seine verletzliche und romantische Seite und sprach mit mir über seine Pläne. Ich wollte mich ja von ihm fernhalten, aber ich konnte nicht. Wir haben wieder miteinander geschlafen und ... ach verdammt!« Frustriert lasse ich mich auf mein Bett fallen und vergrabe mein Gesicht in den

Händen. Genau deswegen wollte ich Abstand zu Cam halten. Doch nun ist es zu spät. Ich kenne ihn kaum, aber ich habe mich in ihn verliebt. Cam bringt mich dazu, ich selbst zu sein und meine Ziele zu hinterfragen. Zu meinen Träumen und Überzeugungen zu stehen und zu machen, was ich will. Das zwischen uns habe ich bisher für keinen Mann gefühlt und es macht mir Angst.

»Amber, hey, sieh mich an.« Ihre sanfte Stimme dringt zu mir durch, doch ich schüttle nur den Kopf. Will mir nicht eingestehen, dass ich alle meine Prinzipien, durch die mein Herz geschützt war, für einen Mann über Bord geworfen habe, der wahrscheinlich das halbe Kamasutra auswendig kennt. Oder das ganze. »Sieh mich an, Süße«, fordert Rachel erneut und ich spüre, wie sie sich neben mich setzt. »Ich weiß, dass es dir schwerfällt darüber zu reden. Aber was passiert ist, ist passiert. Du hast dich verliebt, daran kannst du nun nichts mehr ändern. Die Frage ist also, wie du damit umgehen willst. Wirst du ihn noch weiter in dein Herz lassen? Bist du bereit, entweder eine Fernbeziehung zu führen oder für ihn in die USA zu kommen? Kannst du mit den Sprüchen, die dir seine Ex und all die eifersüchtigen Mädels an den Kopf werfen werden, umgehen? Wirst du es schaffen, über den Gerüchten zu stehen und wie ein bunter Vogel auf dem Campus aufzufallen? Oder willst du dieses Wochenende lieber als ein romantisches Abenteuer einstufen, es bei freundschaftlichen Sex mit Cam belassen und dich auf dich selbst konzentrieren?« Frustriert werfe ich mich meiner Freundin an den Hals und schniefe. Wieso kann ich mich nicht ein verdammtes Mal in den netten, unauffälligen Mann von nebenan verlieben, der mich auf Händen trägt und keinen schlechten Ruf hat? Aber ich weiß, was ich will. »Ich wünschte, ich könnte mich von ihm fernhalten, Rachel. Doch das geht nicht. Solange Cam mir keinen neuen Grund liefert, kann ich mich nicht von ihm trennen. Ich liebe ihn und will ihm eine Chance geben. Egal, wie sehr es auch wehtun mag. Es wird Zeit, einen neuen Versuch zu wagen.«

Verständnisvoll streichelt mir Rachel über den Rücken und wartet, bis ich mich vollständig wieder beruhigt habe. Dann hebt sie sanft mein Kinn an und zwingt mich, sie anzusehen. »Du musst auf dein Herz hören, Amber. Egal, wie riskant und schmerzhaft es ist. Ich hoffe für dich, dass Cam es wert ist und weiß, wie viel Glück er mit dir hat. Wenn er es kaputt macht, werde ich ihn persönlich dafür in die Hölle schicken und dem Teufel als Mittagessen servieren! Und jetzt wisch die Tränen zur Seite, ziehe deinen Bauch ein und zeige allen, dass du eine unabhängige und intelligente Studentin bist, die mit dem Campus-Schwarm ausgehen und gleichzeitig einen guten Abschluss packen kann.« Ihre aufmunternden Worte bringen mich zum Lachen, lassen all die Zweifel von mir abfallen. Das Gespräch hat mich befreit und mir geholfen, ehrlich zu mir selbst zu sein. Dankbar lächle ich sie an, schniefe meine Nase und krame nach meinen Texten. Grinsend steht Rachel auf und lässt mich mit dem Uni-Kram allein.

Kapitel 31

Cam

Breit grinsend schaue ich Amber hinterher und seufze. Am liebsten hätte ich sie den ganzen Abend, nein, die ganze Nacht, bei mir behalten. Irgendwie schafft sie es, meine Gehirnzellen zu Watte werden zu lassen. Noch nie zu vor war es mir so wichtig gewesen, was jemand von mir denkt. Bisher hatte keine Frau es geschafft, dass mein Herz allein bei dem Gedanken an sie aus meiner Brust springen und zu ihr laufen will. Nie zuvor hat mir der Duft eines Frauenshampoos so gut gefallen und noch nie wollte ich meine Gefühle mit der gesamten Welt teilen. Nicht einmal bei Beth ging es mir so, obwohl ich sie ebenfalls von Herzen geliebt habe. Verdammt, ich wollte sie nur ins Bett bekommen. Vor meiner Clique beweisen, dass ich noch immer jede haben kann, und mich anschließend auf mein Business konzentrieren. Was ich nicht wollte, war wie ein verlorener Teenager einem Mädchen hinterherrennen!

Seufzend begebe ich mich in mein Zimmer, schmeiße die Tasche in eine Ecke und schnappe mir mein Handy. Ich schulde Amber einen Gefallen und je eher ich ihn abhake, desto schneller kann ich zum Wasser. Während ich meine Badeshorts und Strandkleidung anziehe, wähle ich die Nummer des Direktors des Museum of Contemporary Art. Einen Moment klingelt es, kurz darauf höre ich die tiefe Stimme von Mr. Mayers.

»Hallo Cam. Wie geht es Ihnen? Macht mein Sohn beim Surfen noch immer keine Fortschritte? Wenn Sie möchten, können Sie die Unterrichtsstunden gerne erhöhen.« Innerlich grinsend verdrehe ich die Augen. Typisch Vater, für den Erfolg seines Sprösslings würde er wohl alles tun. Aber immerhin unterstützt er dessen Hobby!

»Nein, Sir, mit Ihrem Sohn ist alles gut. Tatsächlich schafft er es mittlerweile, sich einige Minuten auf leichten Wellen im Wasser zu halten. Ich werde nächste Woche den ersten Trick mit ihm üben.« Das ist keine Lüge. Tatsächlich ist Trevor sehr ehrgeizig und nachdem er es endlich geschafft hat, seine Angst vor den Wellen zu überwinden, zeichnet sich so etwas wie Talent ab. Mal sehen, wie weit der Junge kommt.

»Das höre ich natürlich gerne. Wenn Trevor den ersten Trick beherrscht, sagen Sie mir bitte Bescheid. Den würde ich mir gerne ansehen. Aber was kann ich für Sie tun?« Dankbar, weil er so schnell zum Punkt kommt, ohne dass ich ihm Honig ums Maul schmieren muss, atme ich tief aus. Zeit, das mit mir und Amber offiziell zu machen.

»Nun ja«, beginne ich und räuspere mich verlegen. »Es geht um meine Freundin. Sie ist mir sehr wichtig und sie studiert Geschichte. Sie interessiert sich vor allem für den Bereich Kunstgeschichte und ist in ihrem letzten Bachelor-Jahr, zumindest nach britischen Standards. Sie würde gerne in Ihrem Museum ein Praktikum absolvieren, wenn es möglich wäre.«

»Soso, eine Britin also«, erwidert Mr. Mayers schmunzelnd und ich muss grinsen. »Hat sie denn ein Visum, das sie verlängern könnte? Es macht kein Sinn, ihr einen Platz für weniger als drei Monate zu geben. Das akademische Jahr dauert zehn Monate, im Sommer könnte ich sie für drei Monate beschäftigen. Vorausgesetzt, Ihre Freundin kümmert sich um das Rechtliche. Wissen Sie denn, wofür genau sie sich interessiert?«

Erleichtert fahre ich mir durch die Haare und schließe für einen Moment die Augen. Bin wieder am Strand in L.A. und unterhalte mich mit Amber über ihre Zukunftspläne. Und dann fällt es mir wieder ein. »Ja, sie träumt davon, eines

Tages selbst Museumsdirektorin zu werden. Allerdings weiß sie, dass sie zuvor viele Jahre Erfahrungen im Bereich der Sammlungen und Ausstellungen sammeln muss. Ich denke, dass sie Ihnen gerne über die Schulter schauen und alle relevanten Bereiche kennenlernen möchte. Könnten Sie das einrichten?« Einen Moment lang ist es still am anderen Ende und ich bilde mir ein, Mr. Mayers Rädchen arbeiten zu hören. Instinktiv schließe ich die Augen und schicke ein Stoßgebet gen Himmel. Amber hat so hart für ihren Platz hier gekämpft, weil sie weiß, dass ein Jahr in den USA auf jedem Arbeitsmarkt gut ankommt. Weil sie gehofft hat, hier den Meilenstein ihrer Karriere legen zu können, und ich möchte auf keinen Fall derjenige sein, der ihren Traum zerplatzen lässt.

»In Ordnung, Cam. Wenn Sie Ihrer Freundin vertrauen, tue ich es auch. Geben Sie mir am besten ihre Nummer und ich werde mich morgen bei Ihrer Freundin persönlich melden. Ich wünsche Ihnen noch einen schönen Abend.«

Nachdem das Gespräch beendet ist, springe ich vor Freude in die Luft und klatsche in beide Hände! Juhu, ich habe es geschafft! Endlich sind meine Beziehungen mal zu etwas zu gebrauchen. Hoch motiviert schnappe ich mir mein Board und gehe Richtung Strand. Um diese Zeit ist einiges los, aber wie immer ist mein Strandabschnitt relativ leer. Ich höre fröhliches Gelächter anderer Studierender zu mir herüberschwingen, blende es jedoch aus. Auch die Seeadler und Möwen, die sich Gott sei Dank in gewisser Entfernung von mir aufhalten, können mich nicht ablenken. Ich entledige mich meiner Kleidung und laufe mit dem Board ins Wasser. Sofort vergesse ich alles um mich herum und werde eins mit dem Meer. Die Wellen streicheln mein Brett, nehmen mich sanft in ihre Mitte auf und geben mir etwas Schwung. Wie ein Raubtier auf der Jagd, lasse ich meinen Blick in die Weite schweifen, bereit, für die ultimative Welle. Als sie da ist, bringe ich mich in Position. Ich paddle ein wenig mit den

Armen, um meine Geschwindigkeit anzupassen, und stelle mich langsam auf die Füße. Im richtigen Moment begrüßt mich die Welle und ich springe ab. Drehe einen Salto in der Luft und lande gekonnt auf den Füßen. Lachend lasse ich mich auf mein Brett fallen und lege mich auf den Rücken. Schließe die Augen und genieße den Moment. Die Wellen tragen mich sicher Richtung Ufer und das Adrenalin verlässt Stück für Stück meinen Körper.

»Hey Surferboy! Wieder zurück aus der Hölle?« Lachend öffne ich die Augen und sehe in das Gesicht meines besten Freundes. Fragend zieht er eine Augenbraue hoch und ich weiß, dass die Fragen ihn nahezu innerlich auffressen.

»Ja, seit drei Stunden oder so. Ich hätte mich später gemeldet, aber ich musste einen wichtigen Anruf tätigen und dann haben mich die Weiten des Meeres gerufen. Woher wusstest du, wo ich bin?«

»Ach bitte, das weiß doch jeder! Du konntest das letzte Mal vor zweieinhalb Tagen hier surfen. Nachdem ich gehört habe, dass du wieder da bist, kam ich hier her. Wie war's bei deinen Eltern? Gibt dein Vater dir das Geld? Und konntest du Amber noch mal rumbekommen? Ich meine, die Kleine ist echt scharf auf dich, das hast du hoffentlich ausgenutzt!«

Wütend verschränke ich die Arme vor der Brust und funkle Paul herausfordernd an. Instinktiv balle ich die Hände zu Fäusten und presse einen Moment lang die Lippen aufeinander. Atme mehrfach die salzige Meeresluft ein und aus, bis sich mein Herzschlag wieder beruhigt hat. »Wag es nicht, noch einmal so über Amber zu reden, klar? Zeig gefälligst etwas mehr Respekt! Und ja, mein Vater gibt mir das Geld. Zum Glück! Morgen beginne ich mit dem Marketingkonzept.«

Während ich meine Hose überziehe, spüre ich Pauls durchdringenden Blick auf meinem Rücken. Kaum habe ich mich aufgerichtet, verschränkt er ebenfalls die Arme vor der Brust, hebt die rechte Augenbraue und grinst mich wissend an.

»Was? Habe ich irgendwas im Gesicht?«, pampe ich Paul an und mustere ihn, während wir nebeneinander zurück zum Wohnheim laufen.

»Du stehst auf sie. Klar, das war ja schon am ersten Tag so, aber irgendwas ist anders. Intensiver als vorher. Sag nicht ... Oha, sie hat es wirklich geschafft, oder? Mr. Bad Boy hat erneut sein Herz verschenkt. Na Halleluja, da werden sich die anderen ja freuen. Wir treffen uns nachher alle auf einen Drink im Balboa Park. Du darfst gerne ebenfalls kommen und uns alles bis ins kleinste Detail erzählen!« Lachend schlägt er mir auf den Rücken und ich seufze frustriert. Das war's dann wohl mit einem ruhigen Abend und meinem Computer. Gehe ich nicht hin, wird Paul die Bombe platzen lassen und dann machen sie Terror vor meiner Zimmertür. Was unwillkürlich dafür sorgen würde, dass Amber und ich morgen der neueste Tratsch am Campus sind.

»Jaja, schon klar«, schnaube ich und verdrehe die Augen. »Die erste Runde geht auf mich.«

»So ist es, mein Freund«, erwidert Paul lachend und schließt die Haustür auf. Ich seufze ergeben und verschwinde in meinem Zimmer, um noch schnell duschen zu gehen.

Kapitel 32

Cam

Gut gelaunt mache ich mich um 19 Uhr auf den Weg in den Balboa Park. Meine Unterkunft *Dawes St. Student Apartments* liegt nahe am Strand, sodass ich wenige Minuten später unsere Lieblingsbar erreiche. Wie erwartet, ist es brechend voll, überall stehen Leute in kleinen Grüppchen zusammengepresst und brüllen ihre neuesten Infos über den Lärm hinweg. Dank der geöffneten Fenster ist es nicht wirklich stickig, dennoch liegt der Geruch nach Alkohol und Essen in der Luft. Ein Gefühl von Heimat macht sich in mir breit und ich grinse wie ein Honigkuchenpferd, als ich meine Clique an einem Tisch in der hintersten Ecke sitzen sehe. Die neuesten Charts ertönen aus den Boxen, als ich mich entschlossen zu meinen Freunden durchdränge.

»Da ist er ja!«, ruft Paul und schlägt mir freudig auf die Schulter. »Wir haben schon einen Cuba Libre für dich mitbestellt. Wie war das Wochenende bei deinen Eltern?« Scheinheilig, als hätte er mich nicht schon am Strand ausgequetscht, sieht Paul mich erwartungsvoll an. Entnervt verdrehe ich die Augen und setze mich neben ihn auf die Bank. Tja, wozu braucht man eigentlich Feinde, wenn man beste Freunde hat? Unbemerkt vor den anderen trete ich gegen sein Schienbein und schlürfe gemütlich an meinem Drink. Nehme mir bewusst die Zeit, die Spannung ein wenig in die Länge zu ziehen und mir meine Worte zurechtzulegen. Meine Freunde kennen mich zum Teil sehr gut und vor allem Paul würde bemerken, wenn ich ihm etwas verheimliche. Doch soll ich sofort mit der Tür ins Haus fallen und das mit Amber herausposaunen? Nein, besser nicht. Der richtige Moment wird schon kommen.

»Das Wochenende war ganz nett«, erwidere ich betont lässig und lehne mich zufrieden zurück. »Mein Vater hat sich zur Abwechslung nicht wie das letzte Arschloch verhalten, sondern endlich den Geschäftsmann in mir gesehen. Dank Amber, mein Vater hat ihr von Anfang an aus der Hand gefressen. Offenbar ging es ihm wirklich nur darum, dass ich eine Freundin finde, bei der ich länger als ein paar Tage bleibe.«

»Warum das denn?«, ruft James und legt den Kopf schief. »Du bist doch erwachsen und wenn du dich auf keine einlassen willst, ist es doch dein Ding. Der tickt doch nicht mehr ganz richtig!« Wie zu erwarten, regt James sich über die Vorgehensweise meines Vaters auf. Er wuchs in einer sehr liberalen Familie auf, in der es zum guten Ton zählt, sich einen Dreck darum zu scheren, was andere denken. Vermutlich habe ich mich deshalb mit ihm angefreundet. Seine ehrliche und unabhängige Art ist erfrischend, auch wenn sein Temperament mir manchmal auf die Eier geht.

»Sehe ich auch so«, antworte ich und genehmige mir einen weiteren Schluck. »Vater hingegen meint, dass ein Geschäftsmann nur mit der richtigen Frau an seiner Seite erfolgreich sein kann. Sagte irgendwas von wegen, ohne Mom hätte er es nie so weit geschafft. Als ob ich wie er wäre!« Lautes Gelächter meiner Freunde erfüllt den Raum und ich grinse zufrieden. Jeder aus meiner Clique weiß, wie viel Wert ich darauf lege, mich von meinem Vater zu unterscheiden. »Aber solange es ihn glücklich macht und er meine Surfschule finanziert, nehme ich es halt hin. Was soll ich sagen, Leute? Er hat dem Deal zugestimmt und ich eröffne im Sommer meine eigne Surfschule. Krass, oder? Endlich kann ich mich um mein eigenes Business kümmern.«

»Na endlich! Hast auch lange genug darum gekämpft! Lasst uns darauf anstoßen!«, ruft Lindsay, Beths Schoßhündchen und neuester Zugang unserer Clique. Als ob sie auch nur den Hauch einer Ahnung davon hätte, was ich durchgemacht habe. Abgesehen von den Infos, die ihr Beth während eines gemeinsamen Beautyabends vor zwei Jahren erzählt hat. Vermutlich weiß sie von meinen Fähigkeiten im Bett und wie sich meine Muskeln anfühlen. Kann sich vorstellen, welche Tricks meine Zunge und Finger draufhaben und wie geil das Haus meiner Eltern ist. Nein, dieses Mädchen kennt mich kein Stück besser als die anderen oberflächlichen Zicken am Campus. Aber mir soll es recht sein, solange sie mir nicht auf die Eier geht. Zufrieden mit der Anerkennung und den Trubel um mich, hebe ich die Hand und bestelle eine neue Runde. Genieße das betäubende Gefühl, dass der Alkohol und das falsche Interesse meiner Clique in mir auslösen. Die angenehme Aufmerksamkeit, die ich in dieser Bubble aufsauge wie Luft zum Atmen. Hier geht es um mich, nicht um meinen perfekten Bruder und seine Erfolge, mit denen ich sonst verglichen werde, und es fühlt sich jedes verdammte Mal unbeschreiblich gut an.

»Auf Cam und sein Business!«, ruft Paul und erhält sofort ein Echo. Augenverdrehend stoße ich an und kippe die Hälfte meines Glases in einem Zug hinunter. Nehme das angenehme Brennen und die widerliche Süße mit einem wohligen Seufzer auf und drehe das Glas in meinen Händen.

»Und wie hat deine Mom auf Amber reagiert?«, durchdringt Beths Stimme den Raum. Sie sieht mich unschuldig an, doch ich höre die Eifersucht deutlich heraus. Die Hoffnung, dass Amber ebenfalls von meiner Mutter ignoriert wurde. Die Hoffnung auf eine neue Chance, über Amber herzuziehen und Lindsay gegenüber zu sagen, dass sie ja so viel besser ist. Genüsslich erwidere ich ihren Blick und ein breites Grinsen ziert meine Lippen. Einen Moment lang sage ich gar nichts, bevor ich mich räuspere und die Bombe platzen lasse: »Meine Mom hat Amber nahezu überfallen, als wäre sie eine Heilige! Ich habe noch nie erlebt, dass sie eine Frau in unserer Familie so schnell aufnimmt. Nicht einmal meine Schwägerin hatte es so leicht. Was soll ich sagen? Amber hat einfach ein Händchen dafür, die Aufmerksamkeit der

Davidsons auf sich zu ziehen. Zwischendurch hatte ich echt Schiss, dass sich die beiden verbünden und irgendein peinlicher Bullshit über mich herauskommt. Ist zum Glück nicht passiert. Allerdings hat mein Dad den Wunsch geäußert, sie langfristig an meiner Seite zu sehen und Mom hat sie direkt zu Weihnachten eingeladen. Scheint, als hätte sie die ganze Familie auf ihrer Seite, selbst Mike mag sie.«

»What the fuck?«, ruft Paul aus und lacht lauthals los. »Aus der Scheiße kommst du nicht mehr raus. Ich hoffe, du kannst ihr ein paar weitere Deals anbieten, um nicht zur Blamage deiner Familie zu werden.« Ja, ohne Amber wäre ich wohl tatsächlich aufgeschmissen. Umso besser, dass wir es langfristig ohne neue Deals versuchen wollen.

»Ach scheiß doch drauf!«, lallt James und macht sich an seinem dritten Drink zu schaffen. »Es gibt Schlimmeres, als eine Frau erneut flachzulegen, wenn sie dir sowieso gefällt und gleichzeitig von Nutzen ist. Cam wird schon was einfallen, um sie erneut mit reinzuziehen. Die Kleine steht eh auf ihn, dürfte nicht schwer werden.« Erneut bricht meine Clique in lautes Gelächter aus. Wütend presse ich die Lippen aufeinander und bedenke ihn mit einem Todesblick. Mein Blut kocht, lässt mich meine Umgebung nur noch wie durch Watte wahrnehmen. Das Rauschen in meinen Ohren wird lauter und unwillkürlich balle ich meine Hände zu Fäusten. Während mein Herz damit beschäftigt ist, literweise Blut durch meinen Körper zu pumpen, merke ich, wie sich mein Hirn von allein ausschaltet. Mechanisch stehe ich auf, gehe um den Tisch herum und steuere gezielt auf James zu. Eine Welle der Abneigung durchflutet mich, als ich mich mit einem lauten Räuspern hinter ihn stelle. Erstaunt steht er ebenfalls auf und sieht mich fragend an. Ehe ich realisiere, was los ist, hole ich aus und lasse meine Faust gegen seine Nase prallen. »Wag es nie wieder, so über Amber zu sprechen!«, knurre ich und kralle mich an seinem Shirt fest. Die letzten beiden Drinks waren eindeutig zwei zu viel. Der Alkohol und die Wut in mir türmen sich zu einer großen Mauer auf, versperren mir die Sicht. »Im Gegensatz zu dir und

Beth, bedeutet sie mir tatsächlich mehr als nur eine Trophäe zum Auffüllen meines Egos!« Ohne ein weiteres Wort zu sagen, schubse ich James von mir weg, drehe mich um und marschiere geradewegs aus der Bar.

Kapitel 33

Amber

Am nächsten Morgen werde ich von herzlichem Vogelgezwitscher und warmen Sonnenstrahlen geweckt, die mich sanft streicheln. Seufzend drehe ich mich zur Seite und werfe einen Blick auf mein Display. Verdammt, heute ist Montag! Dabei hätte ich gerne noch etwas vor mich hingedöst. Die letzten Tage hatte ich nicht viel Zeit zum Schlafen und gestern habe ich bis spät abends an den Texten für die Uni gesessen. Meinen Wunsch, in die Bibliothek zu gehen, hatte ich schnell über Bord geworfen. Rachel kam erst abends ins Zimmer zurück, sodass ich den Schreibtisch nutzen konnte. Und im Gegensatz zur Bibliothek, gibt es in meinem Zimmer keine Regel darüber, was ich während des Arbeitens essen und trinken darf.

Gähnend quäle ich mich aus dem Bett und genehmige mir eine schnelle und kalte Dusche. Anschließend koche ich mir in der Gemeinschaftsküche einen Kaffee und mache mir ein Sandwich für unterwegs. Ich bin spät dran, in 30 Minuten beginnt mein erstes Seminar. Deshalb ist die Wohnung wie ausgestorben. Die meisten Studierenden machen sich frühzeitig auf den Weg zum Campus. Genießen die Ruhe vor dem Sturm, schmieden Pläne für den Nachmittag oder vergleichen Hausaufgaben. Doch ich genieße die Ruhe, bevor ich auf dem lauten und überfüllten Campus untergehe. Gerade als ich das Gebäude verlasse, klingelt mein Handy.

»Hallo?«, melde ich mich neugierig und unterdrücke ein erneutes Gähnen.

»Miss Amber Slaton?«, fragt mich eine tiefe Männerstimme und ich lege den Kopf schief. Woher kennt der Anrufer meinen Namen.

»Ja?«, erwidere ich fragend und halte mitten in der Bewegung inne. Ist das einer der berühmt-berüchtigten Streiche, denen uns Neuen angeblich im ersten Monat gestellt werden?

»Mr. Mayers vom Museum of Contemporary Art hier. Cam Davidson hat mich gestern angerufen. Er sagte mir, dass Sie gerne bei uns ein Praktikum absolvieren möchten. Besteht weiterhin Interesse?«

Innerlich juble ich, während ich vor Freude in die Luft springe. Ein breites Grinsen legt sich auf meine Lippen und ich nicke. Cam hat es nicht vergessen! Doch dann meldet sich eine leise Engelsstimme in mir und schüttelt den Kopf. Vermutlich wird es niemanden interessieren, wie ich an den Praktikumsplatz gekommen bin, solange ich ihn habe und mit einer guten Referenz abschließe. Das international Career Office hatte mich darüber informiert, dass es in Kalifornien Gang und Gebe ist, in die schweren Branchen durch Kontakte und weniger durch Leistung zu gelangen. Dennoch fühlt es sich falsch an. So wurde ich nicht von meinen Eltern und meiner Oma erzogen. In meiner Familie erarbeiten wir die Erfolge und erschleichen sie nicht. Ja, es war mein Traum, im San Diego Museum of Contemporary Art ein Praktikum zu machen und diesen Traum hege ich noch immer. Aber ich will es auf meine Art erreichen! Entschlossen räuspere ich mich und schüttle den Kopf.

»Hallo Mr. Mayers. Ich freue mich sehr über Ihren Anruf. Ja, ich würde gerne ein Praktikum bei Ihnen absolvieren. Ich interessiere mich seit Kindheitstagen für Geschichte und Museen. Allerdings möchte ich diese Chance nicht durch die Gnade von Ihnen und meinen Freund erreichen. Ich hoffe, Sie können es verstehen. Ich möchte mich gerne bei Ihnen bewerben, jedoch auf die richtige Weise.« Entschlossen teile ich Herrn Mayers alle Erfahrungen bezüglich Museen mit, die ich gesammelt habe und erzähle ihm von meinen guten Noten und den Seminaren, die sich auf Museen und Ausstellungen fokussieren. Außerdem erkläre ich ihm ausführlich, warum ich keinen Praktikumsplatz annehmen kann, ohne ihn verdient zu haben.

»Wie ich höre, kennen Sie sich sehr gut aus«, lobt Herr Mayers meine Erfahrungen. »Das wird Ihnen im Praktikum sehr nützen. Ich finde Ihre Beweggründe sehr lobenswert, Miss Slaton. Was halten Sie davon, wenn Sie mir Ihre Unterlagen per E-Mail schicken und mir mitteilen, in welchen Zeitraum Sie Ihr Praktikum absolvieren möchten. Wenn Sie in unser Team passen, melde ich mich bei Ihnen für ein Vorstellungsgespräch. Sollte es so weit kommen, bräuchte ich bis zum Interview ein Foto Ihres Visums. Falls es zu früh abläuft, kümmern Sie sich im Falle einer Zusage bitte rechtzeitig um eine Verlängerung. Passt das für Sie?« Oh mein Gott! Ist das wirklich wahr? Bekomme ich allen Ernstes eine Chance für meinen Traum-Praktikumsplatz? Ohne, mir irgendwelche Vorteile erschlichen zu haben? Voller Freude und Stolz drehe ich mich einmal im Kreis und hüpfe wie ein kleines Mädchen auf und ab. Wie kann es sein, dass hier, im Land der unbegrenzten Möglichkeiten, alles zu meinen Gunsten läuft? Überglücklich nicke ich, obwohl mein Gegenüber es nicht sehen kann. »Sehr gerne! Vielen Dank für die Chance! Mein Visum ist für insgesamt 15 Monate gültig, das ist also kein Problem. Ich habe bis heute Nachmittag einige Seminare und Vorlesungen, aber ich schicke Ihnen die Unterlagen am Abend. Versprochen!«

Nachdem ich aufgelegt habe, juble ich vor Freude und sämtliche Müdigkeit ist wie weggeblasen. Motiviert laufe ich zu meinem Seminar und höre mir das Fehlverhalten der Briten während der Kolonialzeit ohne zu Meckern an. Ja, wir Briten waren alles andere als freundlich während der Kolonialzeit. Weder zu den Bewohnern der Kolonien noch zu anderen Europäern. Aber wieso müssen noch immer alle Länder darauf herumhacken? Als ob unsere Vorfahren die

Einzigen waren, die sich in der Geschichte falsch verhalten haben? Was ist denn bitte mit den Amerikanern, die eine Bombe nach der nächsten abgeworfen haben? Von Hitler und den Deutschen will ich gar nicht erst anfangen! Doch heute kann mir das typische Denken über *die böse Briten* und noch böseren Deutschen nichts anhaben. Ich bin viel zu aufgekratzt und schlucke meinen Stolz hinunter. Auch die anderen Vorlesungen und Seminare vergehen wie im Flug und ich sehne mir den Nachmittag herbei. Selbst das Mittagessen begrenze ich auf einen Salat und Kaffee und nutze lieber die Zeit, um meine Eltern per Sprachnachricht über meinen Erfolg und meine eventuell verzögerte Abreise zu informieren.

Gegen 16 Uhr endet die letzte Vorlesung. Erleichtert packe ich meine Sachen zusammen und ströme mit den Massen nach draußen. Die Sonne lacht mir fröhlich entgegen und ich bleibe für einen kurzen Moment stehen. Lachend lege ich den Kopf in den Nacken, schließe die Augen und genieße die willkommene Wärme auf meinem Gesicht. Bis ich einen Schatten über mir bemerke. Seufzend öffne ich die Augen und sehe einer hübschen Brünette mit Modelmaßen entgegen. Ich erkenne sie als eine von Cams Fangirls wieder und verdrehe instinktiv die Augen.

»Was willst du?«, frage ich geradeheraus und verschränke die Arme vor der Brust.

Mit einem süßen Lächeln kommt sie einen weiteren Schritt auf mich zu und reicht mir die Hand. Nichts Gutes ahnend, erwidere ich den Handschlag skeptisch und mustere sie von oben bis unten. Das ist bestimmt diese Beth, die Cam damals das Herz gebrochen hat. Diese Kälte und Arroganz in ihren Augen, erinnern mich an seine Erzählungen, zudem steht sie in überteuerten Designerklamotten vor mir.

»Hallo, ich bin Beth«, stellt sie sich mit ihrer zuckersüßen Stimme vor, die sofort einen Brechreiz in mir auslöst.

»Du bist bestimmt Amber. Das Mädchen, das Cam zu seinen Eltern begleiten durfte. Hat dir der Ausflug in eine Welt voller Luxus gefallen? Hat es sich schön angefühlt, für einen Moment einer Welt anzugehören, von der du niemals wirklich Teil sein wirst? Ich hoffe, du konntest ein paar Souvenirs mitnehmen und hast nicht zu viele Pläne an Cams Seite geschmiedet. Wäre schade um dein kleines Herz, wenn es zerbricht.«

Was zur Hölle stimmt mit ihr nicht? Wie kommt sie darauf, mich von oben herab zu behandeln, nur weil sie unverschämt heiß und mindestens genauso reich ist? Und woher weiß sie eigentlich von Cam und mir? Hat er etwa vor seinen Freunden von mir gesprochen? Darf ich sie bald kennenlernen? Bei dem Gedanken daran, offiziell an seiner Seite zu sein, verdoppelt mein Herz sein Tempo. »Hör mal, *Beth*«, erwidere ich seufzend und betone ihren Namen bewusst beiläufig. Sie soll gar nicht erst denken, dass sie in meinem Leben je eine bedeutende Rolle einnehmen wird. »Ich weiß, dass du Cam vor einigen Jahren ausgenutzt und auf sein Äußeres und das Geld seines Vaters reduziert hast. Und vermutlich kratzt das Wissen, dass er längst über dich hinweg ist und mehr erreicht hat als du, gewaltig an deinem Ego. Aber das ist dein Problem. Ob du es glaubst oder nicht, die Welt gehört dir nicht. Also richte deine Krone, komm endlich über ihn hinweg und such dir einen neuen Typen. Und vor allem: Lass mich in Ruhe!«

Entschlossen schultere ich meine Tasche und will mich an ihr vorbeidrängeln, allerdings versperrt Beth mir erneut den Weg. Mit einem abschätzigen Blick mustert sie mich von oben bis unten und seufzt theatralisch. »Ach du liebe Güte, Cam hat wirklich alle Register gezogen, um dich ins Bett zu bekommen. Hut ab, ich hatte ja keine Ahnung, dass dieses Geschleime bei Streberinnen zieht. Immerhin hattest du ein schönes Wochenende. Tu dir selbst einen Gefallen und sieh es als das an, was es war. Einen kurzfristigen Deal mit heißem Sex. Eine nette College-Erfahrung von der du deinen Kindern erzählen kannst, wenn du freitags von deiner Schicht als Empfangskraft nach Hause kommst und dich mit schnulzigen Filmen und Eis von deinem schrecklichen Leben ablenkst. Du bist nichts Besonderes für Cam, kleine Streberin. Eine süße Herausforderung, die ihm dabei half, seinen Traum zu erfüllen. Wach auf! Er wollte dich nie!«

Entnervt rolle ich mit den Augen und balle meine Hände zu Fäusten. Ich wusste, dass sein Fanclub ein Problem sein wird. So gerne ich ihr die falschen Fingernägel abbrechen würde, weiß ich, dass ich mich zusammenreißen muss. Sie will mich aus der Ruhe bringen und mich provozieren, doch das darf ich nicht zulassen. Innerlich atme ich bis zehn und setze ebenfalls ein falsches Lächeln auf. »Beth, meine Liebe, du hast keine Ahnung, wer ich bin. Und im Gegensatz zu dir kann ich auch ohne Händchenhalten mit Daddy was auf die Beine stellen. Ich habe ein Vorstellungsgespräch für einen der begehrtesten Praktikumsplätze hier in San Diego erhalten. Mein Ticket für ein Masterstudium, egal ob hier oder in Großbritannien. Und das, ohne dem Vorgesetzten meine Brüste zu zeigen oder mit meinem Vater zu drohen. Du bist nur ein kleines Mädchen, das bockig ist, weil ihm das Spielzeug weggenommen wurde. Werde endlich erwachsen, Herrgott nochmal! Weder Cam noch einer der anderen Typen interessiert sich für mehr als deinen Körper. Nach außen hin bist du stolz darauf, doch innerlich tust du alles, um diese Leere zu füllen. Dein Leben ist traurig und wenn du Cam ganz verlierst, bist du gar nichts mehr. Davor hast du Angst. Aber das ist dein Problem und nicht meins. Und jetzt lass mich in Ruhe!«

Beths Augen funkeln wütend, als ihr die Bedeutung meiner Worte bewusst werden. Entsetzt schnappt sie nach Luft, wie ein Fisch auf dem Trockenen und stampft mit ihrem linken Bein auf. Wäre ich nicht so genervt, könnte ich diese Comedy Show glatt genießen. Aufgebracht fuchtelt sie mit den Händen in der Luft, bevor sie ihr Handy zückt und es mir boshaft grinsend unter die Nase hält. »Wie gesagt:

Cam wollte dich nie. Aber wenn du mir nicht glauben willst, überzeug dich selbst.« Schweigend startet sie ein Video und ich seufze resigniert. Hoffentlich dauert das nicht zu lange, ich habe noch einiges vor heute. Schnell realisiere ich, dass das Video am Abend der Welcome-Back-Party gedreht wurde. Cam steht mit einigen seiner Freunde um einen Tisch herum und genießt sichtlich die Party. Seine Augen glänzen und es gefällt ihm, im Mittelpunkt zu stehen. Beth hält das Handy auf ihn gerichtet, bis zu dem Moment, in dem ich reinkomme.

»Da ist sie ja!«, höre ich Cam's Stimme und sofort richtet Beth das Handy auf mich.

»Was, die kleine Streberin von der Bucht?«, höre ich einen seiner Freunde lachend fragen und presse die Lippen aufeinander. »Vergiss es, Kumpel, an die kommst du nie ran. Such dir lieber eine andere.«

»Würde ich ja gerne, aber dafür ist es leider schon zu spät. Außerdem bekomme ich immer, wen ich will. Wetten?«, erwidert Cam und augenblicklich gefriert mir das Blut in den Adern. Passiert das gerade wirklich? War ich nur ein schlechter Witz für ihn? Doch was ist mit seinen Worten in L.A.? War diese Verletzlichkeit etwa nur Teil einer Scharade? Innerlich hoffe ich darauf, dass sein Kumpel ablehnt und Cam alles relativiert. Sagt, dass ich keine einfache Streberin bin, die er zufällig heiß findet, sondern sich tatsächlich für mich interessiert. Doch nichts dergleichen passiert. Stattdessen schlagen die beiden Männer ein und Cam bahnt sich seinen Weg zu mir. Ich spüre, wie mir die Tränen in die Augen steigen und drehe mich abrupt weg. Ich darf bloß nicht vor dieser Zicke in Tränen ausbrechen und die neue Lachnummer auf dem Campus werden. Nicht schon wieder! Entschlossen blinzle ich die Tränen weg, schlucke meinen Stolz hinunter und schaue Beth in die Augen. »Danke für deine Ehrlichkeit, Beth. Jetzt weiß ich, was er mir verheimlicht hat, und kann endlich mit allem abschließen.« Hocherhobenen Hauptes laufe ich zielstrebig zu meinem Wohnheim.

Dort angekommen knalle ich wütend meine Zimmertür und lasse mich weinend auf mein Bett fallen.

Kapitel 34

Amber

Wie konnte ich nur so dumm sein, und seinem Süßholzge-
raspel Glauben schenken? Ich, die Rationale und Vernünftige! Verdammt nochmal, ich hätte es besser wissen müssen!
Hat Rachel mich nicht ausführlich davor gewarnt, Cam zu
glauben? War das nicht der Grund, weshalb wir uns überhaupt so schnell angefreundet haben? Nach der Sache mit
meinem Ex hatte ich mir vorgenommen, mein Herz nie wieder an Kerle wie ihn zu verschenken. Mich Männern, die
nur auf ihren Erfolg, ihren Körper sowie ihre eigene Frauen-
quote achten, nur noch körperlich zu nähern. Aber nein,
mein dummes Herz musste natürlich ausgerechnet Cam in
die Arme laufen. Gott, bin ich naiv! Wahrscheinlich hat Cam
es sich nicht nehmen lassen, vor seinen Freunden damit an-
zugeben, wie sehr ich mich ihm an den Hals geworfen habe.
Wie geil es war, eine Streberin flachzulegen und ihr das
Blaue vom Himmel zu versprechen! Wahrscheinlich haben
sie sich alle auf meine Kosten amüsiert!

Schluchzend lege ich mich auf meinen Bauch und vergrabe den Kopf im Kissen. Ein Schwall Tränen bricht aus
meinen Augen heraus, bahnt sich seinen Weg die Wangen
hinunter. Das ist so falsch! Eine intelligente und selbststän-
dige Frau wie ich sollte nicht auf ihrem Bett liegen und einem
Mann hinterherweinen, der sie nicht verdient hat! Doch warum schaffe ich es nicht, mich von ihm loszureißen? Wieso
schlägt mein Herz noch immer im doppelten Takt, wenn ich
meine Augen schließe und seine süßen Grübchen vor mir

sehe. Warum sehnt sich meine Mitte nach weiteren Zärtlich-keiten, nachdem er mein Herz so gnadenlos zertrampelt hat? Es tut höllisch weh. Nicht nur die Tatsache, dass ich erneut von einem Kerl wie Dreck behandelt wurde, fühlt sich wie Salz in meiner Wunde an. Schlimmer noch ist das Wissen, dass es meine eigene Dummheit war, die mich in diese Lage gebracht hat. Aller Vernunft zum Trotz habe ich mich auf ihn eingelassen. Zugelassen, dass er in mein Innerstes ein-dringt, sich mein Vertrauen erschleicht und mich glücklich macht.

»Hey, Süße«, höre ich Rachels Stimme, als sie mir sanft ihre Hand auf die Schulter legt. »Was ist passiert?«

»Nichts, geh weg«, schniefe ich unglaubwürdig und ver-grabe mein Gesicht weiter in den Kissen. Will nur noch ver-schwinden und nie mehr zurückkehren.

»Erst wenn du mir sagst, was los ist.« Vorsichtig setzt sich Rachel an meinen Bettenrand und streichelt mir über den Rücken. Schniefend rappele ich mich auf und sehe mei-ner Freundin verzweifelt in die Augen. »Cam ist ein Arsch!«, rufe ich schluchzend und kämpfe gegen einen neuen Schwall Tränen an.

»Das ist nichts Neues«, erwidert Rachel und ballt wü-tend ihre Hände zu Fäusten. »Aber gestern wart ihr noch so glücklich. Was hat er angestellt, dass du nur 24 Stunden spä-ter weinend in deinem Bett liegst? Hat er dich betrogen?«

Traurig schüttle ich den Kopf und wische mir eine Träne aus dem Gesicht. »Schlimmer. Dieses Arschloch hat an dem Abend der Studentenparty mit seinen Freunden da-rauf gewettet, dass er mich ins Bett bekommt. Und dann hat er auch noch die Dreistigkeit mir in L.A. ins Gesicht zu lügen und von ehrlichen Gefühlen für mich zu sprechen! Nachdem ich ihm zuvor Freundschaft Plus vorgeschlagen hatte! Er hatte doch die Chance zu bekommen, was er will. Ich wäre zu unverbindlichem Sex mit ihm bereit gewesen. Ist sein Stolz wirklich so schlimm, dass er mir unbedingt das Herz brechen muss? Wie konnte er mir das antun, nachdem ich ihm so viel Privates von mir erzählt habe? Wie ...?«, beginne ich erneut, werde jedoch von einem heftigen Schluchzer ausgebremst. Sofort spüre ich Rachels schützende Arme um mich. Dankbar lasse ich mich in die Umarmung fallen. Gebe mich dem Schmerz und der Trauer hin. Lasse zu, dass meine Mascara ihr Shirt ruiniert. Halte mich an ihr fest, als wäre sie mein Rettungsring, der mich auf stürmischer See vor dem Ertrinken rettet. Denn genauso fühle ich mich in dem Moment. Wie eine Ertrinkende ohne Aussicht auf Rettung.

Als mein Herzschlag sich beruhigt hat und die letzte Träne getrocknet ist, löse ich mich von Rachel und lächle sie verlegen an. »Danke, Rachel. Für alles«, murmle ich heiser und räuspere mich.

»Jetzt wo du dich beruhigt hast, kannst du mir vielleicht ein paar Fragen beantworten«, erwidert Rachel schmunzelnd und reicht mir eine Flasche Wasser. Ich nicke, trinke einen riesigen Schluck und stelle die Flasche wieder ab.

»Woher weißt du denn, dass es eine Wette über dich gab? Vielleicht hat eines seiner Schoßhündchen sich das Ganze nur ausgedacht, um dir wehzutun.«

»Nein«, murmle ich und schüttle betreten den Kopf. »Es gibt ein Beweisvideo, in dem eindeutig Cam damit angibt, dass er jede, auch mich, *die Streberin von der Bucht,* ins Bett bekommen kann. Dann fordert er seinen Kumpel zu einer Wette heraus. Und bevor du fragst: Er meint eindeutig mich, das zeigt das Video. Zudem passierte das alles wenige Sekunden, bevor er zu mir kam und mich auf einen Drink eingeladen hat. Einen Drink, der in meinem Bett endete. Die Sache ist doch ganz klar. So sehr ich ihn auch liebe: Ich hasse ihn und will nichts mehr mit ihm zu tun haben.«

»Dieser Mistkerl!«, murmelt Rachel, als sie aufsteht. Einen Moment lang sieht sie mich nachdenklich an, dann nickt sie und wirft mir eine Packung M&Ms zu. »Okay, hör zu. Du futterst jetzt die ganze Packung auf und gönnst dir einen schönen Nachmittag mit Wellness und deinem Lieblingsbuch. Ich muss etwas klären und wenn ich zurück bin, schauen wir so viele Filme mit heißen Kerlen, dass du am

Ende nicht mehr weißt, wer zur Hölle Cam Davidson ist. Klar?«

Ihre Entschlossenheit entlockt mir ein ehrliches Lachen und ich fühle mich ein Stückchen befreiter. Brav öffne ich die Süßigkeiten und werfe mir eine Handvoll davon in den Mund. »Alles klar«, erwidere ich mampfend und genieße das angenehme Gefühl schmelzender Kalorien in meinem Mund. »Ich werde einfach ungesund essen und von meinem Lieblingsbuchcharakter träumen, bis du zurück bist. Und dann schauen wir alle Teile von *Magic Mike*. In Ordnung?«

»Klingt perfekt, den letzten Teil habe ich noch nicht gesehen und Channing Tatum ist echt verdammt heiß!« Grinsend schnappt sich Rachel ihren Schlüssel und verlässt unser Zimmer.

Kapitel 35

Cam

Die Sonne strahlt vom Himmel und ein leichter Wind streichelt meine Haut. Gut gelaunt schlage ich den Weg zu meinem Wohnheim ein, um an meiner Marketingkampagne zu arbeiten. Die Grundlagen dazu habe ich während meines Studiums erlernt und für einen Marketingplan wird es reichen. Mike hat mir angeboten, mir zu helfen, allerdings möchte ich nur im Notfall darauf zurückgreifen. Ich möchte nicht bei meinem großen Bruder angekrochen kommen, ohne zuvor irgendetwas selbst erschaffen zu haben.

Entschlossen bahne ich mir meinen Weg an mehreren Gruppen gut gelaunter Studenten vorbei. Allerdings komme ich nicht weit, denn Rachel, eine Kommilitonin von mir, versperrt mir den Weg. Entnervt rolle ich mit den Augen und verschränke meine Arme vor der Brust. Sie ist unsere Mutter Theresa auf dem Campus und geht mir seit Jahren mit ihren Vorträgen und Meckereien gehörig auf den Sack. »Was willst du?«, murre ich und seufze laut.

»Du Arschloch!« Ehe ich mich versehe, steht Rachel direkt vor mir und haut mir mit voller Wucht eine rein.

»Spinnst du? Was zur Hölle soll das?« Entsetzt fasse ich mir ins Gesicht und funkle sie böse an. Was erlaubt sie sich eigentlich? Ich habe ihr gar nichts getan! Nur weil sie mich nicht ausstehen kann, braucht sie mich nicht so zu behandeln. Es ist nicht so, als wäre ich keine Backpfeifen gewöhnt, aber normalerweise habe ich sie dann auch verdient.

»Was das soll?« Aufgebracht stößt sie mir ihren Zeigefinger in die Brust und ich atme tief ein und aus. Bloß nicht wütend werden und ungewollte Aufmerksamkeit auf mich lenken. Das letzte, das ich während des Aufbaus meines Business gebrauchen kann, ist die Presse, die sich über mich das Maul zerreißt. »Du solltest dich dafür schämen, dass du ausgerechnet einem so lieben Mädchen wie Amber das Herz brichst. Wenn du deinen Schwanz und dein beschissenes Ego nicht unter Kontrolle hast, such dir wenigstens eine, die es verdient hat. Weißt du eigentlich, dass Amber dir entgegen ihrer Vernunft vertraut hat? Dass sie dir um jeden Preis eine Chance geben wollte? Und du hast nichts Besseres zu tun als sie zu verarschen und vor deinen Freunden lächerlich zu machen! Ich würde ja sagen, entschuldige dich bei ihr, aber vermutlich weißt du nicht einmal, wie das geht! Halte dich ab sofort von ihr fern! Bevor du denselben Schaden anrichtest, wie ihr Ex.«

Verdattert sehe ich Rachel an und hebe meine linke Augenbraue. Wovon zum Teufel spricht sie da? Hat sie zu tief ins Glas geschaut oder zu viele philosophische Werke gelesen? »Ich weiß nicht, wovon du sprichst. Weder habe ich sie verarscht noch ihr das Herz gebrochen. Misch dich nicht in meine Beziehung ein, am Ende bringst du sie noch gegen mich auf. Mädchen gegen mich zu hetzen kannst du ja besonders gut.«

Ungläubig schnaubt Rachel und presst ihre Lippen aufeinander. Ich spüre, wie sich ihr Atem beschleunigt, und trete sicherheitshalber einen Schritt zurück. Rachels Augen glühen vor Wut und sie ballt ihre Hände zu Fäusten. Ihre Lippen verziehen sich zu einem dünnen Strich, bevor sie erneut den Mund aufmacht:»Glaube mir, das schaffst du allein immer noch am besten. Amber weiß von deiner kleinen Wette, dass du sie um jeden Preis ins Bett bekommst. Warum hast du es nicht bei dieser einen Nacht belassen? Oder, wenn du schon unfähig bist, deinen Schwanz von ihr fernzuhalten, hättest du es bei Freundschaft plus belassen sollen. Du bist ihre Tränen gar nicht wert!«

»Fuck!« Wütend schlage ich mit der flachen Hand gegen einen Baumstamm und setze einen Tritt hinterher. Verdammter Mist! Garantiert steckt Beth dahinter! Diese verlogene Schlange! Natürlich ruiniert sie mein Glück mit ihrem Gift!

»So war das nicht!«, rufe ich verzweifelt aus und fahre mir durch die Haare. Frustriert setzte ich mich ins Gras und schließe einen Moment lang meine Augen. Bevor Amber hier aufgetaucht ist, interessierte mich nur mein Business, die Frauen waren mir egal. Doch was bringen mir Geld und Erfolg, wenn die einzige Frau, die jemals meinen Verstand rauben konnte, nichts mit mir zu tun haben will. Ich darf Amber nicht verlieren!

»Ach nein? Wie war's dann? Und bitte langweile mich nicht mit weiteren Lügen!«

Seufzend sehe ich mich um, in der Hoffnung, niemanden aus meiner Clique zu sehen. Wenn ich mir schon die Blamage antue, mein Innerstes mit dieser Zicke Rachel zu teilen, dann muss ich nicht noch zum Gespött des Campus werden.

»Na schön«, knurre ich widerwillig. Ich weiß, dass ich ihr gegenüber ehrlich sein muss, wenn ich Amber nicht verlieren will. Was nützt mir mein Stolz, wenn ich die Frau meiner Träume nicht mehr in meinen Armen halten kann? »Es stimmt«, beginne ich und schaue beschämt zu Boden. »Anfangs wollte ich wirklich nur sehen, ob ich Amber ins Bett bekomme. Sie gefiel mir von Anfang an, sie war süß und so anders. Und, naja, Paul hat mich herausgefordert. Ich wollte Amber nicht das Herz brechen, deshalb habe ich mich am nächsten Morgen aus ihrem Zimmer geschlichen. Ich dachte, dass es besser für sie ist, mich schnell loszuwerden.«

Schnaubend schüttelt Rachel den Kopf und lacht freudlos auf. »Ach, und dann dachtest du, scheiß drauf, Hauptsache Daddy gibt dir sein Geld. Ist doch egal, wie es Amber geht, solange du dein Business bekommst. Und weiterer Sex mit ihr war sicherlich die berühmte Kirsche auf der Torte.«

»Nein!«, rufe ich entschlossen aus und balle die Hände zu Fäusten. »War ja klar, dass du alles so auslegen würdest! Aber so war es nicht. Ja, ich wollte, dass Amber meine Freundin spielt. Mir war klar, dass meine Eltern sie mögen würden und ich wusste, dass es auch ihr helfen würde. Ich habe ihr im Gegenzug einen Praktikumsplatz besorgt, den sie unbedingt wollte. Ich konnte doch nicht wissen, dass ich mich dummerweise in sie verlieben würde!« Entsetzt schließe ich die Augen, als mir klar wird, wie wahr diese Worte sind. Scheiße man, ich liebe Amber!

»Du meinst es ernst.« Überraschung schwingt in Rachels Stimme mit und ich nicke ergeben. »Ja, Rachel, das tue ich.«

Ein lautes Lachen erklingt in meinen Ohren und schockiert reiße ich die Augen auf. Rachel hat sich leicht nach vorne gebeugt und eine Hand auf ihren Mund gepresst. Wütend funkle ich sie an und presse meine Lippen aufeinander. Um die aufkeimende Wut zu kontrollieren, balle ich meine linke Hand zur Faust. »Was für eine Ironie! Cam Davidson, Frauenschwarm Nummer eins, verliebt sich ausgerechnet in die einzige Frau, die seine Freunde niemals mögen werden und die viel zu gut für ihn ist. Hör zu, ich mag Amber wirklich gerne und ich will, dass sie glücklich ist. Und aus einem mir nicht nachvollziehbaren Grund, ist sie das ausgerechnet mit dir. Also gib mir besser einen guten Grund, weshalb ich für euch kämpfen sollte!«

Obwohl mir Rachel immer wieder auf die Nerven geht, spüre ich in dem Moment eine Welle der Dankbarkeit und Hoffnung durch meinen Körper fließen. Kann es sein, dass ich Amber doch nicht verliere? Fieberhaft schließe ich die Augen. Plötzlich kommt mir eine geniale Idee. Zufrieden öffne ich die Augen wieder und grinse. »Ich weiß, dass die Wette ein Fehler war und ich Amber davon hätte erzählen müssen. Aber es tut mir wirklich leid. Ich liebe sie und will sie nicht verlieren. Mir ist eine sehr gute Idee gekommen, wie ich mich bei Amber entschuldigen und ihr meine Gefühle zeigen kann. Könntest du Amber um 20 Uhr unter einem Vorwand zum Strand schicken? Bitte?«

Einen Moment lang mustert sie mich mit ihrem Röntgenblick und ich halte den Atem an. Von Rachels Entscheidung hängt ab, ob ich eine neue Chance bekomme. Die Möglichkeit, Amber alles zu erklären und sie um Verzeihung zu bitten. Stellt sich Rachel in den Weg, kann ich es vergessen. Nach diesem Fehler ist Rachel die Einzige, der Amber noch vertraut. Rät Rachel ihr ab, mir zuzuhören, wird Amber mich nicht mehr beachten.

»Ich mache es nicht für dich, Davidson, sondern weil Amber die Wahrheit verdient hat. Ob sie dir verzeiht, liegt ganz allein an dir. Wehe, du vermasselst es erneut!«

»Danke, Rachel! Ich schulde dir was!« Ohne ihre Antwort abzuwarten, springe ich auf, schnappe mir meine Sachen und laufe verlasse den Campus.

Kapitel 36

Cam

Ohne zu Zögern schlage ich meinen Weg Richtung Innenstadt ein. Ich will Amber unbedingt ein zweites romantisches Picknick am Strand bescheren, dieses Mal jedoch öffentlich. Amber soll sehen, dass ich zu ihr stehe und sie glücklich machen möchte und ich erinnere mich noch sehr gut daran, wie losgelöst und zufrieden sie bei unserem Strand-Date in L.A. war. Vor meinem inneren Auge sehe ich Amber und mich glücklich auf der Decke. Sie in meinen Armen, während ich sie mit Erdbeeren füttere und ihr ins Ohr flüstere, wie sehr ich sie liebe. In Gedanken streichle ich ihr über die Wange, schaue ihr in die Augen und küsse sie sehnsüchtig. Ich sehe Amber, wie sie nach ihren Vorlesungen zu mir in die Surfschule kommt und lächelnd auf mich wartet. Wie wir gemeinsam nach meiner letzten Stunde händchenhaltend am Strand spazieren gehen. Verdammt, jede wichtige Szene in meinem Kopf spielt sich mit Amber an meiner Seite ab. Dieses Date muss perfekt werden. Koste es, was es wolle.

Nachdenklich betrete ich einen internationalen Supermarkt und sehe mich um. Pancakes habe ich ihr schon einmal gemacht, ebenso ein amerikanisches Picknick. Ich weiß, dass Amber sich nicht nur für Geschichte, sondern auch für Kulturen und Essen anderer Länder interessiert und besonders die asiatischen Küchen haben es ihr angetan. Obwohl ich die Hälfte der Sachen, die in meinem Einkaufskorb landen, noch nie in meinem Leben gegessen habe, freue ich mich darauf, sie Amber zu präsentieren. Neben japanischen, chinesischen und koreanischen Desserts hole ich Basmati-

Reis, paniertes Hähnchen und frische Süßsauer-Sauce. Um den Geschmack zu verfeinern, entscheide ich mich zusätzlich für etwas Zitronengras. Das dürfte ihr Herz auf jeden Fall höherschlagen lassen.

Bei der Deko halte ich einen Moment inne. Zwar heißt es *Liebe geht durch den Magen,* dennoch ist die Dekoration ebenso wichtig. Wirkt die Aufmachung zu kitschig oder nicht liebenswürdig genug, droht die gesamte Stimmung zu kippen. Ich möchte eine romantische Stimmung erzeugen, jedoch nicht in die kitschige Richtung. Im Gegensatz zu mir hält Amber eher wenig von Romantik und ich will sie nicht vergraulen. Obwohl ich bisher erst zweimal verliebt war, gehörte Romantik für mich immer zu einer ehrlichen Beziehung dazu. Eine Beziehung ohne Romantik gleicht einem Sex-Abkommen unter Freunden und dieses Arrangement mit Amber habe ich nicht grundlos ausgeschlagen. Dazu bedeutet sie mir zu viel. Daher entscheide ich mich gegen rote Rosen und kaufe ihr stattdessen welche in Gelb und Orange. Zusätzlich hole ich ein paar orangefarbene Kerzen und etwas Konfetti. Von den Papierherzen lasse ich die Finger. Zufrieden mit meiner Beute mache ich mich auf den Weg zum Wohnheim. Zum Glück habe ich es nicht weit, sodass ich es problemlos schaffe, das Essen selbst zu kochen und zu würzen. Kochen ist keines meiner Hobbys, dennoch beherrsche ich die Grundlagen dank meiner Mutter sehr gut. Obwohl ich eher ungern am Herd stehe, immerhin kann ich die Zeit auch sinnvoll nutzen, ist es mir heute Abend besonders wichtig, dass das Dinner perfekt wird, weshalb ich bewusst auf Lieferservice und Fertigprodukte verzichte. Was ist romantischer als selbstgekochtes Essen im Kerzenschein am Strand zu präsentieren?

Als das Essen fertig ist, packe ich es in eine Warmhalteschale und ziehe mir pfeifend ein blaues Hemd an. Natürlich lasse ich die oberen Knöpfe geöffnet, da es lässiger wirkt. Mit einem Blick auf die Uhr style ich meine Haare. Seufzend schnappe ich mir die Sachen und mache mich auf den Weg zum Strand. Alles soll perfekt sein, wenn Amber auftaucht, und ich habe nur noch wenige Minuten Zeit. Nervös breite ich die Picknickdecke im Sand aus und platziere den Blumenstrauß in der Mitte. Auf alle vier Ecken der Decke kommt jeweils eine Kerze, die von Konfetti umkreist wird. Die verschiedenen Desserts packe ich auf einzelne Teller, die am Rand stehen. Das warme Essen bleibt in der Warmhalteschale. Mit pochendem Herzen laufe ich vor der Decke auf- und ab und knete dabei meine Hände. Wird Rachel Amber davon überzeugen können, hierher zu kommen? Und ist Amber bereit, mir zuzuhören? Will sie mir überhaupt verzeihen oder werde ich den Abend allein verbringen? Gerade als mein Handy 20 Uhr anzeigt, sehe ich Amber und Rachel um die Ecke biegen. Mit pochendem Herzen richte ich mein Hemd und bete für ein Wunder.

Kapitel 37

Amber

Gespannt schaue ich dem Gemetzel auf meinem Laptop zu. Gott sei Dank verfüge ich über einen Netflix-Account, sodass ich mir regelmäßig Horrorfilme und Krimis zur Ablenkung ansehen kann. An Tagen, an denen ich traurig bin, kann ich Liebesgeschichten und Komödien nicht ausstehen. Dann brauche ich einen Film, der meine Stimmung wiedergibt und mich daran erinnert, dass es mich auch schlimmer hätte treffen können. Von dem Mann betrogen zu werden, dem ich mein Herz geschenkt habe, ist schmerzhaft. Aber es ist mir eindeutig lieber als das Schicksal der Protagonistin. Die Vorstellung, von meinem Nachbarn gestalkt und entführt zu werden, während er mir von der ewigen Liebe und einer Bestimmung erzählt, ist eindeutig das schlimmere Los. Lieber ein gebrochenes Herz als aus allen möglichen Körperöffnungen zu bluten.

»Oh nicht doch!«, ruft Rachel verzweifelt und klappt meinen Laptop zu.

»Hey!«, beschwere ich mich und klappe meinen digitalen Freund wieder auf. »Ich schaue mir gerade einen Film an.«

»Das sehe ich«, schnaubt meine Freundin und stemmt ihre Hände in ihre Hüften. »Und so etwas Negatives tut dir nicht gut, glaube mir. Die meisten Frauen machen es schon richtig, wenn sie ihren Liebeskummer mit einer Komödie betäuben. Es muss ja keine romantische Komödie sein, Action geht auch. Nur irgendetwas, das deine depressive Stimmung nicht verschlechtert.«

»Ich bin aber nicht depressiv«, murmle ich verteidigend, während ich eine Packung Pralinen aufreiße. »Ich bin vielleicht etwas traurig, aber der Film hat mir geholfen. Ich finde, ich gehe ziemlich gut mit der Sache um. Es heißt doch, dass man sich immer auf das Positive fokussieren soll und das tue ich. Wirklich, ich bin sehr dankbar dafür, nicht gefoltert zu werden. Und ich bin auch dankbar dafür, dass mich niemand entführt hat und ich leckere Eiscreme und Schokolade essen kann, statt zu verhungern. Siehst du? Ich bin sehr positiv!«

»Den wievielten Zuckerschock haust du dir gerade rein?« Skeptisch nimmt Rachel mir die Schokolade aus der Hand und packt sie in ihren Nachttisch.

Beleidigt verschränke ich die Arme vor der Brust und ziehe einen Schmollmund. Sie ist doch nicht meine Mutter. Ich kann essen und schauen, was ich will! »Das ist meine Schoki! Ich bin hungrig und Kakao und Zucker machen gute Laune.«

Entschlossen schüttelt Rachel den Kopf und wirft mir eine Packung Feuchtigkeitstücher entgegen. »Mach dein Gesicht sauber und komm. Wir beide machen jetzt einen gemütlichen Spaziergang am Strand. Frische Luft und Menschen werden dir guttun. Danach bekommst du deine Pralinen zurück.«

»Aber ich mag keine Menschen und frische Luft wird überbewertet. Ich mag nur meine Protagonisten, Kylie, meine Eltern und dich. Also noch, aber ohne Schokolade und Horrorfilm kann sich das ganz schnell ändern. Außerdem wollten wir alle Teile von *Magic Mike* sehen. Das hast du mir versprochen.«

Amüsiert schüttelt Rachel den Kopf und drückt mir meine Handtasche in die Hand. Dann öffnet sie unsere Zimmertür und deutet entschlossen auf den Flur. »Am Strand gibt es reale Männer mit durchtrainierten Oberkörpern und außerdem noch mehr Eiscreme. Wie wäre es, wenn wir erst zum Strand gehen. Wenn du danach immer noch willst, können wir die ganze Nacht über *Magic Mike* gucken oder in einen richtigen Stripclub gehen. Echte Stripper werden dir bestimmt besser gefallen. Also los jetzt. Erst der Spaziergang und dann der Sex.«

Theatralisch seufzend folge ich meiner zweitbesten Freundin. Eiscreme vom Strand klingt besser als die fertigen Packungen Eis und vielleicht ist etwas Bewegung wirklich nicht so schlecht. In den wenigen Minuten Fußmarsch zum Strand horche ich Rachel über ihr Dating-Leben aus. Als sie mir erzählt, dass sie morgen ihr drittes Date mit einem netten Mädchen hat, falle ich ihr freudig um den Hals. Doch diese Stimmung ändert sich schlagartig, als ich Cam mit einer Picknickdecke und Essen sehe. Ist das sein Ernst? Glaubt er echt, dass ein romantisches Dinner alles ändert? Wütend drehe ich mich zu Rachel um und verschränke die Arme vor der Brust. »Wusstet du davon? War das dein heimlicher Plan?«

Seufzend fährt Rachel sich durch die Haare und sieht mich verlegen an. »Amber, hör mir zu«, beginnt sie und hält mich am Arm fest. »Nachdem du mir von der Wette erzählt hast, habe ich Cam abgepasst und ihn zur Rede gestellt. Ich war stinksauer und habe ihm sogar eine reingehauen. Sein Verhalten war falsch, aber glaub mir, es gibt da etwas, dass du dir anhören solltest.«

Abweisend schüttle ich den Kopf und presse die Lippen aufeinander. Wieso macht Rachel das? Sieht sie nicht, wie sehr mir sein Anblick weh tut? »Nein danke«, spucke ich aus und erdolche Cam gedanklich mit meinen Blicken. »Von seinem Gesülze habe ich die letzten Tage genug gehört.«

Entschlossen schüttelt Rachel den Kopf und schiebt mich in Cams Richtung. »Das, was er mir gesagt hat, wird selbst dich von den Socken hauen. Ich weiß, wann jemand die Wahrheit sagt, und er war absolut ehrlich. Amber, du bist ihm wichtig und er wollte dich nie verletzen. Gib ihm eine Chance, dir alles zu erklären. Ob du ihm vergibst, liegt dann an dir. Aber fälle kein Urteil, ohne die Fakten zu kennen. Ich wünsche dir einen schönen Abend. Und wenn du dann noch immer nichts mit Cam zu tun haben willst, wartet ein volles Netflix-Programm auf dich.«

Skeptisch mustere ich meine Freundin von oben bis unten. Es ist kein Geheimnis, dass sie Cam nicht ausstehen kann. Dass ausgerechnet sie diejenige ist, die ihm helfen möchte, sollte also was heißen. Offenbar steckt wirklich mehr hinter Cams Wette, wenn er es tatsächlich schafft, Rachel zu überzeugen. Seufzend nehme ich meine Freundin in den Arm und werfe einen unsicheren Blick zu Cam. Hoffentlich hat Rachel recht und er verdient meine Aufmerksamkeit und Vergebung. »Na schön«, murmle ich ergeben und fahre mir durch die Haare. »Wenn selbst DU Mitleid mit ihm hast, steckt vermutlich wirklich mehr hinter seinem Verhalten. Aber bleib gefälligst wach, bis ich zurück bin. Entweder muss ich dir nachher vorwerfen, die schlimmste Freundin aller Zeiten zu sein, oder ich muss mich bedanken.« Lächelnd löse ich mich von Rachel und gehe zögerlich auf Cam zu.

Kapitel 38

Cam

Mein Herz klopft, als ich Amber sehe. Ihre blonden Wellen wehen im Wind, der ihren wunderbaren Duft nach Vanille und Pfirsich mit einem Hauch Schokolade zu mir herüberweht. Sie hat ein ausgeleiertes Bandshirt an, das ihre wunderbaren Kurven nur vermuten lässt, dennoch sieht sie für mich wunderschön aus. Als ihr Blick meinen trifft, stolpere ich einen Schritt nach hinten. Die Kälte trifft mich mit einem Schlag und lässt mein Herz einen Moment aussetzen. Wie eine eiserne Hand schließt sich ihr Blick um mein Herz und droht es zu zerquetschen. Nervös wische ich mir meine Handflächen an der Hose ab und atme tief aus.

»Amber«, beginne ich und räuspere mich verlegen. »Danke, dass du gekommen bist.«

»Nicht ganz freiwillig«, murmelt sie und schaut mich durchdringlich an. »Nach dem, was du getan hast, wollte ich keinen Moment meiner wertvollen Zeit mehr mit dir verschwenden. Allerdings sieht Rachel das anders und da ich niemanden kenne, der dich weniger ausstehen kann, will das schon was heißen. Also, was willst du?« Obwohl ich ihre Skepsis und ihre Ablehnung, die mit jedem Wort mitschwingen, mehr als verdient habe, tut es weh. Gestern haben wir kaum genug voneinander bekommen und heute hält sie den größtmöglichen Abstand zu mir. Dabei sehne ich mich so sehr nach ihrer Nähe. Ihren zärtlichen Berührungen, dem ansteckenden Leuchten in ihren Augen und ihrem sorglosen Mundwerk. Diese blöde Wette steht wie eine Wand aus Stahl zwischen uns und lässt jegliche Zuneigung abprallen. Die

Sonne geht langsam unter, dennoch ist es angenehm warm. Trotzdem spüre ich, wie sich die Kälte über mich legt, einhüllt wie eine Decke und mich in die Knie zwingt.

»Amber«, beginne ich erneut und schlucke den riesigen Kloß hinunter. »Bitte setz dich. Ich muss dir einiges erklären. Hör mir bis zum Ende zu, bevor du mich für immer hasst.«

Für einen kurzen Moment blitzt der Schmerz in ihren Augen auf und spiegelt mein Innerstes wider. Kurz streckt sie ihre Hand nach mir aus, lässt sie jedoch sofort wieder sinken. Unsicher beißt sie sich auf die Unterlippe, bevor sie sich endlich setzt und mich auffordernd ansieht. Mir wird heiß und kalt zugleich und das Blut rauscht in meinen Ohren. Ich vergesse alles um mich herum, fühle mich wie in einem Einbahntunnel ohne Ausgang. Ich weiß, dass ich nur noch diese eine Chance habe, um Amber von einer zweiten Chance zu überzeugen. Jedes falsche Wort könnte das endgültige Aus bedeuten. Selbst bei meinem ersten Contest als Surfer bin ich nicht so nervös gewesen wie in diesem Moment. Denn noch nie hatte ich so viel zu verlieren, wie heute Abend. Verlegen fahre ich mir durch die Haare, schiebe ihr bewusst die Teller mit den Desserts entgegen. Alles, um meine Finger zu beschäftigen, ist mir in diesem Augenblick recht.

»Hör zu. Diese blöde Wette tut mir unglaublich leid«, beginne ich mit dem blödesten Satz, der mir in den Sinn kommt. Na toll, was für ein Genie!

»Also existierte die Wette wirklich. Es war kein Fake«, murmelt Amber resigniert. Ihre Stimme ist kalt wie Eis, und ihre Augen funkeln. Offenbar habe ich in diesem Moment den letzten Funken Hoffnung in ihr zerstört.

»Schon, aber sie war so nicht gemeint. Also doch, aber ... Verdammt, ich wollte dich nicht verletzen! Seit Beth mir das Herz gebrochen hat, habe ich alles dafür gegeben, um unnahbar zu sein. Jeder erwartet von mir, dass ich durchgehend den Herzensbrecher spiele. Ich war angetrunken und habe nicht darüber nachgedacht, was so eine Wette auslösen kann. Es tut mir wirklich leid.«

»Ach, ist das so?« Ihre Stimme zittert vor Wut und ich sehe aus den Augenwinkeln, wie sie ihre Hände zu Fäusten ballt. »Und weil Mr. Supertoll sonst immer alles bekommt, was er will, denkt er, dass eine lächerliche Entschuldigung ausreicht? Das kannst du vergessen. Mag ja sein, dass du es bereust, aber darauf kann ich keine Rücksicht nehmen! Hast du auch nur eine Sekunde daran gedacht, wie es mir danach ging? Wie dreckig ich mich gefühlt habe, als du am nächsten Morgen wortlos aus meinem Zimmer geschlichen bist und mich am Campus dumm angemacht hast? Und warum konntest du mich danach nicht einfach in Ruhe lassen? Die Mädels hier hätten sich darum gekloppt, deine Fake-Freundin zu spielen und sich mit dir das Bett zu teilen! Und überhaupt, ich hatte dir Freundschaft Plus angeboten. Du hättest die Scharade einer Beziehung also gar nicht erst entwickeln müssen!«

»Eine Scharade?« Entsetzt stoße ich die Luft aus, fahre mir verzweifelt durchs Gesicht. »Das ist also das, wofür du unser Wochenende hältst? So stufst du also unseren ehrlichen und tiefsinnigen Austausch ein? Amber, das mit dir und mir war weder eine Scharade noch ein Spiel für mich. Ja, anfangs fand ich dich einfach süß und ja, der Sex mit dir war gut. Aber deswegen hatte ich dich nicht mitgenommen. Ich wusste, dass du in den Augen meiner Eltern die perfekte Freundin sein würdest und ich wusste, wie sehr du diesen Praktikumsplatz willst. Ich dachte, dass es für alle die ideale Lösung ist. Meine Eltern sind glücklich, weil sie die gewünschte Schwiegertochter präsentiert bekommen. Du kriegst deinen Praktikumsplatz und ich das Geld für mein Business und Zeit mit einer hübschen Frau. Hätte ich gewusst, dass ich mich in dich verlieben würde, wäre ich garantiert anders vorgegangen!«

Mit großen Augen hält Amber inne und lässt die Erdbeere wieder auf ihren Teller fallen. Ungläubig öffnet sie den Mund, schließt ihn wieder und räuspert sich. Ich kann ihre Gedanken nicht lesen, aber ihre Miene ist ein Schauspiel wechselnder Emotionen. Eine Weile sagt sie nichts, fährt sich durch die Haare und sieht mich durchdringlich an. Mein Herz bleibt stehen und meine Hände zittern. Was bedeutet ihre Reaktion? Ist ihre Überraschung ein gutes Zeichen? Oder denkt sie darüber nach, wie sie mich dennoch am besten abblitzen lassen kann? Meine Gedanken wandeln sich in eine Wand aus Nebel, versperren mir eine klare Sicht. Mir wird schummrig vor Augen, dennoch kann ich den Blick nicht von ihr abwenden. Mein Blut rauscht in meinen Ohren und meine Kehle ist staubtrocken. Eine halbe Ewigkeit später, öffnet sie ihren Mund erneut, erlöst mich von der qualvollen Unsicherheit. »Du hast dich in mich verliebt?«, flüstert sie und sieht mich an, als sei ich ein Außerirdischer.

Seufzend stehe ich auf und setze mich direkt neben sie. Muss diese blöde Distanz zwischen uns beheben und ihr in diese wunderschönen Augen sehen. Verlegen lächle ich und streiche ihr mit der Hand über die Wange. »Ja, Amber, ich habe mich in dich verliebt. Ich weiß zwar nicht, wie du es geschafft hast, dir in so kurzer Zeit mein Herz zu stehlen, aber es ist passiert. Bevor ich dich traf, wollte ich nur mein Business aufziehen und das um jeden Preis. Und ich will nicht lügen, natürlich spielt das immer noch eine große Rolle für mich. Aber ich will dich nicht verlieren. Sag mir, was ich machen muss, damit du bleibst. Ich tue alles, wirklich alles.«

Gerührt schlägt Amber die Augen nieder und einzelne Tränen bahnen sich ihren Weg die Wangen herab. Oh nein, was habe ich jetzt schon wieder falsch gemacht? Wieso müssen Frauen so kompliziert sein? Man lügt, sie weinen. Man entschuldigt sich, sie weinen. Kann ich eigentlich irgendetwas tun, ohne für ihre Tränen verantwortlich zu sein? Frustriert presse ich die Lippen aufeinander und atme tief aus. Ich will nicht, dass sie weint, verdammt noch mal! »Amber!«, rufe ich verzweifelt und lege meinen Daumen unter ihr Kinn. »Bitte, sieh mich an und sag doch etwas!«

»Cam«, flüstert sie mit heiserer Stimme und räuspert sich. »Deine Worte bedeuten mir viel und glaube mir, ich liebe dich auch. Aber du hast mich verletzt und belogen, hast alte Wunden aufgerissen und mich für dein Image ausgenutzt. Einfache Worte reichen nicht aus, um alles ungeschehen zu machen. Ich muss Taten sehen, verstehst du? Irgendetwas, das mir zeigt, wie ernst du es meinst. Dann kann ich dir gerne verzeihen und es erneut mit dir versuchen.«

Sie will mir, uns, eine zweite Chance geben? Mein Herz pocht vor Freude, als es die Worte von Amber versteht. Adrenalin pumpt durch meine Adern, weckt meinen Kampfgeist erneut und lässt mich klarer denken. Ich weiß, was ich zu tun habe. Amber wünscht sich, dass ich öffentlich zu ihr stehe, egal, was mein Umfeld davon hält. Und ich will sie nicht verstecken, sondern mein Glück mit der Welt teilen. Sie öffentlich küssen und meinen Schülern vorstellen. Die Wochenenden mit ihr verbringen und der Grund sein, warum sie sich nicht mehr auf die Uni konzentrieren kann. Ich will mit ihr in den Urlaub fliegen und vor allem will ich sie an meiner Seite wissen. Entschlossen nehme ich mein Smartphone heraus, lege meinen Arm um Amber und achte darauf, dass wir beide zusammen mit den Kerzen und der Picknickdecke zu sehen sind. Dann drücke ich ab und schieße ein Selfie. Grinsend sehe ich mir das Foto an und öffne Instagram. Ich spüre Ambers skeptischen Blick und grinse zufrieden, als ich ihr den Post zeige:

Romantisches Dinner am Montagabend am Strand mit meiner wunderbaren Freundin @Amber_Slaton. Der perfekte Ausgang eines stressigen Tages mit der wichtigsten Frau an meiner Seite. #loveisintheair #romanticdinner #beachdinner #dinnerwithmygirl

Zufrieden poste ich unser Bild und zeige es Amber. Ihre Augen werden größer und ein leichtes Lächeln legt sich auf ihre Lippen. Sie weiß, dass halb San Diego mir auf den sozialen Medien folgt und in wenigen Stunden die ganze Stadt über uns Bescheid weiß. Versteht, dass ich mein Herz an die wunderbarste, schönste und süßeste Frau der Welt verschenkt habe. »Ich liebe dich, Amber, und meinetwegen darf die ganze Welt davon erfahren.« Ohne ihre Antwort abzuwarten, ziehe ich Amber auf meinen Schoss. Vergrabe meine Hände in ihren Haaren und presse meine hungrigen Lippen auf ihre. Der Geschmack von Erdbeeren begrüßt mich und ich seufze zufrieden. Gierig tippe ich mit meiner Zungenspitze gegen ihre Lippen und schicke meine Hände auf Wanderschaft. Als sie meinen Kuss erwidert, lasse ich mich auf die Decke fallen und ziehe Amber auf mich. Endlich habe ich das Mädchen, das ich will und ich werde sie nie wieder hergeben!

Amber, 15. Juni 2024

Die Sonne kitzelt auf meiner Haut und ein leichter Wind umhüllt mich wie eine weiche Decke. Seufzend drehe ich mich um und schaue auf die Uhr. Verdammt, schon so spät! Wir müssen uns beeilen, bevor Cam seinen eigenen Abschluss verpasst. Klar, der Master ist sein zweiter Abschluss und vermutlich nur halb so interessant für ihn. Eine letzte Hürde, die es zu nehmen gilt, bevor er sich voll und ganz auf sein Business konzentrieren kann. Doch für mich bedeutet dieser Tag sehr viel. Seit sich Cam bei mir entschuldigt hat, hat sich viel verändert. Er hat sich von den meisten seiner Freunde, außer von Paul, getrennt und der hat sich ebenfalls bei mir entschuldigt. Zudem hat Cam eingesehen, dass seine Vergangenheit ihn zu sehr kontrolliert und blockiert. Er hat verstanden, dass seine Kindheit und Jugend keine Ausrede für sein Verhalten und die ständigen Wutanfälle sind. Am nächsten Tag hat er sich mit einem Therapeuten in Verbindung gesetzt und arbeitet seitdem an seinen Aggressionen und an der Beziehung zu seinem Vater und seinem Bruder. Ich habe durch eigene Anstrengung tatsächlich den Praktikumsplatz im Museum of Contemporary Art bekommen, das nächste Woche beginnt. Diese Zusage war ausreichend, um mir einen Platz für das Masterstudium hier in San Diego zu sichern. Viele der Mädels konnten mich nach Cams und meinem Outing nicht ausstehen, aber es ist mir noch immer egal. Wir beide haben uns in den letzten Monaten ein gemeinsames Leben aufgebaut und viel zusammen unternommen. Er hat sich mit seiner Familie ausgesprochen und sich richtig ins Zeug gelegt, um seine Träume zu erreichen. Peinlich berührt hat er seinen Eltern gestanden, dass wir damals gar kein Paar waren, sondern nur einen Deal eingegangen sind. Sein Vater war zuerst wütend, hat dann jedoch eingesehen, dass er nicht ganz unschuldig daran war. Jaqueline hingegen schien amüsiert von unserem Spiel zu sein und freute sich, dass wir uns tatsächlich ineinander verliebt haben. Selbst Weihnachten und Ostern haben unsere Familien zusammen verbracht und dank meiner Beziehung mit Cam und des Studienplatzes, konnte ich mein Visum für drei weitere Jahre verlängern. Ich werde ein weiteres Bachelor-Jahr in San Diego absolvieren und meinen Abschluss hier machen, anschließend bleibe ich zum Master. Wie es dann weitergeht, wissen nur die Sterne. Ich bin stolz auf Cam, denn er hat es geschafft, der Mann zu sein, der er sein will. Sich von den Erwartungen anderer gelöst und für seine Ziele gekämpft. Und dafür liebe ich ihn. Daher kann ich nicht zulassen, dass er seinen eigenen Abschluss verpasst.

»Aufstehen, Schlafmütze«, flüstere ich sanft in sein Ohr und ziehe ihm die Decke weg.

»Nein«, murmelt er schlaftrunken und zieht mich entschlossen in seine Arme. »Weiterschlafen.« Wow, doch so gesprächig!

»Nicht heute, Cam Davidson! Dein Abschluss steht an und den wirst du nicht verpassen!«, erwidere ich streng und klettere auf ihn drauf. Zufrieden stelle ich fest, dass nun zumindest der südliche Bereich seines Körpers aufwacht und sofort gehört mir seine gesamte Aufmerksamkeit. Seine blauen Augen funkeln wie Saphire und ein breites Grinsen schleicht sich auf seine Lippen. »So ist das also«, murmelt er heiser und legt seine Hände an meine Hüften. »Wenn du *deshalb* nicht weiterschlafen willst, dann sag es einfach. Ich jedenfalls hätte nichts dagegen einzuwenden.« Typisch Mann! Jeder Satz lässt sich sexuell auslegen, besonders nach dem Wachwerden. Amüsiert verdrehe ich die Augen und beuge mich für einen Kuss vor. Kurz bevor sich unsere Lippen berühren, halte ich inne und grinse. »Heute nicht, mein Lieber.

Ich würde deinem Vater ungern erklären, dass du deinen Abschluss für ein paar Minuten Spaß verpasst hast. Das hört er bestimmt nicht gerne. Aber wenn du ganz brav aufstehst und bis zum Ende der Abschlussfeier den Vorzeige-Absolventen mimst, sieht die Sache heute Abend vielleicht anders aus.«

»Verdammt«, murmelt er, doch ich höre das Grinsen aus seiner Stimme heraus. Weiß, dass er das Spielchen genauso sehr genießt, wie ich. Der Griff um meine Hüften wird fester und entschlossen zieht er mich an sich heran. »Ich nehme dich beim Wort, Amber Slaton.« Und dann versiegelt er meine Lippen mit seinen. Verspricht mir ohne Worte, dass sich nach seinem Abschluss nichts zwischen uns ändern wird. Zufrieden seufzend öffne ich meinen Mund, gewähre ihm freiwillig Einlass. Begrüße das Feuerwerk in meinem Körper, die Hormone, die meine Vernunft für einen süßen Moment betäuben und mich in dieser rosaroten Blase lassen. Eine Blase, die ich nach dem Umzug in unsere gemeinsame neue Wohnung nächste Woche, hoffentlich noch häufiger genießen kann. Ich bin glücklich, denn endlich bin ich da angekommen, wo ich sein will. In meinem Land der Träume, bei mir selbst und in den Armen des Mannes, den ich über alles liebe. Endlich sehe ich meiner Zukunft mit Wohlwollen und Hoffnung entgegen, kann meine Vergangenheit hinter mir lassen und das Leben aufbauen, das ich möchte. Mit Cam am Strand und eines Tages als seine Frau.

Ende

Liebe Leserinnen und Leser,

vielen Dank, dass Sie Amber auf Ihrem Weg in die USA und zu sich selbst begleitet haben und dabei waren, als sie und Cam sich selbst aus einer neuen Perspektive kennengelernt haben. Jeder Mensch verändert sich mehrfach im Laufe seines Lebens und muss sich immer wieder neu entdecken und kennenlernen. Jedes Mal ist es ein persönlicher und aufregender Prozess, der uns dabei hilft, im Leben voran zu kommen. »A Spark Of Summer« wurde zu einem unerwartet persönlichen Roman, der an vielen Stellen anders geplant war. Doch im Laufe des Schreibprozesses kamen meine eigenen Emotionen und Erfahrungen an die Oberfläche und wollten unbedingt Teil der Geschichte werden. Deshalb saß ich fast ein Jahr an diesem wundervollen Werk. Dieses Buch hat mich auf besondere Weise herausgefordert und mich dazu gezwungen, mich mit mir selbst auseinander zu setzen. Daher konnte ich es nicht übers Herz bringen, ihn zu Verlagskonditionen zu veröffentlichen. Amber ist in vielen Dingen anders als ich und das ist auch gut so. Wir Schreibenden sollten immer darauf achten, dass unsere Protagonisten kein Abbild von uns werden. Dennoch fließt mit jeder Buchfigur ein Teil unserer eigenen Charaktereigenschaften und unserer Vergangenheit in die Geschichte ein. Genau wie Amber habe ich im Bachelor Geschichte studiert und war schon immer von Museen und den vergangenen Jahrhunderten fasziniert. Und ebenso wie Amber habe ich meine Großmutter durch den Krebs verloren. Jede Schilderung darüber, wie Ambers Oma unter der Krankheit litt und stetig schwächer wurde, entsprang meiner eigenen Erinnerung an den Verlauf der Krankheit bei meiner Großmutter. Tatsächlich wurde Ambers Großmutter von meiner inspiriert. Auch meine hat ihren Garten und das Kochen über alles geliebt und sie war stets bemüht, meiner Schwester und mir in jeder Situation mit einem weisen Rat zur Seite zu stehen. Obwohl sie 2017 gestorben ist, schmerzt die Erinnerung noch immer. Als ich Ambers Erinnerungsszene geschrieben habe, musste ich immer wieder mit den Tränen kämpfen und beim Schreiben innehalten. Ich hätte darauf verzichten können, doch das wollte ich nicht. »A Spark Of Summer« soll jeden von Ihnen die Kraft und den Mut geben, mit Verlusten jeglicher Art umzugehen. Der Roman soll Sie daran erinnern, dass es in Ordnung ist, zu trauern und dennoch mit dem eigenen Leben weiter zu machen. Mit diesem Buch wollte ich nicht nur unterhalten, sondern Sie dazu motivieren, alles in Ihrer Macht Stehende zu geben, damit Ihre Träume wahr werden. Im Leben gibt es immer wieder Momente, die uns in die Knie zwingen und verzweifeln lassen. Verluste, die schmerzen. Sei es der Tod von Menschen oder Haustieren, eine zerbrochene Freundschaft oder Beziehung oder plötzliche Arbeitslosigkeit. Wer will, wird die Kraft finden und wieder aufstehen. Jede Erfahrung macht Sie stärker und hilft Ihnen dabei, sich selbst zu finden. Sie müssen nur lernen, auf Ihr Herz zu hören und Risiken mit einem entschlossenen Lächeln anzunehmen. Risiken machen das Leben lebenswert.

Ich hoffe, dass Sie alle die Kraft haben, Ihr Leben nach Ihren Wünschen zu gestalten und drücke Ihnen die Daumen. Solange Sie auf Ihr Herz hören, kann keine Entscheidung falsch sein.

Wie Sie sehen, bedeutet »A Spark Of Summer« mir unglaublich viel. Daher möchte ich hiermit einigen Leuten danken, ohne deren Hilfe mein Buchbaby niemals das Licht der Welt erblickt hätte.

Ich danke meiner Lektorin für ihre vielen Hinweise, Anmerkungen und Ratschläge und vor allem für ihre Geduld. Danke auch an meine lieben Testleserinnen! Euer Feedback hat meinem Roman den letzten Schliff verliehen! Natürlich bin ich auch meinen Freundinnen und meiner Familie unglaublich dankbar. Sie haben mich immer bei meinen Träumen unterstützt und mir dabei geholfen, mich nicht zu verlieren. Und Ihnen, liebe Leser*innen, bin ich ebenfalls dankbar. Ihr sind einer der Gründe, weshalb ich mir immer wieder neue Geschichten und Protagonisten ausdenke und meine Bücher ohne künstliche Intelligenz schreibe. Jedes Wort in diesem Roman stammt aus meiner eigenen Feder. Mag sein, dass ich dadurch länger brauche, bis eine neue Idee das Licht der Welt erblickt, doch dafür bekommen Sie ein ehrlich entstandenes Werk präsentiert. Künstliche Intelligenz nutze ich zur Erstellung von Charakterbildern und zur ersten Überarbeitung meines Werkes, nicht zum Schreiben.

Ich hoffe, dass Ihnen »A Spark Of Summer« gefallen hat. Ihre Fragen und Anmerkungen nehme ich gerne per E-Mail an lucy.storm@gmx.de oder als private Nachricht über Instagram und Facebook an. Ich würde mich sehr freuen, wenn Sie mich auf meiner Homepage vorbeischauen!

Weitere Bücher von mir

Lucy Storm

Teufelsfluch – Kampf der Mächte

BoD – Books on Demand

ISBN 978-3-7534-6033-8

Auch als E-Book erhältlich!

Wie weit würdest du gehen, um deinen Traum zu erreichen? Und was würdest du tun, wenn du zu spät realisierst, dass dieser Traum zur Gefahr für die ganze Welt werden könnte?

Sophie Thomas, Träumerin und Mauerblümchen, wünscht sich nichts sehnlicher, als endlich beliebt zu sein. Als sie Nelson Bright, dem Sohn Luzifers, begegnet, lässt sie sich auf einen scheinbar traumhaften Deal ein, der ihr diesen Wunsch erfüllen soll. Doch es ist eine Falle, Sophie wurde

Opfer des sogenannten Teufelsfluch, den nur sie brechen kann. Zusammen mit Jason, dem ein ähnliches Schicksal widerfahren ist, beschreitet sie ein gefährliches Abenteuer, mit dem Ziel, den Fluch zu brechen. Dabei finden Sophie und Jason heraus, dass sie nicht diejenigen sind, für die sie sich ihr Leben lang gehalten haben. Werden die beiden die Wahrheit akzeptieren können und zueinander finden?

Lucy Storm

Ein Keks zum Verlieben

Epubli

ISBN 9783756551576

Auch als E-Book erhältlich!

Was wäre, wenn du mitten in der Vorweihnachtszeit ausgerechnet während einer Schicht deines verhassten Jobs, deinem Traummann begegnest? Wenn dieser Mann der Sohn deines Chefs ist?

Weihnachten ist die schönste Zeit des Jahres. Davon ist Sarah felsenfest überzeugt. Wären da nur nicht ihr griesgrämiger Chef und ihre zeitraubende Arbeit am Weihnachtsmarktstand bei Winterbachs Weinparadies. Bis Jonas "Keks" Winterbach, der charmante Sohn ihres Chefs, in sie hineinläuft und Sarah feststellen muss, dass Jonas und seine Kekse unverschämt süß und unwiderstehlich sind - einfach zum Verlieben. Jonas ist Anfang 30, Geschäftsmann und backt leidenschaftlich gerne Kekse - besonders zu Weihnachten. Er ist glücklich mit dem Leben, das sein Vater für ihn arrangiert hat. Bis er sich Hals über Kopf in Sarahs verliebt und herausfindet, was er wirklich will ...

Lucy Storm

Silent Night – Ein Single Dad zu Weihnachten

Tredition

ISBN 978-3-347-77579-4

Nur als E-Book erhältlich!

*Stell dir vor, du verlierst ausgerechnet zur Weihnachtszeit deine Woh-
nung und deine Welt zerbricht. Doch dann greift dir dein Chef, für den
du heimlich schwärmst, unter die Arme und bietet dir einen heißen Deal
an! Einen Deal, dem du nicht widerstehen kannst!*

Als Kacey Heilig Abend nach Hause kommt, steht sie vor
den Scherben ihres Lebens. Ihr Vater ist mit ihrem Geld
über alle Berge und zu allem Überfluss muss sie am Abend

ihre Wohnung räumen. Kurzerhand zieht sie mit ihrem Koffer ins leerstehende Bürogebäude. Bis ihr Chef sie erwischt und ihr ein unschlagbares Angebot macht: sie darf so lange bei ihm und seiner Tochter unterkommen, bis sie eine neue Wohnung findet. Im Gegenzug kümmert sie sich um seine Tochter. Was gibt es Schöneres als Weihnachten mit dem verboten gutaussehenden Boss zu verbringen? Zwischen Weihnachtsmusik, ausgelassener Stimmung und verführerischen Gerüchen kommen sich die beiden verführerisch nahe. Eine romantische Kurzgeschichte mit den Tropen Boss-Romance und Single Dad im weihnachtlichen New York mit heißer Szene und garantiertem Happy End.

M.J Haven (Lucy Storm)

Be My Man – Ein Baby mit dem Boss

Federherz Verlag

Nur als E-Book über Amazon erhältlich!

ASIN: B09NWGH26T

Diese sportlich-humorvolle Bossromance habe ich unter dem einst geteilten Pseudonym M.J. Haven beim Federherz Verlag im Januar 2022 veröffentlicht, wobei die Idee zu 100 Prozent von mir stammt und nur mein Buch ist. Mittlerweile durfte die andere Autorin ihre Bücher unter ihrem Namen herausbringen, weshalb Be My Man das einzige unter M.J. Haven ist. Die Biografie auf Amazon stimmt nicht, sondern ist eine Kombination von mir und der anderen Autorin.

Melissa: Für meinen Traum bin ich bereit, alles zu geben – wäre da nicht mein Boss!

Mein Leben lief perfekt. Nicht nur, dass ich mit einem heißen Millionär im Bett gelandet bin, ich habe auch direkt nach dem Uniabschluss meinen Traum-Praktikumsplatz beim Fitnessstudio Jenkins Lifestyle erhalten. Was ich nicht ahnte: Der One-Night-Stand war Ryan Jenkins, mein neuer Chef. Jetzt sind da zwei Striche auf meinem Schwangerschaftstest und ich habe keine Ahnung, wie ich ihm das erklären soll ...

Ryan: Als erfolgreicher CEO kommen Ablenkungen für mich nicht infrage!

Es waren Melissas eisblaue Augen, die mich mit einer starken Intensität einnahmen. Obwohl es nur eine Nacht sein sollte, bekomme ich sie nicht aus dem Kopf. Und es ist nicht sehr hilfreich, dass sie plötzlich als Praktikantin in mein Büro marschiert und meine Welt gehörig durcheinander wirbelt ...

Leseprobe: Teufelsfluch - Kampf der Mächte

Sophie

Seufzend schaute ich mich noch einmal um, bevor ich meine Tasche schulterte und zusammen mit meiner besten Freundin Elena die hinterste Ecke des Schulhofes verließ. Heute war ein schöner Sommertag und die Sonne brannte schon jetzt gnadenlos auf uns herab. Der Baumstamm, auf dem wir uns in den Pausen immer niederließen, lag aber im Schatten, zudem kühlte uns ein lauer Wind. Das Wichtigste war allerdings, dass sich selten andere Schüler hierher verirrten und ich so zumindest hier etwas Ruhe hatte. Doch nun musste ich zur fünften Stunde in meinen Englischkurs.

»Kopf hoch, bald ist es für heute geschafft und wir können in der Cardigan Bay baden gehen«, tröstete mich Elle, während sie ihre rosa gefärbten Haare zu einem Dutt zusammenband. Dankbar lächelte ich sie an. Doch meine gebesserte Laune hielt genau zwei Minuten, bis wir Ashley Benson und ihrer Lacrosse-Angeber-Clique über den Weg liefen.

»Hey, Thomas, schönes Shirt!«, rief sie und ihre schrille Stimme ließ mich zusammenzucken. Vorsichtig ging ich weiter und versuchte, sie zu ignorieren.

»Waren die T-Shirts in der Damenabteilung etwa ausverkauft?«, schob ihre Busenfreundin Layla hinterher und das gesamte Team begann zu grölen. Ich spürte, wie sich die Wut in mir anstaute. Mit geballten Fäusten blieb ich stehen. Gerade als ich einen Spruch zurückpfeffern wollte, legte Elena ihre Hand auf meine Schulter und schob mich sanft weiter. »Es bringt doch nichts, sich mit den hohlen Nüssen anzulegen, Sophie. Am Ende stehst du noch als die Böse da, die den Streit angezettelt hat und dafür nachsitzen muss. Das ist es doch nicht wert, oder? In ein paar Wochen haben wir endlich unseren Abschluss, und ich habe gehört, dass Benson und ihre Clique nach London ans University College gehen wollen. Heißt, diese Ziegen verlassen für mindestens drei Jahre Wales und können dich nicht mehr piesacken.«

Seit der Grammar School hatte Ashley mich als Opfer auserkoren und mit dem Wechsel zur Sixth Form hatten sich auch ihre Freunde angeschlossen. Zähneknirschend ging ich weiter. Elena hatte ja recht. Erstens wollte ich die letzten Wochen keinen unnötigen Ärger bekommen und zweitens war ich noch nie besonders gut im Kontern gewesen. Bei meinem Talent hätte ich mich nur blamiert und die gesamte Situation noch schlimmer gemacht.

Im Klassenzimmer stellte ich erleichtert fest, dass bisher nur wenige Schüler eingetroffen waren, was bedeutete, dass Elle und ich uns Plätze an der Fensterfront sichern konnten. Durch das Fenster kam ein angenehmer Luftzug. Ich lehnte mich zurück, schloss die Augen und konzentrierte mich auf meine Atmung, bis sich mein Herzschlag wieder beruhigt hatte.

»Warum hast du dich eigentlich eben über diesen Spruch so aufgeregt? Das war doch nicht einmal eine Beleidigung. Diese Sport-Tussen haben bestimmt keine Ahnung von Bandshirts. Sonst hätten sie gewusst, dass es sehr wohl ein Damenshirt ist«, sagte Elle leise zu mir, als die Clique gackernd den Raum betrat.

»Stimmt. Layla, Ashley und Vivien hören bestimmt weder Skillet noch Five Finger Death Punch und die Jungs wohl auch nicht«, kicherte ich bei der Vorstellung der drei auf einem Heavy-Metal- oder Rockkonzert.

»Ganz bestimmt nicht, dazu sind sie nicht mal annährend cool genug. Wahrscheinlich hören sie in Gegenwart ihrer Jungs ach so coole Rap-Musik und heimlich himmeln sie irgendwelche Boygroups an«, flüsterte Elle zurück, und wir mussten beide an uns halten, nicht laut loszuprusten. Offensichtlich bemerkte die Clique, dass wir über sie sprachen, denn sie warfen uns bitterböse Blicke zu. Ashley richtete sich auf, doch bevor sie mit einer Triade beginnen konnte, erschien unsere Englischlehrerin.

Mrs. Firebridge fing sofort mit dem Unterricht an. Sie teilte uns mit, dass jeder von uns eine Figur aus einem klassischen englischen Roman auszuwählen hatte und diese im Rahmen einer Kurzgeschichte in ein modernes Setting versetzen sollte. Anschließend sollten wir alle ein kurzes Referat darüber halten, weshalb uns gerade dieser Charakter geeignet schien, um zu zeigen, dass auch ältere Literatur modern sein kann.

Kaum stand die Aufgabe im Raum, begann das große Tuscheln. Nun wollte jeder mit seinen Freunden besprechen, welche Figur man wählen sollte. Nachdem Mrs. Firebridge uns zum Schweigen gebracht hatte, hob Ashley grinsend die Hand.

»Ich hätte da mal eine Frage, Mrs. Firebridge.«

»Ja, Ashley«, wollte unsere Lehrerin sichtlich erfreut wissen. Es war eine Seltenheit, dass Ashley im Unterricht bei der Sache war, geschweige denn aktiv mitarbeitete.

»Also ich habe mich gefragt, ob wir auch eine Figur aus den Harry-Potter-Büchern wählen können. Immerhin sind diese Bücher schon in den Neunzigerjahren erschienen. «

Mrs. Firebridge fuhr sich durch die Haare und dachte einen Moment nach, schüttelte dann jedoch den Kopf. »Nein, es tut mir leid, Ashley. Und es sind nur die ersten Bücher in den späten 1990-ern erschienen, die späteren Bände folgten nach der Jahrtausendwende. Natürlich haben Sie recht damit, dass diese Bücher eine Art Kultstatus erreicht haben, nicht nur bei uns in Großbritannien. Sicherlich hat jeder Kollege mindestens einmal Ihnen gegenüber einen

Harry-Potter-Vergleich gezogen. Aber die Bücher sind nicht alt genug, um zu der klassischen Literatur zu zählen, die ich meine.«

»Schade, wirklich schade. Ich hätte da nämlich eine gute Idee gehabt«, seufzte Ashley theatralisch und senkte gespielt traurig den Blick auf die Tischplatte.

»Und die wäre?«, fragte Mrs. Firebridge, deren Neugierde offenbar geweckt war.

Triumphierend schaute Ashley hoch. »Nicht für mich, sondern für Sophie. Ich dachte, dass sie Hermine Granger wählen könnte. Das hätte sie sicher gefreut, aber bestimmt findet sie auch in der klassischen Literatur eine passende Figur.«

»Wie kommen Sie denn auf die Idee, dass Sophie sich für Hermine Granger entscheiden würde?« Scheinbar konnte Mrs. Firebrdige Ashleys Gedankengängen ebenso wenig folgen wie ich.

»Na, ganz einfach«, erwiderte Ashley und schaute mit boshaft funkelnden Augen in die Runde. »Ich sehe zwischen den beiden einige Gemeinsamkeiten. Beide haben eine grässliche Frisur und sind nicht besonders hübsch. Zudem sind sowohl Sophie als auch Hermine unerträgliche Streber, quatschen den ganzen Tag irgendeinen Mist, haben keinen Geschmack bei der Wahl ihrer Kleidung und sind ein absolutes soziales Desaster. Sophie ist also unsere Hermine Granger - nur schrecklicher. Das passt doch, oder nicht?«

Die gesamte Clique sowie einige andere Mitschüler brachen in schallendes Gelächter aus. Tränen brannten in meinen Augen und nur mit Mühe konnte ich sie zurückhalten. Es schien, als hätte jemand auf Slow Motion umgestellt, alles lief verlangsamt und wie in weiter Ferne ab. Mein Herz begann erneut wie wild zu pochen und ich ballte meine schweißnassen Hände zu Fäusten. Während ich langsam aufstand, spürte ich, wie Elenas Hand erneut auf meiner Schulter ruhte und ihre Stimme wie durch Watte zu mir drang: »Hör nicht auf sie, Sophie.« Doch ich fegte ihre Hand weg, schnappte meine Sachen und rannte aus dem Klassenzimmer. Auf dem Flur bahnten sich die ersten Tränen ihren Weg.

Sophie

Ohne auf meine Umgebung oder auf meine schmerzende Lunge zu achten, lief ich vom Schulhof weiter durch die Stadt, vorbei an der Cadigan Bay, wo schon um diese Zeit reges Treiben von Schulschwänzern, Rentnern, Studenten und Familien herrschte, und blieb erst stehen, als ich an einem Waldrand ankam. Schnaufend ging ich in die Hocke und atmete tief ein und aus. Nachdem der Schmerz Nachgelassen und mein Herzschlag wieder auf ein gewöhnliches Level herabgesunken war, richtete ich mich auf und schaute mich um. Noch nie zuvor war ich in diesem Wald gewesen. Ich konnte mir nicht erklären, weshalb es mich ausgerechnet hierher verschlagen hatte. Weit und breit war keine Menschenseele zu sehen. Die Bäume schienen mich vor den Gemeinheiten der Welt zu schützen, also wagte ich mich vorsichtig hinein. Sofort wurde es etwas kühler um mich herum und die dicken Baumkronen ließen nur einen Teil der Sonnenstrahlen durch. Ich hörte nichts, außer ein paar Vögeln, den pfeifenden Wind und knackende Äste. Dennoch fühlte ich mich sicher und geborgen, als könne mir hier niemand etwas anhaben. Kurz entschlossen und absolut planlos wagte ich mich tiefer in den Wald hinein. Je weiter ich kam, desto besser ging es mir und schon bald fühlte ich mich befreiter denn je.

Ich weiß weiß nicht, wie viel Zeit verstrichen war, doch plötzlich tauchte wie aus dem Nichts eine leerstehende Hütte vor meinen Augen auf. Lebte etwa jemand hier in dieser Einöde? Leise schlich ich mich heran, meine Ohren gespitzt, warf ich einen Blick ins Innere. Die Hütte bestand aus einem Raum und niemand befand sich darin. Es gab ein Sofa, eine Kochnische mit Kühlschrank und einen Tisch mit Stühlen am anderen Ende des Raums. Der Boden war mit einem Teppich ausgelegt und, trotz der antiquierten Einrichtung, strahlte die Hütte Gemütlichkeit aus. Ich spürte die Müdigkeit über mich hereinbrechen, und die leichte Staubschicht auf den Möbeln deutete darauf hin, dass lange Zeit niemand mehr in der Hütte gewesen war. Wer also sollte mich schon überraschen?

Kurz entschlossen öffnete ich die quietschende Tür und warf einen Blick hinein. »Hallo, ist hier jemand? Ich würde gerne Ihre Toilette benutzen, wenn das okay ist«, rief ich vorsichtshalber, doch niemand antwortete. Schulterzuckend schloss ich die Tür hinter mir und warf meine Tasche auf den Boden. Ich konnte ja einfach etwas Geld zum Dank hinterlassen.

Nach einer kleinen Besichtigung und einem Toilettengang - die Toilette befand sich hinter einer weiteren Tür - setzte ich mich aufs Sofa und fuhr mir mit den Händen übers Gesicht. Dieser tag hatte mich völlig geschafft. Klar, ich war schon öfter von Ashley und ihrer Clique bloßgestellt worden und ja, ich war auch schon weinend weggerannt. Aber erstens hatten mich meine Beine noch nie so weit getragen und zweitens waren die Sprüche bisher nie so schlimm gewesen. Und auch die Sonne hatte lange nicht mehr so geknallt. Geistesabwesend griff ich nach meiner Wasserflasche. Was hatte ich Ashley denn bitte getan, dass sie mich seit Jahren so gnadenlos schikanierte? Hatte ich etwas angestellt, ohne es gemerkt zu haben? Nein, das hätte sein mir garantiert direkt an den Kopf geworfen. Außerdem gab es auch gar nichts, das ich hätte anstellen können: Ich hatte nie über sie gelästert, ihr keine Freunde ausgespannt und erst recht hatte ich mich nie an ihren Schwarm Chris, der mittlerweile ihr Freund war, herangemacht. Doch warum hatte sie ausgerechnet mich als ihr Opfer ausgewählt, wo es doch so viel Konkurrenz für sie gab, die sie stattdessen hätte quälen können? War sie wirklich so oberflächlich, dass sie Menschen nur deshalb beleidigte, weil diese nicht so gut aussahen, wie sie selber?

Frustriert schloss ich die Augen und gab mir eine. Gedankliche Backpfeife. Das musste verdammt noch mal ein Ende haben! Ich konnte und wollte nicht länger das hässliche, schüchterne und verträumte Mauerblümchen sein, das sich von anderen herumschubsen, beleidigen und ausnutzen ließ. In ein paar Monaten würde ich hier in unserer schönen Küstenstadt studieren. Wie sollte ich mich da zurechtfinden und mir etwas aufbauen, wenn ich weiterhin jedermanns Spielball war?

Entschlossen schnappte ich mir mein Notizbuch und machte es mir auf dem Sofa bequem, um mir einen Plan auszudenken. Doch kaum hatte ich die richtige Position gefunden, spürte ich, wie meine Augenlider schwer wurden.